eye

守望者

——

到灯塔去

江苏省高校一流本科专业建设经费

小说符号学分析

张新木 著

南京大学出版社

图书在版编目(CIP)数据

小说符号学分析 / 张新木著. —南京：南京大学出版社，2023.5
ISBN 978-7-305-26277-7

Ⅰ.①小… Ⅱ.①张… Ⅲ.①符号学-应用-小说创作-研究 Ⅳ.①I054

中国版本图书馆 CIP 数据核字(2022)第 219734 号

出版发行	南京大学出版社
社　　址	南京市汉口路 22 号　　邮　编 210093
出 版 人	金鑫荣
书　　名	小说符号学分析
著　　者	张新木
责任编辑	张倩倩
照　　排	南京紫藤制版印务中心
印　　刷	盐城市华光印刷厂
开　　本	880 mm×1230 mm　1/32　印张 9.75　字数 220 千
版　　次	2023 年 5 月第 1 版　2023 年 5 月第 1 次印刷
ISBN	978-7-305-26277-7
定　　价	62.00 元

网　　址	http://www.njupco.com
官方微博	http://weibo.com/njupco
官方微信	njupress
销售咨询	025-83594756

* 版权所有，侵权必究
* 凡购买南大版图书，如有印装质量问题，请与所购图书销售部门联系调换

目 录

绪论 / 001

第一章 文学符号的分类 / 017
    一　陈述符号:文学符号之根基 / 020
    二　形象符号:文学符号之神韵 / 027
    三　叙事符号:文学符号之构架 / 033

第二章 小说符号分析的层次 / 041
    一　虚构层次 / 042
    二　叙事层次 / 054
    三　成文层次 / 063

第三章 叙述主体与话语理论 / 077
    一　三组主体概念辨析 / 078
    二　叙述者的行为和功能 / 086
    三　叙述者的干预和缺席 / 091
    四　叙述视角和叙述声音 / 099
    五　人物话语的分配 / 106

第四章　叙事文本的时空维度 / 111
一　时间维度 / 112
二　空间维度 / 131
三　普鲁斯特的时空 / 138

第五章　叙述结构理论与分析 / 158
一　叙述层次的划分 / 159
二　人物行动模式与情节结构 / 177
三　叙事序列的安排 / 186
四　诗学叙事的结构 / 194

第六章　人物的符号学分析 / 203
一　人物类型的划分 / 204
二　人物关系与人物的文本表现 / 210
三　施动者模型 / 222

第七章　文学描写分析 / 228
一　起源与探索 / 229
二　演变与质疑 / 237
三　操作与功能 / 245

第八章　文本的开放与互文 / 262
一　文本的开放性 / 263
二　构建性阅读 / 279

结语 / 290

参考书目 / 294

后记 / 303

绪 论

符号学是研究符号系统、符号意指和符号功能的一门科学。二十世纪初,瑞士语言学家索绪尔在其教授的"普通语言学"课程中,首先提出建立一门符号学科的设想。他认为语言学只是整个符号科学的一部分:

> 我们可以设想有一门研究社会生活中符号生命的科学;它将构成社会心理学的一部分,因而也是普通心理学的一部分;我们管它叫符号学。它将告诉我们符号是由什么构成的,受什么规律支配。因为这门科学还不存在,我们说不出它将会是什么样子,但是它有存在的权利,它的地位是预先确定了的。①

根据这个设想,索绪尔认为语言是一个符号系统,应该从符号学出发来研究语言学。他将言语活动(langage)二分为语言

---

① 费尔迪南·德·索绪尔:《普通语言学教程》,高名凯译,北京:商务印书馆,2004年,第38页。

(langue)和言语(parole),认为语言由符号组成,每个符号都由其能指(signifiant)和所指(signifié)构成,研究语言系统时,应该从共时(synchronie)和历时(diachronie)两个维度来进行考察。在此基础上,索绪尔提出了语言的类比和演化、黏合,语言的差异,语言波浪的传播等概念。他希望通过符号科学的建立和研究,来推动语言学研究。

几乎在同一时期,美国逻辑学家皮尔士也从语言与逻辑的关系出发,提出了符号学这一概念:

> 逻辑学,我认为我曾指出过,就其一般意义而论,只不过是符号学的另一种说法而已,符号学是关于符号的几乎是必然的和形式的学说。在把这门学科描述成"几乎是必然的"或形式的学科的时候,我注意到,我们是尽了我们之所能来观察这些符号的特征的,而且,根据这些观察,并借助于我愿称之为抽象活动的一种过程,我们已经到了可以对由科学才智使用的各类符号的特征进行十分必要的判断的时候了。[①]

皮尔士从逻辑学的角度来考察符号,提出符号的三元关系理论,即符号自身、符号对象和符号解释构成的三元关系。他还将符号区分为图像(icon)、标志(index)和象征(symbol)等。

然而,尽管索绪尔提出了建立符号学科的设想,但在后续的考察和授课中,并没有对他提出的符号学(sémiologie)作进一步的探索。而皮尔士的符号学(semiotics),因其思考的另类特征及

[①] 皮埃尔·吉罗:《符号学概论》,怀宇译,成都:四川人民出版社,1988年,"绪论"第3页。

一套晦涩的术语，也没有得到学术界的积极响应。因此，符号学这门"科学"在其提出后数十年中，并没有得到所期待的发展。甚至到了1964年，罗兰·巴特还推介了他的《符号学原理》，他认为：

> 符号学还有待构建，我们设想还不存在有关这种分析方法的任何教科书。况且，由于它的扩展性（因为它是考察所有符号系统的科学），符号学若要得到教学式的梳理，就得等待这些系统在经验中得到还原。①

由此可见，虽然符号学提出得比较早，但其研究比语言学研究滞后。不过，索绪尔和皮尔士对语言及符号的思考，构成了现代符号学的两大来源，为建立一门研究符号意指活动规律的独立学科奠定了理论基础。尤其是索绪尔，他在创建符号学的同时，还提供了一种比较科学的研究方法：首先要描述所有的符号系统，从中概括出符号的普遍规律；然后将语言符号的研究扩大到其他符号系统的研究，以便建立一门"研究社会生活中符号生命的科学"。

> 索绪尔对符号学发展的贡献表现在两个方面：在思维方式上，从一元性到系统性的延伸，使符号结构和符号功能的研究更为全面和科学；在领域扩展上，从语言句段到符号范例的推广，使符号学在学科上更加深化，在领域方面更为广

---

① Rolland Barthes, «Eléments de sémiologie», *L'aventure sémiologique*. Paris: Editions du Seuil, 1985, p. 19.

泛。正如法国生物学家巴斯德那样,他对自然科学的贡献并不在于发明了狂犬疫苗,而是以实验方式证明人类可以人工合成疫苗,这是人类在思维方式上的划时代突破。同样,索绪尔对符号学的贡献不在于提出了符号学这个术语,而在于他提供了思考和研究符号的科学方法。正是这种方法论所作的贡献,使得符号学在近半个世纪中得到飞速的发展。①

继索绪尔和皮尔士之后,尤其是从二十世纪六十年代开始,现代符号学研究开始逐步发展起来。然而符号学从一开始就显示为一门跨学科的学科,西方公认的符号学家都是各个学科的领军人物,包括美国的莫里斯、乔姆斯基、西比奥克、海登·怀特,德国哲学家卡西尔,意大利符号学家艾柯等。而在法国,在符号学研究中作出重要贡献的学者为数众多,例如格雷马斯、罗兰·巴特、托多罗夫、热奈特、保尔·利科、列维-斯特劳斯、拉康、福柯、德里达、克里斯蒂瓦等等。法国符号学研究的学术规模之广泛、影响之深远是其他任何国家都无法比拟的,在现代符号学发展中占有举足轻重的地位。

作为一门独立学科,符号学的存在不过近百年的历史。然而,人们对于符号问题的探讨却由来已久,最早可追溯至古希腊罗马时期。希波克拉底被称为"符号学之父",是古希腊医学符号学(症候学)的创始人。亚里士多德在《解释篇》中谈到语言的符号性质:"口语是心灵的经验的符号,而文字则是口语的符号。"斯多葛学派哲学家则开始讨论符号与意义的关系,他们认为自然符号与语言之间确有某种联系,而作为物质的符号载体,与其所意

---

① 张新木:《论索绪尔对符号学发展的贡献》,《俄罗斯文艺》,2013年第4期,第122页。

指者及其相关外界对象共同构成了"语义三角形"。①到了罗马时期和中世纪,符号学观念有了一定的神学色彩。奥古斯丁在斯多葛学派符号学思想的基础上,提出以人类的内在意图作为符号分类的意义标准。意大利神学家托马斯·阿奎那研究了符号意指和解释问题。到了近代,英国哲学家洛克是行为主义心理符号学的创始人。"洛克在《人类理解论》中论述语言符号的类型及其不同类型的观念关系,并且把符号学与哲学、伦理学并列,作为科学的第三大门类。"②莱布尼茨是西方符号逻辑的创始人,"认为关于符号的科学,应能排列符号,使其表达所思。他建立符号逻辑的目标,就是把人类的理解力加以数学化"③。康德也尝试过将符号分为人工约定符号、自然符号和奇迹符号等。

随着人类认知科学的发展和符号学研究的深入,符号学不断吸收新的研究方法,其研究领域超越了人类言语活动的范围,从语言符号系统拓展到一切非语言的文化符号系统,涵盖了宗教、神话、文学等一切人文社会科学的研究对象。这门新兴学科逐渐引起人们的关注,越来越多的学者投入这一领域,进行研究和探索,撰写了许多重要论著。如今,符号学研究已经遍及欧美一些国家。近年来,中国、日本等亚洲国家也有许多学者开始将目光转向这一领域。符号学已经成为一门跨学科、跨国界的热门学科。

符号学一词,在欧美有两种表达,用法语表示分别为 sémiologie 和 sémiotique。这两个术语在开始使用时没有太大区

---

① 罗婷:《符号学》,《外国文学》,2004年第2期,第61页。
② 同上,第61页。
③ 皮埃尔·吉罗:《符号学概论》,怀宇译,成都:四川人民出版社,1988年,"译序"第3页。

别。sémiologie 原指医学中对于"病相"的研究,索绪尔在《普通语言学教程》中第一次采用该术语,用以表示对于符号系统进行的整体研究。sémiotique 源自英语中的 semiotics,皮尔士最先用该词来称谓对于符号的研究。随着研究的不断深入,这两个术语涵盖的研究范围逐步出现了差异。sémiologie 先是指二十世纪六十年代在索绪尔、叶尔姆斯列夫和雅各布森影响之下,围绕法国结构主义研究所进行的工作。随后,sémiologie 的研究者们将研究局限于对符号本身的探讨,探索符号的构成、性质、类别、普遍规律等,认为 sémiologie 隶属于普通符号学范畴。而现代法国的 sémiotique 研究者们则认为,符号是一种已经构建的对象,转而更看重语义研究,努力探讨意指方式,认为符号学应该成为一种有关意指系统的理论,他们研究的领域是作为意指实践结果的各种文本。因此,sémiotique 被用来表示各个特殊领域(文学、电影、心理学、社会学等)的符号研究,隶属于部门符号学。

  按照怀宇的观点,法国的符号学研究有三个主要渊源:语言学、人类学和现象学。"现代语言学是符号学获得理论构架和研究方法的主要依据。"[1] 索绪尔在《普通语言学教程》中首次将符号的研究作为一门新学科提出来,并且预设了方法论和研究领域,对符号学学科的开创和研究作出了巨大贡献[2]。叶尔姆斯列夫的《语言理论导论》和《语言学论集》为结构语义学的建立奠定了基础。本维尼斯特的"陈述活动语言学"使符号学有可能通过陈述把握意义,话语符号学得以形成。文化人类学又为符号学提供了更多的研究对象。列维-斯特劳斯将语言学模式引入人类学

---

[1] 参见安娜·埃诺:《符号学简史》,怀宇译,百花文艺出版社,2005 年,"译序"第 1—3 页。
[2] 张新木:《论索绪尔对符号发展的贡献》,《俄罗斯文艺》,2013 年第 4 期,第 118—123 页。

研究中,人类通过符号系统沟通思想,从而形成一个整体。这种符号学思想带来了人类学领域的变革。格雷马斯在普罗普的《故事形态学》的基础上深入研究了叙事语法,提出了一套完整的符号学理论。"在哲学方面,符号学从现象学研究理论中吸收了其有关意指(signification)概念的大部分内容。"德国哲学家胡塞尔的《现象学的观念》和法国哲学家梅洛-庞蒂的《知觉现象学》,为符号学提供了大量借鉴。

在上述学科研究的推动下,法国的符号学研究从二十世纪六十年代开始得到了长足的发展。巴特在其《符号学原理》中系统阐述了符号学研究的基本概念和方法,并且为符号学重新下了定义:"我们可以把符号学正式地定义为记号的科学或有关一切记号的科学……一方面,语言学正在趋向形式的一极,像经济学一样越来越变得形式化了。另一方面,它正吸收着越来越多的、越来越远离其最初领域的内容……简言之,或者由于过度节制,或者由于过度饥渴,或者因为过瘦,或者因为过胖,语言学正在解体。对我来说,我把语言学的这种解体过程就称作符号学。"①《符号学原理》的问世标志着符号学理论开始形成,符号学研究迅速发展起来。1966年,雅各布森积极主张创立国际符号学协会(Association Internationale de Sémiotique)。1969年,国际符号学协会在巴黎成立并召开首次会议。同年,第一个国际性杂志《符号学》(Semiotica)创刊,成为符号学研究的论坛。

在法国符号学界,具有重大影响的当数巴黎学派。格雷马斯为法国符号学的发展作出了不懈努力。在他的周围聚集了大批

---

① 罗兰·巴尔特:《符号学原理》,李幼蒸译,北京:生活·读书·新知三联书店,1988年,第12—13页。

国内外学者,形成了巴黎学派。其中有探索神话话语与民间话语的卡拉姆(Calame)、研究宗教话语的德洛姆(Delorme)、专研文学符号的阿里维①、探讨政治话语的夏布洛尔(Chabrol)、提出视觉符号的弗洛克(Floch)等。高概(Coquet)在1982年发表的《符号学：巴黎学派》(*Sémiotique：L'école de Paris*)中首次提出了"巴黎学派"这一说法。巴黎学派体系庞杂,研究对象包括民间故事、神话话语、宗教话语、文学符号学、权力话语和图像语言等,堪称"泛文化符号学"②。按照巴黎学派的观点,符号学的目标在于建立意指系统的一般理论。③ 1960年创立的法语研究协会(Société d'étude de la langue française)集合了大批学者,用特殊的方法分析自然语言。让·迪布瓦(Jean Dubois)在《法语结构语法》(*Grammaire structurale du français*)中,试图通过语言要素之间相互结合的方式来描绘这些要素,确定语言的形式系统。法语研究协会的其他一些成员则认为,语言事实应当与一些基本原则相关,没有这些基本原则,就无法阐释语言事实。可见,一些学者将语言"符号"与信息信号同等对待,而其他学者则为了避免隔断与"现实"的联系,搜集了大量的"事实"。格雷马斯在《索绪尔主义的现实性》中指出:"与列维-斯特劳斯提出的女性交际、财产和服务交际、信息交际相对应的,有三种结构类型：亲缘结构、经济结构和语言结构。语言处于社会总体语境之中,可以有两种理解,或是一种相当复杂却又相对封闭的系统,是支撑交际的一套音位

---

① 米歇尔·阿里维(Michel Arrivé, 1936—),法国作家、语言学家,著作颇丰,发表过20多部专著和300多篇文章,内容涉及阿尔弗雷德·雅里作品的评论、法国语言学、语言与无意识之间的关系以及小说作品等。
② 史忠义:《20世纪法国小说诗学》,北京:社会科学文献出版社,2000年,第81页。
③ 对于巴黎学派的介绍,参见 Jean-Claude Coquet, *Sémiotique：L'Ecole de Paris*. Paris: Hachette, 1982, pp.5 - 18.

和形式句法关系,同时在更为广泛的意义上说,也是人类信息整体的凝聚物,其语言能指涵盖了一个广阔的所指,该所指的扩展几乎对应于文化的概念。"①他进而综合了符号学研究的三个主要客体,即语言符号是一个形式客体,也是一个语义客体,同时又是一个社会客体。语言依照社会成员之间的一种公约而存在,具有社会制度的特征。列维-斯特劳斯将索绪尔理论沿用至社会学,把语言/言语(langue/parole)的对立以及叶尔姆斯列夫提出的系统/过程(système/procès)的对立应用于社会事实,从而将三组内容对立起来:女性交际的"过程"与亲缘关系的结构,财产和服务的交际与经济结构,以及用梅洛-庞蒂的马克思主义术语所说的生产力和生产关系。列维-斯特劳斯还认为,亲缘关系的术语是意指活动的基本要素,它们唯有进入系统,才能获得意义。亲缘关系的系统是由两个意指系统组成的整体:名称系统,即亲缘关系的术语;态度系统,即态度的调换。例如逻辑用语中的合取(conjonction)和析取(disjonction)。在《写作的零度》中,罗兰·巴特在"写作"的概念中抓住了文学的社会维度,这与"风格"所表现的个人维度是相互对立的。我们从中再次看到了对于语言/言语这个二分法的使用。"由于其一致性,言语活动理论进行一项经验性的工作;由于其任意性的特征,言语活动理论进行一项算数的工作。"②由此可见,符号学汇集了理论先驱们内容迥异的观点:索绪尔、叶尔姆斯列夫、梅洛-庞蒂、罗兰·巴特、特鲁别茨科伊、

---

① Algirdas-Julien Greimas, «L'actualité du saussurisme», *Le français moderne*, 1956, n° 24, pp. 191-203.
② V. L. Hjelmslev, *Prolégomènes à une théorie du langage*. Paris: Editions de Minuit, 1968, p.33. 转引自 J.-C. Coquet, *Sémiotique: L'Ecole de Paris*. Paris: Hachette, 1982, p.15.

雅各布森及列维-斯特劳斯等的观点。1966年,格雷马斯的《结构语义学》(Sémantique structurale)出版。这是语言符号学的第一部权威性论著。1979年,格雷马斯与库尔泰合作出版了《符号学——言语活动理论的系统思考词典》(Sémiotique：Dictionnaire Raisonné de la Théorie du Language)①的第一部,第二部于1986年问世。这部词典系统阐述了符号学理论,是符号学长足发展的标志。符号学研究的蓬勃发展,使该学科处于更加快速的构建过程中。不过高概指出,我们应当从现实角度客观地判断符号学目前的处境。符号学的建立不是一朝一夕可以完成的,需要一个相当长的过程。新学科在建立过程中可能会不被理解,甚至遭到拒绝。符号学同样也面临这一考验。在叶尔姆斯列夫看来,从语言结构出发可以研究一切科学客体。应当将言语活动理论置于核心位置,明确符号学的科学地位及它和语言学之间的关联,由此可以证实索绪尔——叶尔姆斯列夫——格雷马斯理论的一脉相承。

符号学成为一种跨学科的方法论,应用于其他领域的研究,为学术研究提供了一个全新的视角。然而法国的符号学又具有极强的文学色彩,在文学领域内表现得尤为突出,因而法国被公认为文学符号学的发源地。"那里的符号学家,大多从事与文学密切相关的研究。反过来说,法国的一般符号学理论,主要也是按照文学符号学的策略加以拟定的,例如巴特的符号学原理和文本写作理论,以格雷马斯为代表的一般叙事学理论,莫不如此。"②文学分析模式被广泛运用于多个领域,其中具有代表性的有热奈特和托多罗夫的文学修辞学、列维-斯特劳斯在人类学中采用的

---

① A.-J.格雷玛斯、J.库尔泰斯:《符号学——言语活动理论的系统思考词典》,怀宇译,百花文艺出版社,2011年。
② 罗婷:《符号学》,《外国文学》,2004年第2期,第64—65页。

文学式神话分析、麦茨以文学符号学为原型的电影符号学,以及克里斯蒂瓦有关文化意识形态的文学式符号分析等。

阿里维认为,现在的话语类型学研究还无法指出文学文本的语言学和符号学特性。不过在一定社会文化的共时阶段,我们可以将一些文本看作文学文本。因此,我们可以把文学性作为一种特殊内涵来进行分析。这里可以借用格雷马斯的话:"'文学性'的概念可以解释为一种社会文化内涵,这一内涵按照人类所处的时空发生改变。"①

文学符号学的发展主要分为两股潮流,即结构主义符号学和后结构主义符号学。结构主义符号学研究者大多与格雷马斯的研究存在联系,例如高概、库尔泰、拉斯蒂埃等。巴特发表了多部论著,有《符号学原理》《批评与真实》《叙事作品结构分析导论》等。在《叙事作品结构分析导论》中,巴特把叙述结构分为三个层次:功能层、行动层和叙述层。三个层次之间层层递进,为结构分析提供了一套启蒙式方法论。②在《S/Z》一书中,巴特对巴尔扎克的中篇小说《萨拉辛》进行了细致分析,从中提炼出阐释符码(code herméneutique)、意素符码(sème)、象征符码(champ symbolique)、行动符码[nom générique d'actions(Promenade, Assassinat, Rendez-Vous)]、文化符码(codes culturels)等文学符号。③因此,文学符号学研究的一个重要部分,就是对小说进行研究。小说适合于结构主义的语言/言语模式。"结构主义叙述学

---

① Jean-Claude Coquet, *Sémiotique: L'Ecole de Paris*. Paris: Hachette, 1982, p.139.
② Roland Barthes, «Introduction à l'analyse structurale des récits», *L'Analyse structurale du récit. Communications*, 8, 1966. Paris: Editions du Seuil, 1981, pp.1-28.
③ Roland Barthes, *S/Z*. Paris: Editions du Seuil, 1970. p.26.

的整个基础就建筑在'底本/述本'的二分法之上。"① 1969 年,托多罗夫在其著作《〈十日谈〉语法》中首次采用了"叙事学"(narratologie)这一术语。从此,叙事学成为不同于小说技巧研究的一门独立学科,即以小说为主要研究对象的文学叙事理论。在"叙事学"这一名称被正式提出之前,叙事学的研究工作已经取得了很大进展。1966 年,法国杂志《交际》第 8 期就收录了关于叙事作品结构分析的多篇论文,内容包括巴特的叙事作品结构分析、格雷马斯的神话故事阐释要素、布雷蒙的叙事可能之逻辑、艾柯的叙事组合分析、格瑞堤的报刊叙事分析、莫兰的笑话结构分析、麦茨的电影大语意群分析、托多罗夫的文学叙事类型、热奈特的叙述作品边界问题等,都具有重要的学术价值,对后续的文学符号研究产生了巨大的影响。

　　托多罗夫发表了多部叙事学著作,如收录于《交际》第 8 期的《文学叙事的类型》《散文的诗学》《〈十日谈〉语法》等。在《文学叙事的类型》中,托多罗夫认为,文学作品包括故事和话语两方面。作为故事,叙事作品有两个层次:动作逻辑层次和人物关系层次。作为话语,叙事作品有三组话语程序:叙事的时间、语式和语态②。在《〈十日谈〉语法》中,托多罗夫重点分析作品的语法结构,并由此来探讨叙述结构。他区分了叙述的三个层次,即语文、句法和词法,又把句法分为命题和序列两个基本单位。布雷蒙的研究更加细致,在《叙事信息》中较早提出了一个叙事学体系。其主要作品包括收录于《交际》第 8 期的《叙事可能之逻辑》以及 1973 年出版的《叙事逻辑》。在《叙事逻辑》中,布雷蒙指出,普罗普的功能

---

① 赵毅衡编选《符号学文学论文集》,百花文艺出版社,2004 年,第 39 页。
② 张新木:《论〈田园交响乐〉的叙述结构》,《外国文学评论》,1998 年第 2 期,第 59 页。

说存在局限性,情节的发展并非单线推进。事件的发展表现为"可能性(virtualité)——现实化(actualisation)——结果(résultat)"的三段式。每一阶段都可能出现两种发展方向:功能是否造成事件发展的潜在可能性;能否实现这一潜在行动;可否达到预期的结果[①]。布雷蒙的考察体现了逻辑符号学的倾向,认为符号学更接近于逻辑学而非修辞学。热奈特对文本形式进行了深入研究,并著有《辞格三集》。在托多罗夫关于叙事的时间、语式、语态这一分类的基础之上,热奈特用时序、速度、频率三个变量来解释叙述时间和故事时间之间的错位,探寻由此产生的文学效果。

然而在对小说叙述结构的结构主义分析中,"作者只能是作品分析中的一个功能,其存在是要靠批评分析来确定的,而不是先于批评而存在,更不是先于作品而存在"[②]。结构主义符号学研究的不是作者的主观创作意图、作品的意义,而是作品内部的深层结构。这样一来,研究者就将自己的研究局限于一个封闭的空间,不再考虑作者的个人因素、作品的创作过程以及社会历史背景,而仅仅关注作品内部的结构。这种结构主义的分析方法与符号学的宗旨背道而驰。"符号学要追究信息的形成过程,尤其是参与编码的各种社会因素。这是符号学终于突破结构主义框架的重要原因。"[③]

自二十世纪六十年代末起,出现了超越结构主义符号学的趋势,后结构主义符号学随之产生。文学符号学的后结构主义阶段的代表人物主要有巴特和克里斯蒂瓦。自1970年出版《S/Z》以后,巴特后期的研究由结构转向解构。这一时期的代表作还包括

---

① 张新木:《布雷蒙的叙事逻辑理论》,《西北工业大学学报》,2020年第1期,第78页。
② 赵毅衡编选《符号学文学论文集》,天津:百花文艺出版社,2004年,第48页。
③ 赵毅衡编选《符号学文学论文集》,天津:百花文艺出版社,2004年,第48—49页。

《作者之死》《文本的愉悦》《恋人絮语》等。解构主义主张消解中心,提倡差异性。巴特认为,能指与所指并不构成固定的符号,词语符号不表示明确固定的意义,文本具有意义诠释的多元性。巴特将文本分为可读性文本和可写性文本。可读性文本主要是传统作品,其能指与所指是预设的,文本意义是明确清晰的,读者仅仅是被动的消费者,在阅读作品的过程中把握有限的意义。可写性文本主要是指大多数现代主义和后现代主义作品。可写性文本是一种具有创造性的新型文本,读者可以变身为文本的生产者,介入文本,重新书写,创造全新的意义,从而完成文本的创作。巴特后期研究的内核,"就是使结构在开放中消解,内容在互文中互现,意义在游戏中消除,以达到文本意义的不确定、非中心化和多元性的目的"①。

克里斯蒂瓦充分吸收了格雷马斯、巴特、德里达、阿尔都塞等人的思想,创建了解析符号学(sémanalyse)。她把文本看成一种动态的生产过程,主张在文本结构的生成过程以及外部因素的影响中把握文本,并且提出了指延(signifiance)的概念。皮尔士认为,在符号本身与每个人使用的符号之间存在着极大的差别,因此可以将符号分为典型符号(signes-types)和随机符号(signes-occurences),相当于语言学中语言与言语的区别。在句子中,随机符号将经受内部的改变,它可以与某些符号结合,而不与另一些符号结合,而且这种结合的性质也不尽相同。符号的这种特性可称为指延。克里斯蒂瓦则认为,文本"将语言变成一种工作",在自然交流的表层语言和能指实践的深层义场之间生成了一种

---

① 项晓敏:《零度写作与人的自由——罗兰·巴尔特美学思想研究》,上海:复旦大学出版社,2003年,第224页。

差距,"这种在语言中进行的区别、分层和对立工作,说话主体建立具有语法结构的交流能指链的工作,我们称之为指延。"能指体系的发生过程不是单一的,它是多数的,不同的,直到无穷无尽,这是一个动态的工作,是生产和自毁的开放空间中的胚芽的集中。这是一个"不同的无限性,其无限的结合性永远没有边界"①。总之,指延就是语言中特定场合下可能性操作的无穷无尽。由此可见,文本不再是一个封闭的实体,时空中的所有文本之间都可以存在联系,具有"文本间性"。克里斯蒂瓦的代表论著有《符号学:符义分析研究》《诗性语言的革命》等。后结构主义符号学强调意义的自由活动,把文本看作意义生成的过程,突破了结构主义符号学的静态研究模式,拓展了研究范围。不过,后结构主义符号学也存在自身的局限性。罗婷指出,"这种后结构符号学理论,自身也难免浓厚的虚无和游戏色彩"②。

二十世纪八十年代以来,法国符号学界多位学者相继谢世,符号学的发展进程趋于缓慢,面临严峻的考验。不过,在法国符号学界前辈们的引领下,如今在世界范围内掀起了符号学研究的热潮。除了国际符号学协会,法、美、中、日等多个国家均成立了符号学协会。这些符号学协会为学者们交流符号学研究成果提供了平台,各国学者将与法国符号学家们一道走出符号学的困境。符号学仍然是一门正在建立和发展过程中的新兴学科,虽然前进的道路布满荆棘,但仍然拥有广阔的发展前景。了解法国的符号学研究成果,将为今后的符号学研究提供经验和借鉴,推动符号学研究的良性发展。而符号学作为跨学科的方法论,其发展

---

① 朱莉娅·克里斯蒂瓦:《恐怖的权力》,张新木译,北京:生活·读书·新知三联书店,2001年,第15页。
② 罗婷:《符号学》,《外国文学》,2004年第2期,第66页。

也将带动其他人文学科的进一步发展。尤其是在文学领域内,了解符号学方法论的应用,对于促进文学研究大有裨益。

鉴于法国符号学理论在文学符号研究中的重要地位,我们将主要借鉴法国符号学家们的理论和分析经验,也相应参考其他国家符号家的一些思想。在总体回顾与综述文学符号的类型后,我们将以法国小说为考察和分析对象,主要从文学符号角度进行研究,即从陈述符号、形象符号和叙事符号等方面进行考察,整理出法国符号学理论在考察文学作品时的主要规律和特色。在此基础上,我们选择法国当代具有特色的部分小说作为分析对象,以检验这些理论观点的科学性和实用性,同时发现其不足的方面,提出分析建议,补充和完善文学符号的理论。本书将分为八章,第一章讨论文学符号的类型与功能,第二章探讨小说符号分析的层次,第三、四、五章主要考察叙事的主体、时空和结构,第六章专门分析小说人物,第七章分析文学描写,最后一章考察文学作品的开放性。鉴于我们自身水平的限制,本书只是揭示了文学符号中的一些问题,还有许多方面需要深入,而且目前的分析对象仅仅局限于法国小说,对法国诗歌和法国戏剧的符号学分析基本没有涉及,有待于我们在今后的研究中进一步充实和完善。

第一章

文学符号的分类

德国哲学家卡西尔在其《人论》中指出，人"生活在一个符号宇宙之中。语言、神话、艺术和宗教则是这个符号宇宙的各部分……所有这些文化形式都是符号形式，我们应当把人定义为符号的动物来取代把人定义为理性的动物"①。人类生活的典型特征就是能发明和运用各种符号，创造出一个由符号构成的人类文化世界。在人类长期的生活与生产过程中，在人们认识世界和改造世界的历史进程中，人类发明并使用了大量的符号，这些符号的功能在于通过某种信息来传播思想，协调行为，并且生成各种交际要素的变异可能性。

在长期的历史进程中，人类也创造和积累了大量的符号及其体系。而面对体系庞大且形式多样的符号，研究者的第一项工作就是试图对符号进行分类。人们首先将符号系统分为动物符号和人类符号。法国学者乔治·穆南曾经对蜜蜂的舞蹈和乌鸦的鸣叫进行了综合性分析，并借助马丁内的"双重分节"（double articulation）概念，对动物"交际手段"进行区别，指出人类

---

① 恩斯特·卡西尔：《人论》，甘阳译，上海：上海译文出版社，1985年，第33—34页。

符号具有鲜明的"双重分节"性,即在语音层次上的音位(phonème)分节和语义层次上的义素(sème)分节,而动物符号则是条件反射式的"总体刺激",在语音和语义层次上都没有人类语言符号的特征,即可以细分为具有组合能力的"最小单位"[①]。人类符号则可分为自然符号和人工符号。自然符号是指一些自然现象,人们在长期的生活过程中总结出一些规律,知道某些现象对应某些意义,如乌云来了会下雨,花开预示春天,浓烟警告火灾等,穆南称这些符号为"迹象"(indice),以区别于人工符号(signe)。同样是这些现象,如果是天气预报图上的云朵、情人节的玫瑰、烽火台上的狼烟,那就是人为制造的人工符号,这两类符号的区别主要看它是否有"交际的意愿"。而人工符号又由语言符号和非语言符号组成。人们说的有声语言是语言符号,而手势、旗语、盲文、手语、莫尔斯电码、交通标志,甚至包括语气等均属非语言符号,其根本区别同样可以用马丁内的"双重分节"概念来界定。穆南还提出了交际符号学和意义符号学的区别[②]。交际符号学主要考察即时和直接的信息传达所涉及的诸多成分及其运行规律,而意义符号学则针对间接和艺术的信息传达手段,如文学艺术作品等。法国语言学家皮埃尔·吉罗在《符号学概论》[③]中,从符号功能的角度对符号进行了分类,区分出逻辑代码、美学代码和社会代码等三类符号。这是对符号进行的一般性研究。有些学者重点对某个特殊领域的符号展开研究,例如德里达在哲学中的符号学分析、列维-斯特劳斯在人类学中的符号分析、拉康

---

① Georges Mounin, *Introduction à la Sémiologie*. Paris: Editions de Minuit, 1970, pp. 51-56.
② 同上, pp. 11-15.
③ 皮埃尔·吉罗:《符号学概论》,怀宇译,成都:四川人民出版社,1988年。

的精神分析符号学、麦茨的电影符号学等。在本书中,我们将局限于文学领域,主要以法国小说为研究对象,运用当代法国文学符号理论,探讨符号的种类、符号的功能及构建文学作品和艺术世界的过程。

文学是语言的艺术,具有无限广阔的表现空间,整个文学历史可以说是人类文明的发展史,与人类的生存发展、人类文明的诸多方面息息相关,形成一个庞大的符号体系。"文学作为一种特殊的审美信息传播系统,是以语言为材料,运用特殊的审美方式进行编码,使之组成一个审美系统……按照审美规则编码的文学语言,经过相应的传播渠道,就会在受众心目中突破线性特征的束缚,转化为立体的视觉表象和听觉表象,引发审美愉悦。"①

罗兰·巴特用三个希腊语概念概括了文学的三种能力,即知识性(mathésis)、模拟性(mimésis)和记号性(semiosis)。② 文学的知识性是指历史、地理、社会学、人类学等各个学科的知识都出现于文学作品中。百科知识蕴藏于种类繁多的文学作品中,折射出现实的光芒。有时,文学还可以包含一些可能的、尚未实现的知识,如法国科幻小说家儒勒·凡尔纳的作品。在他的文学幻想世界中,奇幻的故事情节与丰富大胆的想象相得益彰,迸发出巨大而又迷人的艺术魅力。在当时看来异想天开的发明创造,如今都逐步成了现实。文学通过写作和运用知识不断对知识进行反思。科学与文学领域的对立正在消失,逐渐出现交集。文学的第二种能力为模拟性,即对真实的再现。然而,真实的多维世界与语言的线性世界很难契合。不过文学相信这种不可能的愿望是

---

① 朱玲:《文学符号的审美文化阐释》,合肥:安徽大学出版社,2002年,"导论"第2—3页。
② 罗兰·巴特:《文学符号学》,钮渊明译,转引自朱立元总主编《二十世纪西方美学经典文本》(第三卷),上海:复旦大学出版社,2000年,第417—433页。

合理的，由此诞生了文学的空想功能。文学的第三种能力即记号性，具有纯符号学的性质。人们运用符号，将其置于语言的运作之中，建立事物的一种真正的他律。文学在构建自身乌托邦的过程，创造并运用了众多形形色色的符号，我们暂且称之为文学符号。而且根据其功能的不同，可区分出文学领域内三大类基本符号，即陈述符号、形象符号和叙事符号。

一　陈述符号：文学符号之根基

文学符号的基本单位是语言符号——词汇（mot）和符素（monème），借助的是语言交际的"最小意义单位"。这些符号通过语法规则进行组合，形成众多的语言事实，即陈述句。这些陈述句又通过句法进行累加和组合，形成篇章和作品。文学作品经历了一个陈述过程，它是陈述的结果，因此文学文本的基本单位是陈述符号。同时，文学作品也是交际行为的结果，一部文学作品实际上也是一个交际体系，它遵循语言交际的基本规律，有发信者（作者）、收信者（读者）、信息（作品本身）、指称（主题和语境）、媒体（书籍）等，同样也拥有雅各布森所指出的六大功能。文学作品以陈述符号为基本要素，以形象符号为宏观语义单位，以叙事符号为黏合手段，凭借特殊的编码手段，构建其"文学性"，进入文学审美系统。陈述符号不等于语言符号，而是语言符号本身加上其在陈述行为中的"增值"要素之和。作为陈述的结果，文学文本与社会文化艺术相互影响，处于一定的语境之下。因此，在陈述符号中，除了语言符号本身，陈述语境、成语格言、修辞手段等均可以纳入陈述符号的范畴。

首先，陈述语境是限定词语意义的主要因素之一。从狭义上来说，文学文本的陈述语境涉及交际环境，即指某个陈述句与其上下文之间的关系，陈述句的意义由上下文来限定。例如当一个人说"我在吃饭"时，可能会有三种语境：一是回答一位朋友问他在某个时候在干什么；二是回答他妻子的责问，因为他三天没跟她说话了；三是语法课中的一个例句，显然那时候他根本没在吃饭。文本的陈述语境还涉及整个人类文明史，构成一个跨越时空的交错语义场。例如文学文本在陈述行为之后要长期存活下去，作者和读者可以相距数个世纪，或处于两个遥远的国度，文本生产和接受的环境条件会千差万别。此外，文学作品创作的自由度与固有的模仿性也难以让人们确定一部作品究竟想说什么，想获得怎样的效果，因此人们常常要为一个文本的"意义"或"思想"争论不休。从广阔的历史背景下对某个陈述进行定位，可以深入理解其丰富的含义。

文学作品的陈述语境主要分为两类：故事内的陈述语境以及故事外真实作者所处的陈述语境。第一类陈述语境是一个虚拟的文本四维时空，这是一个封闭自足的实体，陈述句的意义可以由文本内部的情节发展、结构安排和语义设置推知。这类陈述语境较易把握，只需对文学文本本身加以细致推敲，就不难掌握某个陈述句的意义。我们借助雷蒙·格诺《风格练习》中的一段文字来看一下故事内的陈述语境的情况：

> 有一天，大约中午时分，在蒙棱公园附近一辆公共汽车的后站台上，车内非常拥挤，那是 S 线（今日的 84 路）公交车。我看见一个脖子很长的家伙，戴着软毡帽，帽子上镶着编织的辫子边，而不是彩带。这家伙突然朝他旁边的乘客喊

了起来,说他每次在有乘客上下时都要故意踩他一脚。

不过他很快停止了争吵,一下坐到了一个刚刚空出来的座位上。

两小时后,我又在圣拉扎尔火车站看到了这家伙,他和一个朋友正聊得火热,朋友建议他把大衣的领口抬高,让能干的裁缝将上面的纽扣钉得高一些。[①]

该故事的虚构非常明确,有确定的人物、时间和空间,有合乎逻辑的情节。其叙事作了一系列的选择:时序得到遵守,因果关系明确,故事由一个叙述者承担,而不是人物承担。叙述者两次介入("我看见"),但也间接暗示了人物的对话(与旁边乘客和他的朋友),由此构建了一个较为完整的故事内的陈述语境,故事自给自足,有始有终,文本内的成分互相限定语义价值。

故事外陈述语境则涵盖了从古到今人类发展的历史,涉及文学史(例如文本间性,隐射某部作品或某位作家)、社会习俗、政治事件、伦理道德等人类生活的方方面面。例如雨果在《巴黎圣母院》的开头写道:

距今三百四十八年六个月零十九天,巴黎万钟齐鸣,旧城、大学城和新城三重城垣中的市民个个惊醒。

然而一四八二年一月六日这一天并非载诸史册的重大日子。大清早就惊动了巴黎各座钟楼和全体市民的事件,其实不足称道。既非毕卡第人或勃艮第人发动进攻,也不是抬着圣龛游行,更不是拉阿斯葡萄园里的学生娃起来造反,不

---

① Raymond Queneau, *Exercices de style*. Paris: Gallimard, 1947.

是号称"万民敬畏之主国王陛下"的入城仪式……①

这段文字精确交代了历史的时间、准确的地点与发生的事情,将读者一下带进一个历史的时空中。读者必须拥有渊博的学识,展开丰富的联想,才能洞悉作者的意图,真正领会作者想要传达的意义。

其次,在长期的生活与生产实践中,人们还总结并积累了大量的惯用语和成语格言,并且在文学作品中得到大量使用。这种陈述方式虽然由普通语言符号构成,但是它们已经有了自己特定的含义,超越了语言层次,而且也相对公约化,不能随意组合,成为比较固定的陈述符号。成语格言寓意深刻,富有哲理,是民族文化的积淀,闪现着智慧的火花。成语格言通常使用直陈式现在时或者命令式,超越了时间的限制,表达永恒不变的真理。有的成语通过字面就能把握其含义,例如:

Nul n'est savant en naissant.(人非生而知之。)

有的成语则需要透过字面意义,体会更深层的言外之意,例如:

Après la pluie, le beau temps.(雨过天晴。比喻情况由坏变好。)

还有一些成语则出自某个典故,我们需要了解其来历,才能真正理解其中蕴含的哲理,例如:

Tirer les marrons du feu.(火中取栗。)出自17世纪法国寓言作家拉封丹的寓言《猴子与猫》。猴子骗猫去取火中的栗子,栗子让猴子吃了,猫却把脚上的毛烧掉了。喻指被人利用,冒险出力

---

① 维克多·雨果:《巴黎圣母院》,施康强、张新木译,南京:译林出版社,1995年,第12页。

却一无所获。其他还有一些散见的成语,如"理性的动物"(笛卡尔)、"思考的芦苇"(帕斯卡)等。还有普鲁斯特的"玛德莱娜甜饼"、福楼拜的"夏尔的帽子"等,这些原本理据性较强的修辞手段,后来逐步演变成相对固定和公约化的表述。

民间格言进入文学作品也是一种较固定的陈述符号。最典型的要数拉罗什富科的《箴言集》①。格言是一座凝聚法兰西璀璨文化的艺术宝库,了解这些格言,有助于我们理解法国人的思维方式和文化习俗。同时,在阅读文学作品时遇到这些格言,我们可以避免停留于文字表面,更加准确地把握作品传达的意义。如波伏瓦在其《模糊性的道德》②结尾处用了一个谚语,"有一句古老的格言是这么说的:'Fais ce que tu dois, advienne que pourra.'(不管结果怎样,做你该做的事)。"

修辞与文体则是另一类美化文学作品的艺术成分,用以装饰话语,使表达更为生动传神,我们不妨也将其纳入陈述符号之列。常见的修辞方法包括明喻(comparaison)、暗喻(métaphore)、借代(métonymie)、提喻(synecdoque)、夸张(hyperbole)、反语(antiphrase)、同义迭用(pléonasme)、矛盾修饰法(oxymoron)、曲言(litote)、婉言(euphémisme)、讽刺(ironie)等。③ 下面略举数例说明一下这类陈述符号的特色。

明喻是本体、喻体和喻词都出现的比喻,由"如同……一样""似乎""仿佛"等喻词连接而成。如:rusé comme un renard(像狐

---

① 拉罗什富科:《箴言集》,邵济源译,沈阳:辽宁教育出版社,2000年。
② 西蒙娜·德·波伏瓦:《模糊性的道德》,张新木译,上海:上海译文出版社,2013年。
③ 修辞方法的介绍参见 Jean Milly, *Poétique des textes*. Paris: Editions Nathan, 1992, pp.185-218;方仁杰:《法语实用文体与练习》,北京:外语教学与研究出版社,2002年,第221—270页;王文融:《法语文体学教程》,北京:北京大学出版社,1997年;赵颂贤:《法语修辞方法》,南京:南京大学出版社,1999年。

狸一样狡猾）。暗喻有两种情况,即只有本体和喻体,没有喻词,或者本体和喻词都不出现,直接将喻体用作本体。如 Il est un jeune loup（子系中山狼）。借代是一种替代的修辞手法,即由两个客体之间的密切关系而引发的词义转换现象,包括用地名指代该地产品和居民,用首都指代国家和政府,用人名指代其作品,用人和物的标志特征来指代人和物,用原材料代表成品,用容器指代容量和内容,用抽象代具体,用局部代整体等。提喻近似于借代,本体和喻体之间属于包含关系,主要用法包括：用整体代部分,或反之；用单数代复数,或反之；用材料代物体；用专有名词代替某个种类；用定数代替不定数等。夸张是指人们为了表达强烈的情感,将某物某事无限放大或缩小,给读者留下深刻的印象。反语指表达与原意相反的观点,意即说反话。这常常出于讽刺的目的,比正面说话更富表现力。这些修辞手法在文学作品中出现的频率较高,且容易理解。下面再举例分析几种修辞手法。

同义选用指用两个词语传达同一信息,其中一词属于赘语。它常常被看作误用,但可以起到强调的作用：J'en suis sûr et certain（对此,我绝对肯定）。矛盾修饰法将相互排斥的两个概念连接起来,在矛盾中寻求统一,表达复杂的思想感情和意味深长的哲理,产生奇妙的冲突性效果：Cette obscure clarté qui tombe des étoiles [...]（星星撒下昏暗的光亮。——高乃依）。曲言是采用温和的措辞表达真实的想法,或是出于礼貌,或是出现于古典艺术中：Va, je ne te hais point.（去吧,我一点儿也不讨厌你——高乃依）。婉言是指用委婉的方式说出不宜直言或难以启齿的事情,例如用 le disparu（失踪者）代替 le mort（逝者）。

讽刺与反语具有相通之处,它并不局限于反语,而是有多种多样的表达方式。讽刺的表达方式较为隐晦,需要仔细琢磨,方能品出其中的真实含义。讽刺以一种具有双重所指的信息为基础。一层是字面所指,符合语言编码和既定的社会文化编码,另一层较之于前者更为隐蔽。伏尔泰在《老实人》的开头对通德-滕-特龙克城堡的男爵和男爵夫人作了一番肖像描写。表面看来是在称颂("韦斯特法利亚最有权势的贵族之一"),实际上这层所指已经被小说背景中包含的其他因素颠覆了,成为对男爵的一种嘲讽。这种讽刺在文本中表现为矛盾的因果关系:"因为他的城堡有一扇大门和众多窗户,而且大厅里还悬挂着壁毯","男爵夫人约重350磅,由此赢得了普遍的尊重……"在文学领域中,除了对于特定事件的讽刺,还有一种普遍意义上的讽刺文本,讽刺的修辞手法在其中占据主导地位,例如福楼拜未完成的长篇小说《布瓦尔和佩库歇》[1]。两个主人公在知识领域内从事荒唐的探险活动,遭受了接二连三的失败。小说嘲讽了人们的愚昧无知和各种人文学科知识与观念的相互抵触,全书充满了浓厚的荒诞色彩,具有强烈的讽刺意味。菲利普·阿蒙的《文学讽刺》[2]对文学作品中使用的讽刺手法进行了专门研究,探讨了讽刺的交际特征、讽刺类型、讽刺符号和讽刺场域,并借用十九世纪的文学作品实例进行了解析与佐证。

  陈述符号构成了文学文本的基础,让我们在语言词汇层面上了解文学符号的实体,考察这些符号在语言结构上的组合潜力、语境中陈述句所具有的含义、文本结构所包含的结构语义、语言作为客体语言(langage-objet)所孕育的诗学功能等。古往今来,作家们正是运用这些陈述符号构筑起了卷帙浩繁的文学大厦。

---

[1] Gustave Flaubert, *Bouvard et Pécuchet*. Paris: Flammarion, 1999.
[2] Philippe Hamon, *L'Ironie littéraire*. Paris: Hachette, 1996.

陈述符号是文学作品的基本成分,是建设文学大厦的基础材料,以不同的形态、强大的结合能力、各自独特的神韵,形成文学作品的篇章和文学形象。

二 形象符号:文学符号之神韵

文学是对自然和社会的艺术表现。文学形象体现了文学作品中反复出现的一些特定的人物形象、物体或是某些抽象概念,并且形成相对稳定的指意形式和所指内容,这就形成了形象符号。形象符号是文学作品的神韵所在、活力之源。从其承载体裁、表现形式和运作方式来看,形象符号可以大致归纳为三个方面的符号:文学主题、诗歌象征和神话传说。此类符号是在陈述符号基础上构建起来的组合单位,即麦茨所说的"大句段"(grande syntagmatique),同时构成相应的宏观语义。这种单位可大可小,小到一个词组,如巴尔扎克的"忧伤的驴皮"(peau de chagrin),大到一个故事,如民间故事《灰姑娘》;可以单独出现,如梅里美笔下卡门的形象,也可成群呈现,如左拉的《卢贡-马卡尔家族》中的人物;意义可以单一,如《包法利夫人》中夏尔的帽子(笨拙与迂腐),也可以连成一片或包含若干层,如蓬热《事物的偏见》中的石竹或雨水,即用雨滴形容各种作物果实,还暗示了人的情绪。

在这类符号中,文学主题是其重要的一个领域。文学主题是指文学作品中循环出现的一些概念,与作家自身的处世方式以及对于世界的看法密切相关。作者围绕具体的组织原则构建起文学世界,最为明显的判断标准就是一个词语的不断出现。不过,主题常常会超出词语的范围,并且在表达的转换中,同一个词的意义可能会发生变异,因而最为可靠的标志则是主题的战略价值,或者说是它的类型学性质。①

　　文学主题起源于人们的精神想象。其中较为固定的主题可以成为一些想象的原型。这些原型形式多样,存在于各种文化之中。法国哲学家加斯东·巴什拉为物质想象确立了四种本原:火、气、水、土。我们可以按照物质想象对四种本原的依附来把它们进行分类。例如激情、理想、欲求等可以归结为火这一物质本原。其他本原同样具有自己的概念体系,这里着重介绍一下水这个物质本原。

　　提到水这一本原,我们首先想到的就是一些表面的形象,如清澈的水,展现了流动、随和的形象。而水的流动也体现了时间的流逝、生命的消亡,成为生与死之间的中介。将水的表面与深度结合起来考虑,或是消失于天际,或是消亡于无限的深渊,水的命运显现了人的命运的形象。水也可以和其他本原相互结合,尤其是水和土的结合。泥团体现出物质性和可塑性,人们通过水感受到土的柔顺,水在其中是具有主导性的物质。通过诗意的想象,我们可以发现水的女性、母性特征,泉水体现了一种源源不断的诞生。水的纯洁性与自然道德联系在一起。不过,水并非始终平静温顺,有时它会展现狂暴的一面,此时便会接受一些愤怒的心理特征。呈现在我们面前的水是拥有躯体和灵魂的完整的存在,由水这一本原延伸出多种多样的形象,在文学作品中保持了旺盛的生命力。②

---

① Daniel Bergez, *Introduction aux méthodes critiques pour l'analyse littéraire*. Paris: Bordas, 1990, p.102.
② 关于水的物质本原的研究,见加斯东·巴什拉:《水与梦——论物质的想象》,顾嘉琛译,长沙:岳麓书社,2005年。

而在文学作品中,不同作家对这些本原的感悟和表现也不尽相同。如勒·克莱齐奥在其作品《蒙多》中对水的形象作了特有的描述:水总是一种赐福的物质,呈现出温柔和微咸的特质。洒水壶里喷出的水是"清凉的水雾,让人非常舒服"。水能让人解渴,使人凉爽,令人平静,是纯净的象征。尤其是露水,它是天然之水,能洁净心灵与身体。《活神之山》的水清澈纯净,乔恩在登山时碰到两次,第一次是在山脚下,小溪的水欢快又冰冷。第二次是在山顶,这是天上之水,喝了让人充满力量与陶醉。水又是母亲或情人的体现,水是生命之源,水能够让土多产,水边的芦苇就是生命繁茂的象征。水和土可以形成泥,是《圣经》中上帝造人的材料。海水则是肉体享受和自由的象征,是小主人公们追寻的目标,蒙多的游荡、丹尼尔的寻觅、小十字的询问都是如此。水时而是温柔的母亲,时而是苛刻的情人,它神秘莫测,难以捉摸。水体现着自由,能将人们带向遥远的地方,消除一切偶然性。在《从未见过大海的人》中,丹尼尔"很久以前就想着大海的水,它自由自在,没有边界"[①]。

此外,文学作品中还存在空间、时间、自然、童年、爱情、死亡、正义、善恶、祖国、荣誉、责任、身份等永恒的主题。作家们在无意识中不断重复探讨这些主题,体现了对于人类生命本原的始终不懈的探索。人们面对充满奥秘的宇宙,面对神秘的大自然,在摸索中缓缓前行。文学史正是步履蹒跚的人类在探索的路途中留下的串串足迹。

第二种文学形象符号是诗歌象征,这一方面成绩斐然的首推

---

① 张璐:《勒·克莱齐奥小说〈蒙多〉中的自然叙事》,《国外文学》,2013年第1期,第106页。

法国象征主义诗歌。象征主义诗歌主张用可感的艺术形象来暗示复杂微妙的内心世界,追求诗意的朦胧,反对直露,惯用暗示的手法。波德莱尔的《恶之花》是法国象征主义的经典之作。诗人在这部作品中审视了城市和人性的丑恶,反映了置身于其间的焦躁状态。例如在《恶之花》中,"深渊"这一具体物象反复出现:

> 随便睡吧,抽烟吧;发愁吧,别作声,
> 去厌倦无聊的深渊里深深地潜藏;①
>
> 从深渊直到九重天,除了我本人,
> 谁也不理会你的、被诅咒的女人;②
>
> 这时,醉人的回忆正飞舞在沉沉混浊的空气中;
> 眼睛闭上;
> 而眩晕却攫住被征服的灵魂,用手推它,
> 推向充满人间瘴气的深渊之下;③

无底的深渊令人产生无尽的绝望,诗人用深渊的形象来象征肮脏的城市和黑暗的地狱。生命在喧闹庸俗的城市中屡受挫折,疲惫不堪,必然会走向软弱和堕落。在阴冷黑暗的地狱中,到处充斥着疯狂、罪恶和噩梦般的眩晕。诗人在可怕的深渊中踉跄行走,不堪忍受,试图逃离深渊的梦魇,逃向彼处的天堂。"大海"成为与之相对的诗歌象征:

---

① 波德莱尔:《恶之花》,钱春绮译,北京:人民文学出版社,1991年,第85页。
② 同上,第90页。
③ 同上,第110—111页。

> 当你穿着宽大的裙子御风而来,
> 你就像一只美丽的船漂向大海,
> 扬起征帆,
> 按着一种轻徐、缓慢、动人的节拍摇荡摆动。①

> 大海,茫茫的大海,安慰我们的劳累!
> 由巨大的风琴、那哀怨的飓风伴奏着、嘎声歌唱的大海,
> 是什么魔鬼赋予她催眠曲似的崇高的作用?
> 大海,茫茫的大海,安慰我们的劳累!②

广阔无垠的大海深邃宁静,有着"催眠曲似的崇高的作用",象征着安宁、祥和,是诗人渴望栖身的避风港湾。而大海也有波涛涌动的一面,展示着自由和力量,让人看到光明和实现理想的动力。这正是梦想中的天堂,带给诗人极大的欢愉。身处黑暗的社会之中,波德莱尔正是带着苦闷、愤怒、病态的心理竭力寻求解脱、光明和幸福。

读者通过联想和想象,不难揣测"深渊""大海"之类的具体物象的象征意义。在诗歌作品中,经常会运用一些约定俗成的象征,例如白色象征纯洁、神圣,绿色象征生命力和希望,黑暗象征恐惧与神秘,橄榄枝象征和平幸福。为了让读者听众更加准确地领会诗歌传达的意义,诗人会倾向于选择他们思维中容易接受的象征。

神话传说中的原型则组成了第三种形象符号。这类符号体现了宇宙空间和人类社会的组织情况,反映了人类对于大自然及

---

① 波德莱尔:《恶之花》,钱春绮译,北京:人民文学出版社,1991年,第118页。
② 同上,第143页。

其所处社会的看法和态度。较之于象征，神话的含义更为丰富，囊括了"自然力量（创世、电闪雷鸣、狂风暴雨、日月星辰、诺亚方舟、大洪水……），人类状况（命运、死亡、善恶的较量……），或一些重要的行为类型（爱情、反抗、战争、纯洁……通过诸神和传奇人物表现出来）"①。神话是各民族社会集体想象的结晶，具体表现形式为神话传说和民间故事。

起初，神话的出现是出于宗教因素。身处蒙昧落后时代的人类在与自然的不断斗争中求生存，他们敬畏大自然的神奇力量，却无法对种种自然现象作出合理的解释，只得将其归因于神灵的旨意和行为，各种神话故事应运而生。随着人类文明的不断进步，神话的宗教光环渐渐消逝，开始变得世俗化，成为一种美学因素。一个个动人的神话故事阐释了人类的经验与梦想，是人类走近神秘真相的途径。在这些不可思议的真相面前，逻辑话语显得无能为力。二十世纪之前，神话一直在西方文学作品中占据至关重要的位置。法国学者皮埃尔·阿尔布伊曾经对神话在法国文学中地位与影响作了专门的研究。在《法国文学中的神话与神话学》②一书中，阿尔布伊对法国文学中使用的神话和原型作了回顾，即从浪漫主义先驱夏多布里昂到新小说代表人物格里耶在作品中对神话的借鉴，重点清理了若干个神话形象，如撒旦、该隐、普罗米修斯、那喀索斯、奥菲斯等形象及其变种，最后又列举了几位著名作家构建神话形象、从中获取当代意义的实践，如米什莱、雨果、奈瓦尔和纪德。

到了现代，神话的含义发生了改变。在社会研究领域主要表

---

① Jean Milly, *Poétique des textes*. Paris: Editions Nathan, 1992, p. 235.
② Pierre Albouy, *Mythes et mythologies dans la littérature française*. Paris: Armand Colon, 1969.

现为罗兰·巴特的神话学研究。巴特运用结构主义符号学的方法,对社会文化领域的符号体系进行"解神化"(démystification)的审美解读,剖析充斥于日常生活中的衣着、食物、广告等虚假伪善的社会现象,揭露资本主义社会的各种矛盾和弊病。在文学领域内,神话的意义转轨则体现在神话不再是传统意义上的虚构传奇故事,而是演变为在思想和情感方面为整个社会所共有的一些普遍的庸见。在不少现代人的观念中,某些国家和地区的形象是固定不变的:美国是富裕、先进和发达的代名词,非洲是贫穷、愚昧和落后的象征。还有一些完美的理想和典范,如科学、进步、民主、欧洲等。对于文学作品中的这些庸见,我们同样可以用解神化的方法加以解读,揭开神话的面纱,认清面纱背后的真实面目[1]。

文学作品倘若没有神韵,就如同画龙却未点睛,缺少鲜活的气息。文学形象符号为文学注入了源源不断的活力,使其得以流传下来,并延续至今。这画龙点睛之笔固然重要,不过,若没有巧夺天工的骨架构造,那壁上之龙恐怕就谈不上栩栩如生了。在文学作品中,尤其是小说作品中,文学符号的组织和安排离不开精巧的叙事结构。

三 叙事符号:文学符号之构架

文学作品的叙事构建需要借助多种叙事要素才能够得以实现。这些要素又要通过一些结构和形式来体现。小说家和诗人

---

[1] 张新木:《神话学与社会批评》,《南京大学学报》(外语专辑),1993年12月,第32—35页。

们在长期的创作过程中，逐步形成了一批较为固定和可供分析的结构与形式，形成一些为叙事而服务的符号。叙事相互结合、相互作用，为文学作品内部其他文学符号的组织和运作提供了前提和保证。在小说这一文学体裁中，基本的叙事符号包括叙述主体、叙述维度、叙述结构、人物要素、描写成分和文本开放性等等。

研究小说的叙事层面，首先应当从小说的叙述主体入手。叙述中需要区分三组概念：作者/读者，叙述者/受述者，潜在作者/潜在读者。其中，叙述者在小说中的作用尤为重要，按照他处于所述故事之内或之外的位置，叙述者可以分为同故事叙述者和异故事叙述者两种类型，每种类型又可以各自区分出两种不同情况。叙述者与小说人物之间的关系通过人称得以体现。不同的叙述者类型选择的人称也会存在差异。叙述者在文本中发挥多种功能，热奈特曾经对此加以概括总结，而伊夫·勒特在他的基础上进一步发展了叙述者功能理论。在叙述过程中，叙述者可以采取多种途径介入叙述，对文本进行不同程度的干预，主要可以分为两大类：对于话语的干预和对于故事的干预。发送信息的叙述者和观察所述事件所采取的眼光并不一定重合于一个人物，由此产生了叙述声音和叙述眼光的区分问题，也可称之为叙述视角。热奈特称之为"聚焦"(focalisation)，并且区分出三种聚焦方式。托多罗夫针对叙述者和人物之间的关系，区分了三类视角，并在《散文诗学》[①]一书中进一步阐述了声音和眼光的问题。按照四种不同的分类标准，托多罗夫对叙述眼光进行了类别研究，并通过考察叙述者探讨了叙述声音。伊夫·勒特在前人研究的基础上，构建了叙述声音和叙述眼光的基本理论框架。在小说作品

---

① Tzvetan Yodorov, *Poétique de la prose*. Paris: Editions du Seuil, 1971.

中,除了叙述者的声音,还存在人物的声音。人物声音主要通过转述话语和内心话语两种方式加以呈现。其中转述话语又可以分为三种类型:直接话语、间接话语和自由间接话语。在小说的虚拟世界中,叙述通过各种话语方式的灵活转换,力求达到文学的逼真效果。

小说的叙述维度可以分两方面进行研究:叙述的时间和叙述的空间。叙述时间可以分为故事本身进展的故事时间和叙述故事的话语时间。故事时间和话语时间的进展并不一致。出于叙述的美学目的,小说家会对故事时间和话语时间采取一定的时间变形。这种时间变形体现为三个方面的变化:时序、节奏、频率。时序变化主要指预叙、倒叙等时序上的倒错现象。节奏变化是指故事时间和对应的话语时间的时长差异。频率问题是指故事时间与话语时间之间的频率关系。除了故事时间和话语时间,托多罗夫还提到了另外两种时间,即写作的时间和阅读的时间,不过这两种时间在文本中的重要性和普遍性不及前两种时间。另外,叙述还呈现出一个想象的空间,拥有独特的功能、性质、组织形式和呈现方式。叙述的空间可以按照叙述时间的划分方法区分出故事空间和话语空间。小说故事空间的设置在文本中常常具有特殊的象征意义。热奈特在其研究中具体研究了文学的四种空间性,即语言的空间性、写作的空间性、辞格的空间性和文学整体的空间性。作者在小说中主要借助于描写来呈现故事的空间。让-伊夫·塔迪埃对此作了深入具体的研究,"在文本中,空间可以定义为产生表现效果的符号。我们应该研究空间符号的构建方法,探讨叙事中创造空间的符号"[①]。并由此归纳出空间呈现所

[①] Jean-Yves Tadié, *Le Récit poétique*. Paris: Gallimard, 1994, p. 48.

发挥的五种主要功能,即背景转换、象征所指、社会参照、凝聚回忆、行动限制等功能。

《当代法国小说中的空间符号》[①]一文对小说的空间符号构成和运作作了深入探讨。文章认为,法国小说在空间的构建上有许多特色,不少作家在这方面作过独特的探索,小说空间已经不是巴尔扎克笔下的现实世界,而是由空间符号组成的视像世界。小说创作独立于现实,独自建立了自己的叙述空间。尤其是新小说,其共同特征就是有意识地摆脱对视野的依赖,将一整套复杂的修辞手段(空间符号)引入小说,借此摆脱现实主义的阅读桎梏,给当代小说注入一种新的活力。这种活力来源于空间符号的构建特色及其再现功能,通过非立体景象、明暗对比、静画转动画、图像和声音调节、场景反衬非场景、图像组合等手段,给小说写作提供一套视像空间代码。如非立体景象形成了叠加效果,明暗对比造成虚幻景象,静画转成动画形成运动感,图像与声音的调节引发感知分解和转移,这些都给当代小说增添了无限的活力和表现力。考察表明,当代法国小说正在开发它的空间能指,借助光学原理和电影手法,在叙事小说中构建空间符号体系,将小说构建成一个似是而非的多义世界,一个更能自由地阅读和解译的空间。因此,深入研究叙述的时间和空间,有助于我们为小说划定特定的时空领域,在此范围内更加准确地理解和把握小说的叙述。

小说叙述结构则是探讨叙述层次的划分,情节结构、叙事序列的安排等。许多学者已经对于文学作品的叙述结构展开了深入、详尽、细致的研究。罗兰·巴特将叙事作品分为三个层次:功

---

① 张新木:《当代法国小说中的空间符号》,《当代外国文学》,1997年第4期。

能层、行动层和叙述层。功能层处于叙事的底层,必须由上一层的行动层来获取各个功能单位的意义,而行动层单位的意义又得通过叙述层来实现,三个层次之间层层递进,最终获得作品的整体结构和整体意义。罗兰·巴特撇开作品的外部影响因素,在文本内部进行功能符号的分析,开辟了叙事作品分析的新途径。格雷马斯引入了符号矩阵的概念,并借助叙述转化公式,分析文本的深层语义结构和表层形式结构。托多罗夫将文学作品分为故事和话语两个层次。故事层次由动作逻辑层次和人物关系层次构成。托多罗夫结合具体文本,提出了人物行动的三元模式和同系模式。格雷马斯和拉里瓦耶等学者为叙事作品提供了一个情节结构的五元模式。克洛德·布雷蒙针对叙事序列进行了研究,将序列分为基本序列和复合序列,提出基本序列展示的叙述可能的网络模式,并归纳了基本序列相互结合成为复合序列的三种典型方式。格雷马斯还将理论与文本分析实践相结合,具体分析了莫泊桑的小说《两个朋友》中的叙事序列[1]。采用多元化的结构分析方法,从不同角度研究叙述结构,厘清小说情节的发展脉络,以掌握叙述结构的内在机理,抓住小说叙述结构的内在逻辑。

  小说人物是构成小说的基本要素,发挥着重要的叙事功能。人物功能的概念最早由普罗普提出。他在《故事形态学》中归纳了人物的 31 种功能,而后格雷马斯在研究中对之进行了缩减。菲利普·阿蒙、让·米利等学者均对文学作品中的人物类型进行了划分。阿蒙借助符号的三分法将人物分为参照型人物、置换型

---

[1] A. J. Greimas, *La sémiotique du texte*. Paris: Editions du Seuil, 1976.

人物和他语重复型人物①。让·米利按照人物的功用，将人物划分为集合了简化特征的人物、拟人化人物和心理化人物。一部小说作品中通常包含多个人物，阿蒙提出了对人物进行等级划分所依照的六个参数。托多罗夫则结合小说《危险的关系》，分析作品中的人物关系，并归纳了人物的关系和行动的规则。作家通过人物的姓名、性别、外表、言辞、心理等符号呈现人物形象。格雷马斯关注比人物层次更为抽象的动元层次，并提出由六个动元组成的施动者模型。在文本中，我们需要区分动元（actant）、行动者（acteur）和角色（rôle）三个不同的概念，并了解三者之间的关联。人物在叙事作品中具有独特的结构法则。运用符号学的分析方法，我们可以认清人物在作品中的符号学地位。

在小说中，有个与叙事并存但又与之竞争的成分，这就是描写。自古以来，描写始终是文学作品不可或缺的成分，体现了一定的诗学价值。描写拥有悠久的修辞学传统，从最早的辩论技巧逐渐发展成一种文学表现方式。让-米歇尔·亚当在其描写研究中重点论述了描写史中的两个重要阶段和三个辉煌时刻。两个重要阶段是关于"安乐之所"的景物描写和女性肖像描写。三个辉煌时刻即描写型诗歌、自然主义小说和新小说。了解描写产生的根源及其演变过程，有助于我们从纵向上把握描写，认识描写的本质。我们还可以从整体上探究描写成分的文学功用，具体分析描写的操作和描写的功能。亚当认为文本中描写的具体操作可以归结为四种方法：锁定操作、体态化操作、建立关系操作和次

---

① Philippe Hamon, «Pour un statut sémiologique du personnage», *Littérature*, 6, 1972. article repris dans Roland Barthes, Wolfgang Kayser, Wayne C. Booth, et al., *Poétique du récit*. Paris: Seuil, 1977.

主题化操作。伊夫·勒特认为，小说中的描写主要有四种功能，即模仿功能、资料功能、叙事功能和美学功能。描写的操作分析提供了文本分析的新方法，描写的功能研究有助于我们从宏观角度考察描写在小说中的"文本地位"。[①]

另外，小说也是一个开放的文本。文本的开放性可以从两个方面来研究，即文本自身结构的开放性、文本面向外界和其他文本的开放性。研究文本自身结构的开放性需要考察文本内故事和话语的开放性。文本面向外界的开放性主要指文本的真实性，文本通过某些方式给读者以真实的印象。文本面向其他文本的开放性主要涉及跨文本性。热奈特提出了跨文本性的五种关系类型：文本间性、副文本性、元文本性、承文本性和广义文本性。从读者角度来说，我们可以按照一定的方法和步骤来阅读小说，完成小说世界的构建。托多罗夫的构建性阅读理论，主要考察参照性话语、叙事过滤器、意指作用与象征化等，为读者的阅读构建和文学分析开辟了新的研究视角。

至此，我们对文学符号作了大体的功能性分类，即陈述符号、形象符号和叙事符号，这种分类无疑不能算是终极性的，还有待后续的研究对此进行细化，更为合理和科学地进行划分和归类，使之更切合于小说体裁中符号体系的现实状况，更好地指导我们的文学研究和批评。就目前而言，陈述符号已经有一定的研究基础，普通语言学和文体学研究已经为认识这类符号提供了相当的参照成果，我们只需从符号及其功能的角度出发，将语言学和文体学的研究成果移植到文学符号学中，重新认识它们在文学作品中的表现和作用即可。因此，陈述符号将不作为本研究的重点。

[①] 张新木：《论文学描写的文本地位》，《国外文学》，2010年第4期，第19—27页。

至于形象符号,与此相关的研究有主题和原型研究、象征研究和神话研究等,应该说也已经为我们认识形象符号提供了足够的基础成果,在此我们也不作为考察的重点。而叙事符号则是当代法国学者关注的重点,也是我们需要重点了解和考察的方面,况且叙事学(narratologie)已经成为当今法国符号学研究的高地。后续我们将从叙述主体与话语理论、叙述文本的时空维度、叙述结构理论与分析、人物的符号学地位、文学描写分析和文本的开放与互文等六个方面来考察叙事符号,并且主要以法国近当代小说为分析对象,尝试着探索叙事符号的性质与功能、构成方式与文本效果,以展现法国叙事学的若干特色。

第二章

小说符号分析的层次

　　小说是文学作品的一个重要组成部分。长期以来,在世界各国文化中,有各种各样的文学作品,如小说、诗歌、戏剧、散文等文学体裁,既有口头的文学、书面的文学,也有表演的文学,以供人们求知、消遣和教化之用。同时,针对文学作品的生产、传播和消费活动,众多的文学批评理论创立,以探讨文学作品的赏析原则、写作技巧、寓意方式、社会效应等。小说作为文学作品中占主导地位的体裁,自然也具有形式多样、内容丰富、评价方式各异的特征。然而对小说作品的分析,一般沿用文学史的方法,即以编年史的方式,将作家和作品罗列出来,以线性文字的方式来呈现复杂的文学现象。法国学者伊夫·勒特曾经列举了这样观照文学和小说的三个风险。一是在浩瀚的文学作品中仅选取部分有限的作品,并且将其按世纪划分,与小说史的实际状况并不契合,也不具有相应的代表性。二是存在一种回溯性幻觉,即参照小说的现状来回顾小说的演变过程,而古今的价值体系大相径庭。过去的禁书在今天得到平反;过去推崇的作品,如今却时过境迁,风光不再。况且小说文本的意义、阅读的经验和写作的实践,过去和现在都不尽相同。三是会混淆文学作品和社会演变的因果关系,以为某种社会变化必然导致小说的某种革新,反之亦然①。因此,对小说进行考察和分析,应该从作品本身入手,对小说的主要成分进行考察,看它们是怎样构成作品的,这些要素又是怎样影响小说世界和推动小说演变的。伊夫·勒特认为,小说主要由虚构(fiction)、叙事(narration)和成文(mise en texte)三个层次构成,各层次的小说符号承担着不同的功能。因此,小说分析应该遵循其成分的分割,从这三个方面进行考察,才能有机地探索小说创作、赏析和批评的基本规律,正确地认识文学符号构成小说作品的运行机制。

一 虚构层次

小说的虚构主要是指小说作品的故事和情节框架。虚构一般由小说中的"行动"(actions)、执行这些行动的"人物"(personnages)以及这些人物和行动所处的时空天地(univers spatio-temporel)构成。作者在创作小说时,首先得对人物、行动和环境进行一番设计,将一个假想的小说天地完整地奉献给读者。而读者则通过阅读,将线性的小说文字还原为立体的小说天地。虚构的主要成分包括情节和行动、人物及其角色、小说空间和时间等。作者在创作小说时,需要分别对它们进行符号设计、指意更新、功能分配、系统整合等。

首先是小说的情节和行动。根据伊夫·勒特的考察,情节是一切虚构所必需的大梁,它是由行动构成的,行动是构成小说的

---

① Yves Reuter, *Introduction à l'analyse du roman*. Paris: Dunod, 1996, p. 7.

基本单位,它们根据一种特定的方式结合成小说①。把行动当作情节的基本单位进行研究,起始于俄国学者弗拉基米尔·普罗普。在《故事形态学》②一书中,普罗普透过形形色色的外部形态,发现任何叙事作品都是由行动构成的,都可以归结为若干确定的"功能"。经过对阿法纳西耶夫所整理的100多个民间故事的考察,他惊讶地发现,许多相同的人物和事件会不断地重现,于是提炼出了31个功能,并且以人物为核心将这些功能纳入若干个行动域。法国学者布雷蒙又将这些功能系统化,并且分布于六个层面:人物行动(A)、故事进展(B)、考验人物(C)、神奇协助者(D)、主人公(E)、对手(F)等,以进一步深化对叙事作品结构和形态的考察③。当然,民间故事中整理出的这个功能集,虽然适合于对民间故事的分析,但对于情节复杂的作品来说,具有一定的应用难度。于是,格雷马斯便提出一个更为简洁但更为抽象的模式,认为任何叙事都建立在一个"超级结构"之上,他称之为叙事的"五元模式"(schéma quinaire),因为叙事情节一般要经历五个阶段,即初始状态(état initial)、复杂化阶段(complication)、动力阶段(dynamique)、解决阶段(résolution)和最终状态(état final)④。该模式可以建立一个假设,即所有叙事作品都是一个过程,从初始状态到最终状态的过程,过程中包含许多相同的成分,如主人公开始时孤独又不幸,最后却与家人团聚,幸福美满。而这两个状态及其演变过程的建立,成了叙事情节的内容,也是故事的关键,成为小说虚构的情节基础。

---

① Yves Reuter, *Introduction à l'analyse du roman*. Paris: Dunod, 1996, p. 45.
② 弗拉基米尔·雅可夫列维奇·普罗普:《故事形态学》,贾放译,中华书局,2006年。
③ 张新木:《论索绪尔对符号学发展的贡献》,《俄罗斯文艺》,2013年第4期,第119页。
④ Yves Reuter, *Introduction à l'analyse du roman*. Paris: Dunod, 1996, p. 47.

诚然，情节的安排还是"超级结构"，是一些较大的阶段，它还可以再分割为"序列"（séquence）。序列是指能够表现一个行动的最小文本单位。有学者认为五元模式就是一个序列，是最小的叙事单位。也有学者认为，当时间、地点、人物和行动体现出统一性时，就形成了一个序列。而布雷蒙则认为，序列就是能够形成可能性和现时化的过程，即人物行动在某时某地有可能这样或那样，这样了或那样了，就有可能完成也有可能完不成①。然而不管对序列如何界定，或采用何种分析模式，任何叙事都包含诸多行动，要根据协调原则将其组合成情节，如逻辑层面上的因果关系、时间层面上的先后关系，或等级层面上的轻重关系。能够形成一种协调关系的叙事单位，就可以看作一个序列。罗兰·巴特从行动角度出发，认为某些行动构成了叙事的"核心功能"，即故事的主要功能，另有一些补充核心功能的"催化功能"，也可以看作序列，是构成叙事作品的基本单位。

在《小说分析导论》中，伊夫·勒特对莫泊桑的小说《漂亮朋友》进行了虚构分析，认为小说的开头（incipit）就展示了这种虚构机制②。《漂亮朋友》的开头指定了小说的第一个阶段，构成了小说文本的一个战略要地，规划着作品的阅读方式，并且试图解决提供信息和引起关注的张力问题。确实，小说家的首要问题是要构建一个叙事的虚构世界，对这个世界进行描述，提供信息和解释，以此来吸引读者进入阅读的游戏，让读者尽快进入故事中的叙述层面。莫泊桑在这里选择了一位全知全觉的叙述者，以第三人称和过去时进行叙述。读者立刻被引入一个逼真的天地，看到

---

① Yves Reuter, *Introduction à l'analyse du roman*. Paris: Dunod, 1996, p. 49.
② 同上，第153页。

的都是"日常"的行为,如在餐馆结账、在街上行走等。人物有名有姓,有其社会角色,时间和地点也与我们的"世界"相对应。对这个世界的表现优先考虑叙事的需要,直接进入现实事物,以餐馆用餐后的付款开始:"乔治·杜洛瓦递给女出纳一枚一百苏的硬币,接过对方找回的零钱,他也就迈开大步,向餐馆的门边走了过去。"①这种引入故事的方法有两个优点:一是让读者觉得自己处于一种动态之中,结账这个动作的前后都应该有其他事情,是持续过程中的某个环节;二是让读者觉得这就是我们的世界,而故事似乎就在某个已经开始的行动中开始,没有突然之感。此外,故事的主人公,这个支撑叙事的超级主题(hyper-thème),就这样从天而降跳到读者眼前。于是,提供信息和解释就有了动机,从属于针对主人公杜洛瓦的关注,引发对其行为和思想的描述,以及对其过去的回述。

小说的开头还对下文进行了规划,安排了小说的要素和参照点,例如有些迹象在小说下文中时时被提及。尤其有意思的是,《漂亮朋友》的第一个阶段将杜洛瓦和一个女人置于一种商品关系之中,因为在当时的社会环境下,通过社会地位和金钱地位都比较高的女人,男人可以一次又一次地提高自己的社会地位,积累金钱资本。最初的行为发生在一个低档的餐馆里,而杜洛瓦先生手头拮据,近日内必须节衣缩食。读者立刻会明白这个人物可谓是白手起家。他走在人行道上(坐不起马车),吃了上顿没下顿,也只能勾引一些社会地位低下的女人。这就设置了第一个参照点,为小说展示杜洛瓦的地位上升定位了初始点,而用餐和勾引等主题将充满这个上升过程。小说中的描写很清晰地刻画了

---

① 莫泊桑:《漂亮朋友》,陈祚敏译,南京:译林出版社,1995年,第3页。

一位吃软饭男人的形象,杜洛瓦先生有个外号叫"漂亮朋友",他先后引诱了《法兰西生活报》记者的夫人玛德莱娜·弗雷斯蒂埃、瓦尔特夫人和她的女儿苏珊·瓦尔特。小说中有三个不断复现的动机,即安排了三个物品符号:胡子、目光和老鹰。确实,女人就是杜洛瓦的猎物,面对玛德莱娜·弗雷斯蒂埃,"杜洛瓦将右手从她的身后插过去,把她的头扭了过来,像老鹰袭击猎物一样,对着她的嘴扑了上去"①。而换了瓦尔特夫人,"房门一关上,他便像老鹰抓猎物一样,一把将她搂到怀里"②。

小说的第三段又设置了若干个标尺:杜洛瓦先生地位上升的初始日期和节奏——六月二十八日;他的出发地点——人行道和街区,他的不同住处指示了他身份的跳跃;他的种种忧虑。起初他只想着怎么糊口,后来却逐步渴望权势。此外,他的种种想法证明他似乎在"盘算",这几乎是他人格的"凝聚物":这个人物是个精于算计的人。小说第四段在规划维度上也有较大的构思,主人公突然行走起来,走到街上,这是一个隐喻,这意味着他将使用一些方法去实现自己的人生目标,扫清阻挡自己成功的障碍,这就是"挑战"主题,他将征服"整个城市",显示出他追求社会升迁的野心家本质。最后,主人公的名字也有深刻的含义。小说从一开始就指出主要人物的姓名,也是有其布局意图,以表达名字的重要性,以及名字的变化所包含的社会升迁,第一阶段的绰号"漂亮朋友",意味着他利用引诱女人而获得社会升迁,而姓名的贵族化则标志着他的成功,从一个普通的百姓乔治·杜洛瓦,俨然成了上流社会的乔治·杜·洛瓦·康塔尔男爵。最初的姓名通过

---

① 莫泊桑:《漂亮朋友》,陈祚敏译,南京:译林出版社,1995年,第172页。
② 同上,第227页。

添加头衔和虚拟领地,通过分割名字而摇身一变成了贵族。

在虚构和行动的设计上,左拉的《萌芽》也提供了较典型的例子。《萌芽》首先被看作一部具有自然主义美学特征的作品,有其特殊的书写代码和阅读方式,对其进行叙事分析,可能会更好地了解这部作品的生命力和恒定意义。《萌芽》的虚构中主要有两个故事:第一个故事讲述了矿工与矿主进行的集体斗争,左拉曾就该小说的创作作了解释,强调了作品的寓意功能:"这部小说讲的是工人起义,是对社会的一次反抗;总之是劳动与资本的斗争。这才是该书的意义所在,我想让它预言未来,提出二十世纪最为重要的问题。"[①]第二个故事则是主要人物艾蒂安·朗梯埃的故事。两个故事相互交叉但又不混为一体。从五元模式角度进行分析,第一个故事:

初始状态:在煤矿世界,各种关系处于稳定阶段;

复杂化阶段:矿主企图将坑道支架安装和挖煤分开支付工资,矿工决定罢工;

动力阶段:冲突扩大引起暴力对抗;

解决阶段:在遭到严厉镇压后,矿工们复工;

最终状态:各种关系似乎恢复到开始状态,但冲突留下的某些东西,似乎预示着未来的变化。

而朗梯埃的故事:

初始状态:工人朗梯埃被开除,孤独无援;

---

① Zola, *Les Rougon-Macquart*, Paris: Gallimard, Bibliothèque de la Pléiade, Tome Ⅲ, 1960, p. 1825.

复杂化阶段:他来到矿上,进入矿工世界;
　　动力阶段:他成为矿工罢工的领导;
　　解决阶段:在革命党的召唤下,他离开煤矿来到巴黎;
　　最终状态:他成了关注所有工人权益的革命者。

这两个五元模式极致地勾画了《萌芽》的行动特征,组织了各个行动序列,标示了各种对称行为,如朗梯埃的到来和离开,谈判与镇压,当然也包括镇压和复工之间的"差距"。这种虚构的对称布局,试图让小说暗示三个信息:矿工世界可以通过工人的共同行动得到改良,朗梯埃和夏瓦尔之间的冲突最终得到解决,朗梯埃和卡特琳娜之间产生了爱情。应该说相对于初始状态,各种关系都有不同程度的进展。此外,解决的结果也预示,个人的反抗并不能在深层次上改变什么,于是主人公必须去巴黎,投入更大的革命事业。

在虚构和行动的规划之后,要安排的就是小说人物及其角色。人物在故事的组织中承担着重要的角色。人物是行动的主体,也是承受行动的对象,应将人物联系起来并且赋予意义。可以说"任何故事都是人物的故事"[①]。作为虚构的重要成分,人物可以从叙事功能、人物角色和人物级别等方面进行考察。格雷马斯在考察人物的叙事功能时,提出了"动元模式"(schéma actanciel)的概念。他最初的想法是描述一个行动图式,即所有的故事,不管它们的外部差别如何,都拥有一个共同的结构,这表现在所有人物都能组织在某些共同的等级之中,可称之为"行动的力量",或动元,它们是任何情节所必需的要素。格雷马斯区分出

---

① Yves Reuter, *Introduction à l'analyse du roman*. Paris: Dunod, 1996, p. 51.

六个动元,参与着所有称作"寻找"的叙事。如"主体"寻找"客体",这是个欲望轴,它将两个人物角色连接起来;然后是权力轴上的"辅助者"和"反对者",帮助或者阻止欲望的实现;再就是交流轴上的"发信者"和"收信者",通过提供信息而让主体行动,并且对该行动进行评估或奖惩,起到指定和认可主体与客体的作用。

当然,动元是个高度抽象的概念,在小说文本中,某个角色可能由若干个动元来承担,这些动元可以是人物,也可以是动物,或物品和想法。反过来,同一个动元也可以由若干个角色来共同承担。例如,主人公可以同时是发信者、收信者和主体,即主人公可以自己决定寻找一个物品,而且是为了自己而寻找。伊夫·勒特借助日本民间故事《七武士》展示了种种角色的分布[1]:

动元	行动者
发信者	村民
主体	七武士
客体	和平,安宁
收信者	村庄
辅助者	某些村民,武士的勇气
反对者	强盗,某些村民,胆怯,恐惧

格雷马斯还提出了"主题角色"(rôle thématique)的概念,即行动者所处的社会文化环境,它在动元和行动者之间会起到中介作用。这能让读者预见小说下文的进展,并且理解小说的惊奇效果和不确定效应。例如某个主体行动者是神父、警官、路人、青年人

---

[1] Yves Reuter, *Introduction à l'analyse du roman*. Paris: Dunod, 1996, p. 52.

或老者，读者会期待他做出与其身份不相干的行为，以获取文本的特殊效果。主题角色的概念将方便识别每类体裁的角色类型：如果是主体角色，我们会在武功歌中看到骑士，在情感小说中看到年轻姑娘，在民间故事中看到小弟；如果是反对者角色，读者在侦探小说中会看到无赖和内鬼警察，在童话故事中看到妖怪和女巫，如此等等。当然，这个动元模式表面比较简单，但在实际观察中则显得更加灵活和细致。在简单叙事中，这些动元表现得比较清楚，尤其是在历险小说或童话故事中，寻宝或争斗的角色就表现在主体和反主体之间。因此，动元模式将根据人物的行事类别，根据人物的功能性对人物进行分类。

在探讨人物角色方面，布雷蒙曾经进行过平行的考察，以探讨人物和行动之间的关系。他建议在分析人物的角色时，从三个基本的立场出发来考察：开启过程的施动者、承受过程的受动者、对二者施加影响的影响者。布雷蒙认为，小说的叙述角色主要有以下五种。一是施动者（agent），即故事中的行动主体，通常由主人公来承担，他的行动是改变人物状态的主要动因。施动者有时也由次要人物来承担。二是受动者（patient），即故事中行动的承受对象，他的状态受到施动者行动的影响，并且发生改变，受动者一般由次要人物承担。不过次要人物的行动有时也作用于主要人物，因此也可充当次要行动的施动者。三是影响者（influenceur），它可能是人，也可能是物，其作用是影响行动者作出改善或恶化的决定，影响者有四对：告知者和隐匿者、诱惑者和威胁者、强迫者与禁止者、建议者和劝阻者。四是改善者（améliorateur）或恶化者（dégradateur）。五是获益者（acquéreur）或补偿者（retributeur）[1]。

---

[1] Claude Bremond, *Logique du récit*. Paris: Editions du Seuil, 1973, p. 46.

对照上述叙述角色,我们观察到,在庞克拉齐的《往事烟云》中,这些角色确实存在,并且在情节安排、角色组合和视角分配等方面进行了部署。

《往事烟云》[①]的主人公是一位女作家兼出版编辑伊丽莎白,于一个秋日最后一次参加出版社举行的晚会。小说的主要情节总体上既简单又含糊。故事的起点是主人公伊丽莎白从家里出发,到出版大楼参加晚会后又坐出租车回到家为终点,时间跨度是傍晚到午夜前,大约半天。从施动者的角度来看,伊丽莎白无疑是施动主体,其他人物因她而出现,是其行动的作用对象。从这个意义上说,其他人物都是受动者,施动者和受动者组成互为前提的对立体。然而,伊丽莎白在小说中的状态变化被缩减到最低程度:她去参加晚会,但晚会何时开始何时结束,有哪些人参加,效果怎样,她高兴与否,基本没有交代。倒是由她引出的次要人物更显得形象丰满,各人都有自己的故事,成为自己故事的施动者。伊丽莎白的故事也只是在触景生情的回忆中得到描述,包括她过去的工作、发病治疗的过程、目前病情对身体和情绪的影响等。从受动者角度来看,其他人物的受动状态并不十分明显,相反倒是对伊丽莎白进行施动,影响她的事业与情感生活。因此,书中人物都是主人公的影响者。从改善者角度来看,同事中的阿兰和克莱尔对主人公的事业有正面的积极影响,让她在写作和出版领域占有一席之地,但在情感方面,他们显然又是主人公的恶化者,伊丽莎白与他们的情感生活没有任何结果。而维维阿诺和苏珊等显然是恶化者,她们与主人公的观念和行为格格不入,成为她事业和情感上的敌人。在叙述的故事中,所有人物在

[①] 让-诺埃尔·庞克拉齐:《往事烟云》,张新木、张群译,桂林:漓江出版社,2005年。

不同时期、不同地点或不同事件上,时而是获益者,时而是受害者。在这里,施动者与受动者在行动上的相互制约,影响者在信息上的正面或反面影响,改善者和恶化者对主体状态的改善或恶化,获益者和补偿者在奖赏方面进行的奖励或惩罚等,形成了叙述角色的主要组合形态和相互转换机制①。

在人物研究方面,法国学者菲利普·阿蒙还对人物的区分和等级进行了考察。他认为,如果要对叙事中的人物进行细致的分析,就必须考虑到人物的不同的构成成分,既要考察他们的"做事",还要考察他们的"状态",要借助一些标准来判断,看他们之间怎么区分,又形成什么等级②。勒特将阿蒙的观点综合为六个参数:其一是区别性品质化(qualification différentielle),即人物品质的数量陈述及其表现,如人物是否就是人,或是动物或是物品;人物身上是否有标记,有伤疤;人物是否有名有姓,生理上、心理上、社会层面上又是怎样描写的,是正面形象或是反面形象?有无交代人物的家谱或是他们的情感纠葛等。其二是区别性分布(distribution différentielle),即人物的数量表现,如人物出场的频率,出场的时间长度,是否出现在关键时刻。其三是区别性自主(autonomie différentielle),主要是指人物与他人的关系结合方式。倘若是个重要人物,如主人公,他可以单独出场,也可以和他人同时出场,他会和故事的大部分主角相遇,这就导致他有许多旅行,并且与其他人的关系会变得相当复杂。其四是区别性功能(fonctionnalité différentielle),是指人物在行动中的角色。其五是

---

① 张新木:《布雷蒙的叙事逻辑理论》,《西北工业大学学报》,2020年第1期,第76—82页。
② Philippe Hamon, «Pour un statut sémiologique du personnage», *Poétique du Récit*. Paris: Editions du Seuil, 1977, pp. 133-135.

第二章 小说符号分析的层次

常规性预先指定(pré-désignation conventionnelle)，是指人物的重要性和身份可以按体裁不同而事先预设，如民间故事里的小弟，侦探小说中的私家侦探等。其六是显性评论(commentaire explicite)，多数小说中都有这种成分，主要由内部评价和外部视角构成，标示人物在作品中的地位①。

虚构的第三个要素，便是行动发生和人物所处的空间与时间。小说中的空间具有其现实性和功能性两个方面，即根据它与"真实"空间的关系和在文本中的功能来理解这个空间。小说中的地点可以是真实的，给人一种反映现实的印象。在这种情况下，作者会致力于描写该地点，包括地名、特征、相关信息、历史渊源等，这些信息在小说之外也能找到文化参照，是一种旨在制造现实主义效果的做法。而另一些作品则相反，要么不描写空间，要么缩减为象征性地点，以便构成普通的维度，比喻式空间，如民间故事和寓言。而在科幻小说中，小说创建的完全是一个想象的天地，但某些特征描写又给人以真实的感觉。空间具有其若干功能，首先是识别功能，地点可以有许多类型，城市与乡下，本地与外域，封闭与敞开，过去与现在，分开与连续，内心与外在等，形成了作品不同的空间参照和类型。其次是组织功能，作品中的地点都是相互结合，形成一个体系并且生成意义。如民间故事里的家宅是安全之所，与陌生之地的焦虑之所形成对立；地点还将人群分为阵营，两个地点的人常常势不两立；地点也可以是人生的不同阶段，社会地位上升阶段或是下降阶段，如左拉《小酒馆》里的住宅，普鲁斯特《追忆似水年华》里的树根和回忆等。

在时间方面，也存在与"真实"时间的关系和在文本中的功能

---

① Yves Reuter, *Introduction à l'analyse du roman*. Paris: Dunod, 1996, p. 54.

问题。小说中的时间指标也可以将文本纳入真实之中,即这些时间是精确的,对应于我们的时间分割,对应于我们的日历和历史事件。有的小说突出过去的时间,如历史性小说,以引起读者的关注,或是以迂回的方式隐喻现时;另一些小说则集中讲述近期的事情,以关注读者当前的心理期待;当然还有架空历史小说(uchronie)和科幻小说等。小说中的时间还承担一定的功能,即产生某些意义效果:时间的长短、限定的时间(《80天环游地球》)、成对的时间(过去与现在,老年与年轻)、集体的故事(一个民族的故事)、一个家族的故事(代代相传)、一个人的故事(生平)等,都有其独特的时间含义。关于空间和时间在叙事方面的特点和运作,我们将在第四章"叙事文本的时空维度"中作专门探讨。

二 叙事层次

小说的虚构一旦确定,即设计好故事情节、活动人物以及他们活动的时空天地,那么接下来就是要对虚构进行叙事组织和安排,即确定由谁来讲述,怎样讲述。叙事主要包括叙事模式、叙述者、叙事视角和叙述层面等,这些成分并不是故事本身,而是帮助讲述故事的叙事成分,即叙事符号[1]。勒特认为,一般存在两种叙事模式:讲述(diegesis)和模仿(mimesis)。在讲述模式中,叙述者

---

[1] 张新木:《论文学符号之分类》,《苏州大学学报》,2012年第3期,第116页。"在任何一部文学作品中,都存在着极为复杂的结构关系,存在着一种多维的非线性的布局。文学作品叙事的建构需要借助多种叙事要素才能够实现,这就是叙事符号,它们相互结合、相互作用,为文学作品内部的陈述符号和形象符号提供黏合手段……叙事符号大体包括叙述主体、叙述维度、叙述结构、人物功能、描写成分等。"

以自己的名义说话,至少不隐藏自己的在场,听众也知道,故事是被他**讲述**的,通过一个或若干叙述者的中介,经历若干个意识主体的干预,这种模式在史诗和小说体裁中占主导地位。在模仿模式中,故事似乎在自行讲述,没有叙述者和中介,至少没有明确的叙述者。听众处于**展示**的王国,这种模式常见于戏剧,也散见于某些对话或独白小说中。这两种模式实际上对应于叙述的两个倾向,在讲述模式下,故事通过语言的中介被讲述,而在模仿模式下,构建的是一种即时在场的印象,其效果要比虚构中的语言更为有效。对讲述模式和模仿模式的选择,完全出于美学的考虑,有时也涉及伦理道德的考量。例如有关两性私情或暴力行为,小说语言很直白;而在舞台上,无法直接展示,只能通过演员的话语来间接意会。

与叙事模式紧密相连的是叙述者的形式。勒特认为,叙述者有两种基本形式,一种是叙述者不是故事的人物,他处于所讲故事之外,这个叙述者就被称作异故事叙述者(narrateur hétérodiégétique),即故事外叙述者,这种形式包括两种情形。一种情形是异故事叙述者以旁观者或见证人的身份出现,他讲述别人的故事,自己并没有对故事情节的进展产生任何影响,只是在某些特定时刻出现,发挥见证人的作用。如艾什诺兹的小说《我走了》讲述了主人公费雷在离家之后一年内的种种经历。在小说的整个叙述过程中,叙述者"我"有时会像见证人一样突然出现,读者并不能确定他的具体身份。当费雷在一家餐馆里与埃莱娜见面时,叙述者突然现身说道:"我当时在场,我证明,埃莱娜是一个很能叫人想入非非的女人……"①

---

① 让·艾什诺兹:《我走了》,余中先译,长沙:湖南文艺出版社,2000年,第120页。

读到这里,读者会猜测,这里的叙述者可能是这家餐馆的某位顾客,刚好这时也在这里用餐,于是为这一场景作了见证。异故事叙述者的第二种情形是叙述者隐匿了起来,不在小说中现身,小说似乎在自行叙述,这时小说通常以第三人称写作。福楼拜、左拉等作家的小说基本属于这种情形。即便叙述者不再现身,他依然可以在某些时刻对小说中的某个人物或者事件发表带有主观色彩的评论,做出某种价值判断,这时,隐匿的叙述者就在叙述中留下了痕迹。

叙述者的另一种形式是同故事叙述者,即叙述者处于所述故事之内,以人物的身份出现,也可称之为故事内叙述者(narrateur intradiégétique)。这一类型又可以分为两种情况:叙述者以小说的主人公身份出现,例如在让-保尔·杜波瓦的小说《一个法国人的一生》[1]中,叙述者以第一人称的口吻,讲述了小说主人公保尔·布利科的一生;另一种情况是叙述者扮演小说中的次要人物,例如让-诺埃尔·庞克拉齐的小说《往事烟云》[2]以第一人称进行叙述,小说中"我"和"我们"指代的叙述者,似乎是伊丽莎白的同事,但没有任何关于她的信息,她只是和主人公一起行动而已。然而小说的主人公又是女作家伊丽莎白。这个叙述者无名无姓,也没有明显的出场时间和地点,只是以"我"和"我们"的形式散见于叙述中,从小说叙述中可以看出,她既讲述伊丽莎白的事情,也讲述其他同事的故事,有时叙述者自己也似乎成了次要人物,以便更灵活地,以叙述主体的身份出现,引出次要人物和次要情节,与相关同事们见面和交谈,激发出以往的回忆和预测。叙述者以

---

[1] 让-保尔·杜波瓦:《一个法国人的一生》,韩一宇译,上海:上海人民出版社,2006年。
[2] 让-诺埃尔·庞克拉齐:《往事烟云》,张新木、张群译,桂林:漓江出版社,2005年。

次要人物的身份出现,拉开了读者与主人公之间的距离,增添了小说的层次感。

在叙事中,叙述者的形式回应了"谁讲述"的问题,然而在小说中还存在一个"谁感知"的问题,这就是叙事视角(perspective narrative)或聚焦(focalisation)。确实,当读者通过叙述话语进入虚构时,他会以某种视角感知这个虚构,而且这个视角会根据某个基本点而变化,确定读者所感知到的信息。学界公认的叙事视角有三种:叙述者视角、人物视角和中性视角。叙事视角决定了感知知识的数量(深度),以及它所能涉及的范围(广度)。诚然,所谓的聚焦并不局限于视觉的感知,在视觉之外,其他感官的感知都可纳入聚焦的范畴,如气味(聚斯金德的《香水》)、听觉或触觉(艾尔维·吉贝尔的《盲人》)等。学者林特维尔在《叙事类型学》中曾经对此作了如下思考,"叙事视角涉及小说世界中某感知主体的感知:叙述者或行动者。感知可以定义为'通过精神和感官去认识或感知的行动'(拉鲁斯词典释义)。叙事视角则不局限于视觉导向中心,即不仅仅是看的问题,而且会引发其他的感官导向中心,如听觉、触觉、味觉、嗅觉等。由于小说世界的感知受到导向中心的精神过滤,所以叙事视角也会受到感知者心理的影响"[1]。

在探讨了叙事视角之后,伊夫·勒特又提出了叙述体(instance narrative)的概念。其实,叙述者只是一个笼统的概念,而根据叙述者的两个基本形式(异故事叙述者和同故事叙述者),使之与三种可能的视角(叙述者视角、人物视角和中性视角)进行组合,可以得出五种组合方式,从而形成五个叙述体,即叙述者的

---

[1] Jaap Lintvelt, *Essai de typologie narrative*. Paris: Coti, 1981, p. 42.

五个叙述体态。理论上,两个基本形式和三种可能的视角,会组合成六个叙述体,然而同故事叙述者(具有主观意识的"我")和中性视角相结合是不可能的,这有悖常理。可见,以上组合将形成叙事作品中的五个叙述体:

第一,是叙述者视角下的异故事叙述。这种叙述最为常见。叙述者掌握所有信息,可以进行某些回溯或预言。这是全知的叙述者,其眼光没有限制,并不局限于某个人物的聚焦。他具备叙述者的所有功能。这种组合方式常在古典小说和现实主义小说中出现,并被长篇连载小说的作者使用。作家也可以使用这种方式用以强调叙述者的全知全能。叙述者视角下的异故事叙述还具有一种优势,即可以按照文本的具体需要,插入通过其他视角进行描写叙述的一些文本序列。

第二,人物视角下的异故事叙述。当叙述者只能够知道焦点人物所知道的事情时,叙述便受到了限制。叙述可以回溯过往,但无法预见未来,叙述者也无法像前一种情况那样无所不在,全知全能,其功能必然缩减。亨利·詹姆斯的小说《梅西所知》就是一个典型的例子。世界透过一个小女孩的眼睛被观察,她注意到成年人的情爱变化,却总是一知半解。采用这种组合方式时,我们有时可以引入一些有趣的变化。焦点人物可以是一个,也可以变换人物,《包法利夫人》的主要焦点人物是爱玛,但小说有些部分又是透过查理的眼光来展开叙述的。对于同一事件,可以从一个视角进行观察,也可以从多个视角进行描述。

第三,中性异故事叙述。这种叙述出现于现代,较为罕见,主要出现于美国小说家(如海明威)的作品中,尤其是以行为主义方式写作的侦探小说(描绘人物的行为而非心理)以及一些新小说。在中性异故事叙述中,似乎是一架摄影机在记录事件的进展,没有经过人类意识的过滤。眼光受到了极大的限制,读者知道得比人物要少。回溯过往的叙述非常少见。预见未来、叙述者的全知全能以及叙述者的功能发挥更是没有可能。这种组合方式通常还伴随着话语中主观性痕迹的缺失,小说文本中的情感功能受到抑制。

第四,叙述者视角下的同故事叙述。这种叙述主要出现于忏悔录和自传中。叙述者和行动者虽是同一人物,但是他们之间存在时间上的差距,他是以回溯过往的方式讲述自己的生活。这赋予叙述者更多的信息、更宽广的视角以及内在和外在的叙述深度。叙述者在回溯过往的同时也可以进行某些预言。他会介入叙述,发挥其多种功能,正如卢梭《忏悔录》[①]中的叙述者那样。在这种组合方式中,我们同样可以变换叙述者,获得多重视角。在一些小说中,男主人公和女主人公先后讲述他们夫妻的故事。叙述者视角下的同故事叙述还要区分两类情况:叙述者讲述自己的故事(我们可以称之为自述故事叙述);叙述者讲述经历时却将另一个人物呈现在读者面前。

第五,人物视角下的同故事叙述。叙述者讲述故事时,似乎故事和讲述同时进行,由此造成事件与对事件进行的叙述之间的同时性幻象。叙述者与故事不存在时间上的差距,因而眼光受到了限制,从而限制了叙述者的功能,对于未来的预言也不再出现。通篇都是内心独白的小说就属于这类情况。

当然,伊夫·勒特并没有将上述分类组合方式固定化,他只是提出了一种理论模式,并且认识到,实际情况是复杂多变的。有些小说以某一种组合方式为主导,但同时也会在某些章节运用

[①] 卢梭:《忏悔录》,陈筱卿译,南京:译林出版社,1995年。

另一种组合方式。当然,我们也应当注意到,许多作者有时会故意运用多种组合方式,或者打乱这些组合。在罗伯-格里耶的《嫉妒》中,看似中性的异故事叙述背后隐藏着满腔嫉妒的叙述者。这些组合方式还可以产生多种效果。人物视角下的异故事叙述可以向读者隐瞒有关其他人物所做所想的信息,由此设置一种意想不到的惊奇效果。如在马尔罗的《王家大道》中有一个异故事叙述者,他以全知的方式叙述着故事。但是小说中两个主要人物的对话也占据着很大的比重,克洛德和佩尔肯在旅行中一直就旅行、人生、命运和前途问题不断对话。全知的叙述者是主要叙述者,而人物起着次要叙述者的作用,他们也"讲述"故事,有时用镶嵌方法,有时用回述方法,有时用插入方法,形成一种"动元叙述者"①。

在叙事分析中,还有一个叙事层次(niveaux narratifs)问题,涉及镶嵌式叙事和转叙。勒特认为,以上叙事机制和技术,随着创作的出新和读者审美的多元,呈现出更为复杂的状况。例如镶嵌式叙事,读者经常可以在同一部小说中发现若干个叙事,其组织形式多种多样,如人物叙述者、假借叙述者、镶嵌式叙事等。在有的小说中,一个或数个人物同时在讲述,在设想一个或若干个故事,这时的人物成了虚构的叙述者,这种情况有时属于个案,有时又可系列化,如《一千零一夜》和《十日谈》等。正是在这种情况下出现了层次,即虚构中第一层次的人物,也是另一故事(第二层次)的叙述者,在后一个故事中,他可以在场也可以缺席。至少第一层次的叙述者在第二层次将自行消失。假借叙述者是指作者

---

① 张新木:《论马尔罗〈王家大道〉中的叙述体》,《当代外国文学》,2006年第4期,第96—105页。

声称捡到一部书稿,或听谁说过一个故事。如程抱一的《此情可待》,就假借参加学术研讨会时发现了《山人叙事》:

> 三十年前,由于参加一次研讨会,我在巴黎东郊的罗岳蒙修道院小住……当时我在陈列满书籍的架子上碰上一卷简朴的看来特别无名的作品,书名是《山人叙事》……讲述了两个既平凡又很不一般的人物所经历的激情。作者是从这场激情的见证人那里听到这个故事然后把他写出来;见证人即是书中名为憨儿的那一位。①

第一个叙事可称作能嵌文(enchâssant),第二个叙事为被嵌文(enchâssé),两者之间的关系可以多种多样,显性或隐性,或混为一体,可以解释故事,预见故事,或进行评论。最为特殊的情况就是纹心结构(mise en abyme),就像绘画中的画中画,故事套故事,作品中的某个成分,某个段落会是故事中的另一个故事。还有更为隐晦更具叙事技巧的镶嵌方式,即佩雷克的避字作品(lipogramme)。1969年,他出版了一部小说《消失》(*La Disparition*),在这本书长达300多页篇幅中,叙述者讲述了一群朋友的消失,警察对此也束手无策,然而最奇特的消失,则是构成小说文字的字母e,在整部小说中,法文字母表中的第五个字母e全部消失。因此,消失的现实既表现在小说的内容上,又隐藏在小说的文字技巧中。

转叙则是叙事技巧中的一种换层叙述,是指在小说话语层和故事层之间、在虚构和叙事之间进行滑移。热奈特于2004年出

---

① 程抱一:《此情可待》,刘自强译,北京:人民文学出版社,2009年,第1—4页。

版了《转喻——从修辞格到虚构》①（*Métalepse. De la figure à la fiction*）一书，他借用传统修辞中的转喻概念，将其移植到叙事研究中，形成了一个新的叙事学概念"转叙"。叙事中的转叙是指任何由故事外的叙述者或者受述者进入故事空间，或者由故事中的人物角色进入故事空间，由此引起了一种越界的闯入；或者通过嵌入另一叙事跨越故事层界限，这是一种故意违规行为，以便形成对故事层划分的干扰和搅乱。例如在一个异故事叙述中的叙述者突然出现在虚构中，或邀请读者进入虚构。也可以完全反过来，人物在虚构中召唤叙述者或者受述者。十九世纪的小说家们，尤其是在连载小说中，经常使用作者转叙（*métalepse d'auteur*），即作者自行赋予介入虚构天地的权力，如"让他们去那个地方吧！""让我们跟着他进入这幢房子"。又如在《埃涅阿斯纪》第四章中，维吉尔"让狄多死去"，这就完成了作者的介入。这使得叙事能够以不同的方式跨越自身的门槛，在叙事内外、在叙事行为及其产生的叙事之间、在本故事和嵌入故事之间自由地滑移。还有一种叙事转叙（*métalepse narrative*），即嵌入式的擅自越界，就是打断故事的机制，由故事内人物担任叙事角色去转叙其他事情，形成嵌入式叙事。如"在某人做这事时，不妨解释一下"。再如柏拉图《会饮篇》里会饮的过程，始于阿波罗多洛斯和格劳孔的对话，阿波罗多洛斯的说话内容，来自阿里斯托得莫斯；而苏格拉底的观点，则是回述第俄提玛的话。转叙可以用来引导读者或引起读者的兴趣，打破现实的边界，制造魔幻效果来取悦读者，或是打破逼真，拷问文学符号表现的代码。

至此，我们对叙事层次上的若干普通问题进行了简要回顾，

---

① 热拉尔·热奈特：《转喻——从修辞格到虚构》，吴康茹译，桂林：漓江出版社，2013年。

为后续的深入考察提供了基本工具。关于叙事的主体、时空、结构等问题，我们将在后续各章中专门探讨。

三　成文层次

在分析了虚构和叙事两个层次之后，现在将探讨一下成文层次。这一层次将更加贴近文本的实现，将考虑到修辞和文体的组织、文本的句法形式、词汇单位的选择与运用等。这个层次将虚构与叙事落实到位，给虚构与叙事赋予实际形态。当然，成文也有其自身的独立性，有自己一套程序，并且产生特有的效果。伊夫·勒特认为，成文层次主要涉及四个方面，即时态游戏、主位渐进、指定参照、陈述句法等①。

在小说中对时态进行操控和游戏，是作者写作时的一个重要挑战，也是形成小说特色和风格的重要领地。然而这个时态游戏（jeu des temps）的操控过程比较复杂，根据所期待的文本效果的多样性，一般有突出时态的动作过程和追求时态的叙事效果等操作。法语小说在讲述过去的事情时，用得最多的时态为简单过去时（passé simple），它与表达延续和状态的未完成过去时（imparfait）不同，起到限定动词的作用，给动作确定边界，让动作结束。于是简单过去时大多用来讲述主要事件，推动行动前进的事件，并且对这些事件进行交代和解释。简单过去时动词构成了"行动的骨架"，行动的前景，使其从背景中凸显出来，这个背景通常由包含未完成过去时动词的分句构成，背景虽然也帮助理解事

---

① Yves Reuter, *Introduction à l'analyse du roman*, Paris: Dunod, 1996, p.88.

件,但并不推动故事的进展。这个背景主要包括一些辅助性状况,关于环境和人物的一些标识、景物描写、叙述者的评注等。极端一点说,在小说的某些段落中,完全可以删去包含未完成过去时动词的分句,而不影响该段落意义的"总体形象"、该段落中事件的主要经过。但反过来,如果删去了包含简单过去时动词的分句,文本就不知所云了。图尼埃的中篇小说《圣诞奶奶》①很好地证明了这些叙事功能。在某个村庄,神职人员和激进分子之间的争斗,使村民分裂为势不两立的两个群体,直到新来了一位小学女教师瓦斯兰,在圣诞节弥撒中,她将自己的宝宝借给神父充当羊圈里的小耶稣,从而化解了两个群体的对立,促使村民们恢复了和睦相处的关系。其中用了大量的简单过去时动词(在法语引文中以下划线标出):

L'étonnement fut à son comble quand on apprit que Mme Oiselin prêtait son bébé au curé pour faire le petit Jésus de sa crèche vivante.

Au début, tout alla bien. Le petit Oiselin dormait à poings fermés quand les fidèles défilèrent devant la crèche, les yeux affûtés par la curiosité.②

(当村上人得知,瓦斯兰夫人将自己的宝宝借给神父充当圣诞羊圈的活体小耶稣时,都惊得目瞪口呆。开始时一切顺利。瓦斯兰宝宝安静地躺着,两个小拳头紧握着,两眼好奇地看着信徒们从羊圈前一一走过。)

---

① Michel Tournier, «La Mère Noël», *Le Coq de Bruyère*. Paris: Gallimard, 1978.
② 转引自 Yves Reuter, *Introduction à l'analyse du roman*. Paris: Dunod, 1996, p. 89.

在写作中追求时态效果，则是作家在成文过程中的又一重要工作。他们通常在简单过去时和复合过去时（passé composé）之间进行时态游戏，以获得另样的文本效果。简单过去时的一个重要价值，就是将行动纳入一种因果关系中，以便更好地组织所述事件的总体意义，简单过去时通常与陈述时刻没有直接关系，该时态会将各类事件置于相互的因果关系之中，而与现在没有关联。然而，当代许多小说家都熟悉这一要领，经常使用复合过去时来表现并列或零散的动作，以打破其中的因果关联和时序逻辑。这种操作对作品意义和读者心理会产生一种"干扰"，营造一种所谓的"荒诞的感觉"，加缪的《局外人》就展示了复合过去时的这种效果（在法语引文中以下划线标出）：

C'est alors que tout a vacillé. La mer a charrié un soufle épais et ardent. Il m'a semblé que le ciel s'ouvrait sur toute son étendue pour pleuvoir du feu. Tout mon être s'est tendu et j'ai crispé ma main sur le révolver. La gâche a cédé, j'ai touché le ventre poli de la crosse et c'est là, dans le bruit à la fois sec et assourdissant, que tout a commencé. ①

（就在这时，一切都摇晃了。大海呼出一口沉闷而炽热的气息。我觉得天门洞开，向下倾泻着大火。我全身都绷紧了，手紧紧握住枪。枪机扳动了，我摸着了光滑的枪柄，就在那时，猛然一声震耳的巨响，一切都开始了。）②

---

① 转引自 Yves Reuter, *Introduction à l'analyse du roman*. Paris: Dunod, 1996, p. 90.
② 阿尔贝·加缪：《局外人 西绪福斯神话》，郭宏安译，南京：译林出版社，2021年，第49页。

这里的一系列复合过去时动词,只是将各个动作并列起来,看不出前因后果,而时间也是"这时"和"那时",模糊不清,扰乱了正常事件的时序逻辑(chrono-logie),突出了人物行动的无理性和荒诞感,通过动词的时态游戏,在成文层面上叠加上荒诞之意。另外,在司汤达(斯丹达尔)的《红与黑》中,有一段文字说玛蒂尔德小姐对花园感到气愤,因为这会勾起对于连的回忆,在过去时态中突然插入一句"Le malheur diminue l'esprit"(不幸将削减精神),用了直陈式现在时,将过去和现在两种互不兼容的时态放到同一文本中。其实这种做法在作家们笔下并不少见,尤其是在连载小说和历史小说中。读者在阅读小说时既有正在了解过去一件事情的印象,又有见证一件正在发生的事情的感觉,给事件赋予某种真实性和鲜活感。这就取决于一种技术,即在文本中插入书写的时间和阅读的时间,使得处于历史中的事件在阅读时有身临其境的感觉,让读者通过某种转叙,成为虚构世界的见证人。

　　成文的第二个要素是主位渐进(progression thématique)。有一些研究者采取另一个角度来理解文本,即信息渐进的角度。在篇章研究中,文本语法家曾建议将信息渐进看作某个过程的结果,该过程旨在将主位(thème)和述位(rhème)连接起来,即将先前给出或已知的信息与将要就此信息而进行的谈话(propos)结合起来,以便形成新的补充信息。文本在渐进过程中,一边仔细而又适度地重复着已知信息,以便推进故事的进展,又注意不让信息呈现出原地踏步或重复啰唆的印象。这种考察走向具有宽广的前景,可以探讨更多的成文问题,如词序、隐义、渐进类型等。一般说来,文本的渐进根据段落需要,在三类主位渐进之间交替进行。第一类为恒定主位渐进(progression à thème constant),是最常见也是最简单的渐进,有时甚至会显得有些单调。这种渐进总是沿用同一个主位充当陈述句的基础,尤其是在事件叙述和文学描写中。例如龚古尔兄弟的作品《热维塞夫人》中对罗马天空的描写,主位"天空"重复出现,叙位则不断地变化:

> Elle se mit à contempler le ciel d'un beau jour de Rome : un ciel bleu où elle crut voir la promesse d'un éternel beau temps ; un ciel bleu, de ce bleu léger, doux et laiteux, que donne la gouache à un ciel d'aquarelle ; un ciel immensément bleu, sans nuage, sans un flocon, sans une tache ; un ciel profond transparent, et qui montait comme de l'azur à l'ether; un ciel qui avait la clarté cristalline des cieux qui regardent de l'eau, la limpidité de l'infini flottant sur une mer du Midi ; ce ciel romain auquel le voisinage de la Méditerranée et toutes les causes inconnues de la félicité d'un ciel font garder, toute la journée, la fraîcheur et l'éveil de son matin. ①
>
> (她开始凝视罗马某个晴朗天气的天空:一个她似乎从中看到未来永久晴天的天空;一个淡蓝温柔乳白的天空,水粉画颜料上色的水粉天空;一个无边无际的天空,没有云彩,没有一个云团,没有一个斑块;一个深蓝透明的天空,仿佛从蓝天登上以太;一个具有天国水晶般明亮的天空,天国注视着水面,将无限的清澈漂洒在南方的大海上;这个罗马的天空,借助地中海的毗邻和天空极乐的不明原委,整日保留着清晨的清新和苏醒。)

---

① 转引自 Yves Reuter, *Introduction à l'analyse du roman*. Paris: Dunod, 1996, p. 92.

第二类为衍生主位渐进(progression à thèmes dérivés)，是第一类渐进的一个变种，通常用在描写中，或是从某个整体中抓取某些成分。其操作一般是从一个总体主位(超级主位)出发，然后分解为若干子主位，进而分别讲述。例如在伏尔泰的《老实人》中，作者先是总体介绍了城堡的住客(超级主位)，然后将其中每个人(sous-thème，子主位)分别进行扩展叙述。第三类为线性主位渐进(progression à thème linéaire)，其做法就是根据上一陈述句的叙位来展示主位，形成一种主位的链条。不过这种线性主位渐进很难维持较长的时间，随时可能"丢失话语主线"，失去叙事的统一性。如杜拉斯《情人》中这个段落，叙位"裙子"变成了主位，然后该主位又引出一个叙位阿杜，然后又轮到阿杜成为主位：

> Je suis longtemps sans avoir de robes à moi. Mes robes sont des sortes de sac, elles sont faites dans d'anciennes robes de ma mère qui sont elles-mêmes des sortes de sac. Mises à part celles que ma mère me fait faire par Dô. C'est la gouvernante qui ne quittera jamais ma mère même lorsqu'elle rentrera en France.[①]
>
> （我很长时间里没有自己的裙子。我的连衣裙像大口袋，都是我母亲的旧裙子改做的，旧裙子原来就像大口袋。但是母亲让阿杜另做的裙子除外。这个用人从未离开我母亲，即使回到法国也陪着她。）

在小说的实际行文中，这三类渐进交替出现，相互交错，其中

[①] 转引自 Yves Reuter, *Introduction à l'analyse du roman*. Paris: Dunod, 1996, p. 92.

有的作家偏爱若干常量,也有渐进中的断裂带来的反常现象,这些都给叙事带来特殊的文本效果。从另一角度来看,这也肯定了主要人物的重要地位,他就是小说的超级主位(hyper-thème)。所有陈述句、所有信息都是在构建他的故事、他的存在和他的变异。倘若从整个叙事层面来看,恒定主位渐进的做法最为常见:故事围绕着某个人物进展,人物成为故事的主线。衍生主位渐进相对较少,如皮埃尔·马克·奥尔兰的《雾码头》①,在前六章中,一群人物都在一起,然后他们分开,而在后面七章中,则让人物交叉上场,分别讲述他们的故事。线性主位渐进则更为罕见,比较清晰的例子就是奥地利剧作家施尼茨勒的《轮舞》(*La Ronde*, 1990),每个场景配备了两个人物,后来的一位将与下一场新到的人物另组。

成文的第三个要素是指定参照,即抓取构成人物的语言单位并研究组织方法。在小说作品中,人物是通过语言单位构建的,非常具体而且有其严格的规则,也就是说通过语言单位——指定词(designateurs)米指定人物。首先是指定词的形式。指定词米用词汇的形式,如名词、代词或名词组等。小说中的人物常常是"张三的弟弟""戴墨镜的男人"等。而且同一个人物还可以通过多个指定词进行协同参照(coréférence)。从这些语言单位出发,可以考察许多叙事现象。首先是指定词的多样性有若干原因。一个人物的出场可以分若干阶段,第一次是"一个男人",第二次是"这个男人",第三次成了"张三",根据小说提供的信息的增加而改变指定词,根据人物所处的位置和功能更换指定词。指定词的这种变化也取决于叙事与话语的对立:如果叙述者或者人物在

---

① Pierre Mac Orlan, *Le quai des brumes*. Paris: Gallimard, 1927.

谈论这个人物，就会使用"他"，如果这个人物自己能参与谈话，就会使用"我"。这种变化还取决于虚构内容的变化，如李小姐与某人物王先生结婚后，就成了王太太。另外，叙述者或其他人物还可以给这个人物赋予价值判断，如根据不同情况，这个人物可以被指定为"我们的英雄""这个残酷的家伙""我的宝贝"等。

其次是指定词的次序。作者可以进行某种游戏，在下指（cataphore）和回指（anaphore）价值上做文章，当"他"字出来时，读者还不知道这个人物是谁，此为下指，而"他"复指一个前面已经出现过的人物，称作回指。小说的最常见套路就是"虚假陌生人"，即在故事中，出现一个陌生人，似乎他是个新人，叙述都将在后续故事中揭底，以获得意外效果，而实际上这是读者都知道的某个人物。如在《悲惨世界》中，雨果变换着花样使用虚假陌生人的套路。小说中描写了一位玛德兰先生，为人乐善好施，帮助落难的芳汀和小珂赛特，后来还当上了市长，读者会以为他是另一个人物。后来警官沙威控告一位先生是逃犯冉阿让时，玛德兰先生来到法庭，承认自己才是真正的冉阿让，免得让无辜的人替他顶罪。直到此时，读者才知道玛德兰先生原来就是冉阿让的化名，其实是同一人，这使得故事情节具备了意外效果。

最后是指定词的功能。许多小说家在其冒险、侦探或间谍故事中大量使用这种指定词，以扰乱探查的路子，或是同一人物隐藏在另一身份之下，或是同一人物具有复合的双重人格。第一个功能是分解人物的身份，以适应不同阶段叙述的需要，如卡夫卡《诉讼》中的人物只用一个首字母K，在新小说中，常常用一个名字指定若干个人物，或不同的名字指定同一个人物。在西蒙的《法萨卢斯战役》中，作者用字母O一会儿指定一个男人，过一会儿又指定一个女人，或是将其人物缩减为代词指定词。在庞克拉齐的《往事烟云》中,人物代词"他"和"她"不甚明了。

《往事烟云》中的人称很少,在交代出有名无姓的人物后,仅用"他"和"她"来表述,有时是指一个特定的人,有时又好像是其他任何一个人,叙述中常常不刻意确指,令读者有些茫然。其实作者就是想打乱人物的特定归属,让这些姓名符号和代词去代表一类人——是他,是她,是你,也是我,人物的生活状况和七情六欲就是这一类人的缩影;其中有几个人物还有他们的复体,物质的存在和精神的存在,自身的"我",他人眼中的"我"或投射中的"我",从不同的视角和感知方式来感悟人生。其次,小说中使用了大量的"好像""似乎""仿佛"等委婉语,在读者和故事之间设立了一种缓冲机制,喻示真实中的某些不真实,同时又让读者在虚幻梦境中领略非真实中的真实,构成了作品中特有的虚实逻辑。①

第二个功能是制造人称游戏以获取幽默效果,如在皮耶尔·达克的《思想》中,作者刻意使用名词组来构建指定词,收到很好的文本效果。

Une femme mariée à un homme qui la trompe avec la femme de son amant; laquelle trompe son mari avec le sien et qui en est réduite à tromper son amant avec ce lui de sa femme parce que son amant est son mari et la femme de son

---

① 张新木:《布雷蒙的叙事逻辑理论》,《西北工业大学学报》,2020年第1期,第81页。

époux est la maîtresse ... ①

(一位女子与一欺骗她的男人结婚,情妇是该女子情人的妻子。那位情妇欺骗她的丈夫,情夫是该女子的丈夫,那情妇只能欺骗她的情夫和其情夫的妻子,因为她的情夫是她的丈夫,而其妻子又是……的情妇。)

但是归根结底,指定词的选择与组织在文本的思想编码中发挥着重要的作用。如报刊上的社会新闻,许多指定词就包含明显的价值判断和政治立场,如把一个人称作"疑犯""那个男的""那家伙"等。这必然会影响读者的理解。

成文的第四个要素是陈述句法。一部文学作品,无论是小说、诗歌、戏剧或是散文,无论使用怎样的虚构模式和叙事策略,总是要从第一页第一行第一个陈述句的第一个词汇开始,也是以最后一页最后一行最后一个陈述句的最后一个词汇结束。"文学作品的基本单位是语言符号,借助的是语言交际的'最小意义单位'。这些符号通过组合规则形成语言事实,即陈述句,又由陈述句的累加与组合形成文学作品。文学作品经历了一个陈述过程,但也是陈述的结果,因此文学文本的基本单位是陈述符号。"②作家们在创作过程中,历来使用这些陈述符号来构建自己的文学大厦,即普鲁斯特所说的"大教堂"。其中有作家的选择问题,以及随之产生的文本功能问题。作为选择,修辞与文体已经不局限于学生学习语言表达和美文的对象,也不仅仅是作家们标示自己作品特色的装饰,而是作家们利用传统工具制造新型文本效果的语

---

① 转引自 Yves Reuter, *Introduction à l'analyse du roman*. Paris: Dunod, 1996, p. 95.
② 张新木:《论文学符号之分类》,《苏州大学学报》,2012年第3期,第114页。

料,去追求一种诗学功能。根据雅各布森对语言交际的分析,交际过程所涉及的符号、指称、代码、媒体、发送者和接收者等要素之间的关系,体现出六个主要功能:"参照功能(信息与其参照对象的关系)、情感功能(信息与发送者的关系)、激发功能(信息与接收者的关系)、诗学功能(信息与其自身的关系)、维持功能(维持交际的功能)以及元语言功能(解释语言的功能)。这些功能按照不同的比例混合于同一文本,共同指称着社会文化内涵。"[1]传统的作家们选择修辞与文体,认为这是写作活动中的重要组成成分,即抓取普通语言材料和习惯语去营造诗学效果。然而,现代也有不少作家声称追求一种"中性"的写作,或"零度"的写作,消除任何"人造"的痕迹。尽管如此,修辞与文体等形式仍然活跃在现代的文学文本中,标示着某个作家的风格,指导着某个段落的组织,体现着成文的结构。

在句法方面,布雷蒙曾经进行了较深入的研究,他在亚当提出的动机(motif)、故事(fable)、述题(sujet)等叙事单位的基础上,提出了叙述分句(proposition narrative)的概念,当作叙述的基本单位。动机是指最小的叙述单位,是承担最小意义的分句,如"天亮了""他回到家里"等。故事是在时间和逻辑上具有连续关系的事件,是一连串"动机"的组合。而述题则指被纳入叙述性陈述句链的"动机"。因此,布雷蒙认为,叙述的最小单位是由陈述句充当的叙述分句。在成文层面上,这些分句又根据四种对立关系进行了体现:首先是叙述独立句和叙述从句的对立,其次是同时性叙述分句和连贯性叙述分句的对立,再次是逻辑性叙述分句和物理性叙述分句的对立,最后是积极性因果分句和消极性因果

---

[1] 张新木:《论文学符号之分类》,《苏州大学学报》,2012年第3期,第114页。

分句的对立。以庞克拉齐小说《往事烟云》中的一段文字为例,看看成文是怎样通过叙述分句实现的:

> Après avoir retiré sa bague de cornaline, devenue trop large, comme toutes celles déjà enfermées dans le boîtier triangulaire devant elle, et qu'elle ne songeait même plus à apporter dans l'atelier du Temple pour qu'on les remît à la taille de semaine en semaine, elle se mettait à écrire, heureuse de retrouver le contact, presque frais, de la page sous sa main qui était restée si belle comme si l'écriture – par reconnaissance pour ce qu'elle lui avait déjà donné et sacrifié sa vie – veillait à maintenir intacte cette part de son corps, à ce qu'elle ne fût pas envahie par la douleur qui était cantonnée au-delà du poignet où se lisait l'empreinte de son bracelet d'hôpital.①

> (她摘下已经变得非常松的肉红色的玉戒指,在她面前的三角形首饰盒中,已经尘封了不少这样的戒指,她甚至想不起来把它们送到神庙加工点去,让人家一周又一周地帮改成合适的尺寸,她开始写作,很高兴又能重新触摸手下崭新的白纸,那只手依然是那么漂亮,似乎写作——为了表示对她终身付出和牺牲的感激——能够注意保持身体的这一部分完好无损,保护它不受手腕以上疼痛的侵袭,而她手上明显看得出有医院手术夹的痕迹。)②

---

① Jean-Noël Pancrazi, *Tout est passé si vite*. Paris:Gallimard, 2003. pp.11–12.
② 让-诺埃尔·庞克拉齐:《往事烟云》,张新木译,桂林:漓江出版社,2005年,第143页。

在这段文字中，不定式过去时 après avoir retiré、过去分词 devenue、形容词同位语 heureuse 等时态引出三个从句，又用 celles、que、pour que、qui、pour ce que、à ce que、où 等关系代词引出八个从句，后通过介词 par、副词 comme 和 comme si、连词 et 等引出四个从句，于是在法语行文中，这是一个由十五个独立分句串联而成的分句包。该小说中还有比这更长的分句包，有时甚至包括数十个分句，给阅读带来另样的感受。在时态方面也别具特色，整部小说中几乎全是未完成时态，其中未完成过去时约占三分之二，其他未完成时态有现在分词、不定式等。尤其是许多动词有其独特的体（aspect），用以表达短暂时间或非重复动作，一般只能用复合时态来表达，但在作品中仍然使用未完成过去时，如 elle s'inatallait devant la table（她在桌前坐……下）、Elle allait vers Brigitte（她向布里吉特走……去）、Elle s'arrêtait devant la porte du bureau d'Alain（她在阿兰办公室门口停……下）等，似乎连短暂的动作也要拉长，以喻示主人公疾病缠身、体力虚弱时的动作缓慢，或是伊丽莎白那小心谨慎、不急不慢的性格，或是让读者慢慢体会人物的感受和小说的意境。

从叙述分句的句法逻辑来看，作者试图建立自己的叙事逻辑，主要体现在人称的模糊性、叙述的虚实等方面。《往事烟云》中的人称很少，在交代出有名无姓的人物后，仅用"他"和"她"来表述，有时是指一个特定的人，有时又好像是其他任何一个人，叙述中常常不刻意确指，令读者有些茫然。其实作者就是想打乱人物的特定归属，让这些姓名符号和代词去代表一类人——是他，是她，是你，也是我，人物的生活状况和七情六欲就是这一类人的缩影；其中有若干人物还有他们的复体、物质的存在和精神的存在，自身的"我"、他人眼中的"我"或投射中的"我"，从不同的视角和感知方式来感悟人生。小说中还使用了大量的"好像""似乎""仿佛"等委婉语,在读者和故事之间设立了一种缓冲机制,喻示真实中的某些不真实,同时又让读者在虚幻梦境中领略非真实中的真实,构成了作品中特有的虚实逻辑。《往事烟云》的成文试图通过叙述分句在句法层面上的构建,营造一种"思绪绵绵、忧愤习习、长夜茫茫、期待悠悠"的小说意境。[①]

[①] 张新木:《布雷蒙的叙事逻辑理论》,《西北工业大学学报》,2020年第1期,第80页。

第三章
叙述主体与话语理论

　　叙事作品离不开叙述主体。在对小说的叙事进行符号学分析之前,我们有必要回顾一组语言学上的概念:陈述句(énoncé)和陈述行为(énonciation)。陈述行为是运用语言进行交流的行动,某个个体出于一种确定的意图,在特定的时间和地点与另一个个体进行语言交流。陈述行为产生的结果是一个已经完成的、封闭的实体产物:陈述句。我们常常要根据陈述行为的具体情境才能真正理解陈述句的意义。陈述行为会在陈述句中留下痕迹,只有了解这一陈述行为才能具体阐释这些痕迹符号。因此,我们将重点考察一下说话的主体。任何言语活动都是基于一种说话者和受话者的对话模式,这种对话的基本情境在语言中留下印记,并且确定一个陈述句的真正意义。例如,"我在打电话"这一陈述句可以有三种陈述语境,导致三种理解方式和意义:一种是告诉问话者他在做什么;二是应付让他做事的人,意思是说他正忙着呢;三也许是一个语法范例,表示出主谓宾的陈述句结构。陈述句和陈述行为这组语言学概念运用到文学领域,就转化为叙述文本和叙述行为。由于这种叙述行为是一种对话模式,我们首先针对叙述中的几组主体概念进行区分和辨析。

一　三组主体概念辨析

在区分陈述句和陈述行为的基础上,我们就可以避免文本和文本外因素之间的混淆,同时也可以将参与文学交流的真正个体(包括作者和读者)和文本虚拟世界中进行交流活动的虚构个体(叙述者和受述者)区别开来。

作者和读者是生活在或者曾经生活在世界上的有血有肉的真实个体。作者写作和生产文本,而读者阅读、在某个特定的时间和社会空间内消费文本。"文学陈述句一经写出,将在陈述行为后继续存活下去,作者和读者可以相隔数个世纪,文本生产与接受的条件也可以有无穷无尽的变化。"[1]作者与读者之间并不是直接对话。由于写作拥有一个时间过程,因而读者在阅读文本时始终存在时间上的滞后性。即便发送文本信息的作者已经作古,这种间接交流依然存在,甚至几个世纪之后的读者仍然可以成为文本信息的接受者,这便是穆南所说的意义符号学的特征。不过,由于间接交流的弊端,读者并非一定可以正确理解作者通过文本传达的信息。即使是同一时期的读者,由于个体的思想以及文化、教育背景的差异,也会对文本拥有各自不同的看法。例如福楼拜的小说《包法利夫人》[2]问世后,有人对之加以指责,认为这部小说有伤风化,破坏了社会道德和宗教教义,但也有不少读者支持福楼拜。随着时代的变迁和社会政治环境的改变,不同时期

---

[1]　Yves Reuter, *Introduction à l'analyse du roman*. Paris: Dunod, 1996, p. 36.
[2]　福楼拜:《包法利夫人》,周克希译,上海:上海译文出版社,1988年。

的读者由于世界观、人生观和价值观的不同,也会对文学文本作出不同的,甚至是截然相反的评价和阐释。普鲁斯特在写就《追忆似水年华》第一卷时,许多出版社拒绝出版,读者的反应十分冷淡,并不理解他的写作手法。但是当第二卷《在少女们身旁》获得龚古尔奖后,普鲁斯特开始受到关注,读者逐渐接受并认同了这种新型的写作手法。如今,这部七卷本的鸿篇巨制已经成为世人公认的二十世纪最重要的小说之一。

叙述者和受述者则是小说文本内的实体,他们和人物一样,都属于纸上的生命,因文本创造而产生,是通过文本中的词语构建的想象中的虚拟个体。这在很大程度上保证了作者的创作自由。作者在创作小说时可以选择任意一个个体作为小说的叙述者,或男或女,或古或今。叙述者并不等同于现实生活中真正存在的作者。巴尔扎克用第一人称创作了小说《幽谷百合》[1],尽管读者从主要叙述者费利克斯身上可以看见巴尔扎克的影子和巴尔扎克的道德观、爱情观,但是与费利克斯不同的是,巴尔扎克并没有哥哥,费利克斯所追求的莫瑟夫伯爵夫人也是虚构的人物。叙述者并不是真正的作者,只是巴尔扎克在写作中创造出来的虚拟角色。一部小说中可以包含多个叙述者,最典型的就是书信体小说,例如卢梭的《新爱洛伊丝》[2]、拉克洛的《危险的关系》[3]等。叙述者可以由作品中的不同人物来承担,读者可以通过各个叙述者的叙述来构建小说中的故事、时空、人物性格、心理特征等。

在小说的叙述情境中,与叙述者相对应的实体是受述者。受述者是小说文本内叙述者信息的接收者。叙述者不能脱离受述

---

[1] 巴尔扎克:《幽谷百合》,李玉民译,北京:北京燕山出版社,2000年。
[2] 卢梭:《新爱洛伊丝》,郑克鲁译,上海:上海译文出版社,1997年。
[3] 拉克洛:《危险的关系》,郑永慧译,南京:译林出版社,2002年。

者单独出现,二者在文本内部是相互依存和不可分离的。与叙述者不能混同于作者一样,受述者也不能与真正的读者混为一体。"通过细致的阅读,我们就可以从文本出发,按照叙述中假设的年龄、性别、社会环境、个性、兴趣等来确定受述者的形象。"①在加缪的小说《堕落》②中,通过全篇克拉芒斯的独白,我们可以借助种种迹象构想出该小说的受述者:一位学识渊博的巴黎律师。

然而小说中也会出现一种特殊的情况,即小说文本中叙述者信息的接收者就是其自身。这就出现了叙述者等同于受述者的情况。这种情况主要分为两种:一种是日记体、自叙体小说,例如萨特的《恶心》③;另一种是部分以第二人称写作的小说,例如米歇尔·布托尔的《变》。这部小说一开始就写道:"你把左脚踩在门槛的铜凹槽上,用右肩顶开滑动门,试图再推开一些,但无济于事。"④随后通篇采用第二人称,叙述者通过与自己的对话进行自我呈现。叙述者和受述者的角色重合在一起。在作者和读者、叙述者和受述者这两组概念之间还存在另外一组概念,托多罗夫称之为潜在作者和潜在读者。这里借助美国小说理论家布斯的观点,可以更加明确这组概念的含义。布斯提出了"隐含作者"的概念,类似于托多罗夫所说的"潜在作者"。他认为,"隐含作者是读者依据叙事所体现的价值观和世界观重构的作者;或谓隐含于文本之中,能表达所叙之事的主导倾向的作者"⑤。隐含作者不同于

---

① Jean Milly, *Poétique des textes*. Paris: Editions Nathan, 1992, p.41.
② 阿尔贝·加缪:《加缪文集》,郭宏安、袁莉、周小珊等译,南京:译林出版社,1999年。
③ 萨特:《恶心》,杜长有译,北京:中国友谊出版公司,1999年。
④ 米歇尔·布托尔:《变》,桂裕芳译,北京:外国文学出版社,1983年。
⑤ 参见 W. C. 布斯:《小说修辞学》,华明、胡晓苏、周宪译,北京:北京大学出版社,1987年,第77—86、169页,转引自梁工:《圣经叙事艺术研究》,北京:商务印书馆,2006年,第48页。

真实的作者,也不同于叙述者。读者通过小说中透露的看法和价值观,在心中构建作者的形象,但这并不与作者完全相符。读者只能窥见其思想的某个方面,并不能完全真正地深入了解作者。在小说文本中,与隐含作者同时出现的,是隐含读者的形象,即潜在读者。隐含读者也不同于受述者和真实的读者。由于小说创作不是作者与读者之间的直接交流,并且真实的读者之间也会存在教育水平、理解能力和生活年代的差异,他们不一定能够完全理解作者的意图,所以为了顺利地传达自己的思想,作者为隐含作者设定了一个假想的隐含读者,这是真实读者的一种理想形态,他可以全盘接受小说中的信念和价值观,可以彻底领会隐含作者在小说构建中意欲传达的所有信息,完全满足隐含作者的期待和要求。

关于叙述主体的分析,我们参照普鲁斯特的《追忆似水年华》,探讨一下普鲁斯特安排叙述主体的技艺与文本功能。该作品以第一人称开启叙述,"在很长一段时间里,我都是早早就躺下了……"这种叙述方法让不少读者和批评家产生了误解,以为普鲁斯特在写自传。其实不然,在1920年给雷尼埃的信中,普鲁斯特这样写道:"让我告诉您,当您在我的作品中看到回忆录或回忆时,我不能苟同。因为在'结束'这个词已经写进了最后一卷(尚未出版)的末尾时,现在刚刚出版的这几卷还没有写成。'我'是一个纯粹的程式,通过回忆现象来激发作品是一个有意识的方法,正如夏多勃里昂那样,在蒙波瓦西埃听到斑鸫鸣叫时,便想起了贡堡的时日。"[1]因此,作者否认这本书是自传,强调它是一部小

---

[1] Marcel Proust, *Correspondance*. Vol. 21, Èdition établie par Philip Kolb, Paris: Plon, 1970-1993, Tome 19, p. 630.

说,作品结构排斥了自传体,"我"是作者为其小说设计的一个叙述程式。

《追忆似水年华》中的"我"不能作为自传的标识,理由有四点。其一是普鲁斯特在写作《追忆似水年华》时,有意识地远离传记式素材。他认为,生活经历给人带来的感受各不相同,如夏夜的皓月使人想起读过的一本书,早晨牛奶咖啡的味道引发对好天气的希望,过去的生活存在于两种感觉所共有性质的对照中,把两种感觉汇合起来,用一个暗喻使它们摆脱时间的种种偶然,引出它们的共同本质。人们往往要在另一种事物中才能认识到某事物的美,"在贡布雷的钟声中才让我认识它的中午,在我们的水暖设备的嗝儿声中才让我认识东锡埃尔的早晨"①。所以回忆的素材并不是将要叙述的对象,而是引发另一个回忆和另一种感受的中介,是寻找对照关系的一种方法。其二是从普鲁斯特早期的小说《让·桑德伊》中的"他",到《追忆似水年华》中的"我",并非从小说体转向自传体。叙述人称的改变使作者找到了一个假想的、泛人称的叙述者。这个虚构的经验主体和写作主体能够摆脱自传体的局限,使叙述者既能保持一种客观的眼光,又能在叙述中发挥主观能动性。从《让·桑德伊》经《驳圣伯夫》到《追忆似水年华》,有个转变过程,其特点是自传内容在消失,想象的成分在增加:作者把母亲的几个重要特点移植给外祖母,把弟弟罗伯特从叙述中抹去,把他自己的大学生活删去,渐渐抹去构成自传作品的特征。其三是作品中"我"的构成,包括了许多阅读与写作活动,这些并不是作者真实生活的回忆。《追忆似水年华》中有许多读感、述评、杂记、梗概等成分,都不是作者过去生活中的真实经

---

① M.普鲁斯特:《重现的时光》,徐和瑾、周国强译,《追忆似水年华》(下),南京:译林出版社,1994年,第514页。

历。如《重现的时光》中对现实主义艺术的看法、对图书的痛苦印象、对民众艺术概念的理解、对艺术作品价值的思考、对写作的态度、对阅读方法的建议、对感知转移的发现、对爱与恨的描述等，都是通过"我"来表述的。"我"从形式上看似乎是这些活动的施动者，然而这些活动又不都是他现在对过去此类活动的感受。其四是小说的叙述顺序并不遵循自传体结构。作为小说或自传体小说，它要表现世界和生活，就要清楚地交代人、时间、地点和关系，普鲁斯特却只是借用了现成的体裁和方法，从生活这片混沌中抽取某些事件，用自己的艺术形式去加以改造，赋予这些事物以新的含义。从《让·桑德伊》到《追忆似水年华》，作者找到了叙述的顺序。总之，《追忆似水年华》既不是日记，也不是自传，它只是使用了"我"这个第一人称作为叙述程式，借助"我"这个程式，形成了用叙述去创造叙述的艺术。

"我"这个叙述程式，是调节整部作品和所有假设事物的假想主体。"我"的作用首先是将小说素材主体化，然后是将创作主体化，最终使"我"成为一个绝对的主体，主观化了的主体，以达到用叙述创造叙述的目的。首先，"我"这个主体形式能将小说素材主体化。其实，"我"就是小说素材，小说素材也就是"我"，正如普鲁斯特在《重现的时光》中说："我大悟，文学作品的所有这些素材，那便是我以往的生活；我大悟，它们在肤浅的欢悦中、在慵懒中、在柔情中、在痛苦中来到，未及预期它们的归宿，甚至不知道它们竟能幸存，没想种子内储存着将促使植物成长的养料。我就像那种子，一旦作物发育成长，我便会死去，而且我觉得自己无意中就是为它而生存的……"[①]作者把自己比喻为种子，表面上属于自传

---

① M.普鲁斯特：《重现的时光》，徐和瑾、周国强译，《追忆似水年华》（下），南京：译林出版社，1994年，第519页。

的素材被抽象和虚化,所有过去生活的内容被主体化,成了叙述者可以随意安排的插曲。叙述者在假想的天地里掌握了一种能力,将现实世界据为己有,从而掌握了叙述主体的定义和本质,进入叙述者视野的每个事物都是他本身的一部分。斯万是第一个,斯万一出现,叙述者就说他是"一个默默无闻而又变化无常的人物",与自己非常相似。斯万在"我"的天地里已经占有一席之地,包括斯万的父辈的故事也被融入叙述者的回忆之中。于是,斯万和奥黛特的遭遇便与叙述者和阿尔贝蒂娜及斯万的女儿吉尔贝特的爱情交织为一体,分不清是谁的生活经历。地点也进入了"我"的假想中,因为姓氏代表了精神吸收物质的方式。在"地名:那个姓氏"一章中,这种吸收通过名字和地点的关系来进行。这些地点只有在"我"的精神中才有意义,是头脑中的地理范例,这就是梅塞格利丝和盖尔芒特两边的对立,这两个边组合起假想中的地区。叙述者在"脑海中真实地"把握事物的方法。主体应该根据事物的类型,对事物和空间进行划分,用精神的操作去掌握真理。其次,主体化的过程又是写作的过程。《追忆似水年华》的创作是通过表述一个人物的生活来进行的,而这个人物又不是普鲁斯特本人。叙述者对文学的欲望在于将现实在"我"中主体化,用语言符号将它成形于纸端。如马丹维尔钟楼一段,叙述者用的是印象,即他此刻之前没有过的想法。他用文字把这个印象成形于脑海中,写出一些小段文字,放在引号中,作为后来进行叙述的引子。更令人惊讶的是在这一段中,孩童成了钟楼的客体,词汇的选择、语句的形象和祈求的力度使钟楼变成一个女性化的人,孩童的欲望转移给了钟楼,使叙述者感受到一种分离的痛苦。"它们也使我联想到传说中的三位姑娘,被抛弃在夜幕已经降临的荒野。正当我们的马车奔驰远去之际,我看到了她们在怯怯地寻路,只见她们高贵的身影磕磕绊绊,后来就彼此紧挨在一起,一个躲到另一个的身后,在夕阳未消的天边只留下一个婀娜卑谦的黑影。"①主体在分离中经受的紧张感,必须用比喻的方法向周围的物体转移,因为正是这些物体使叙述者感到了这种分离。

然后,通过这种转移到达另一个层面,即进入文本写作的物质层面。若分析一个其他段落,如当松维尔的山楂树,阳台上的太阳光,可以看出写作试图告诉我们相同的道理,即主体对现实进行主观化(相应的把握)是文学创作的主要特点。"我"的程式使叙述主体成为作家,《追忆》中的所有故事将是"我"成为作家的故事。有关钟楼的叙述告知读者:叙述者将在《重现的时光》结束时再续写这段故事。普鲁斯特这里的主体,是一个试图把握创作的主体,同时它自身也是一个假想的幻觉。为了创作他的作品,普鲁斯特不得不构建一个全新的形象,一个主体化了的创作程式,这就是"我"。②

明确区分了作者/读者、叙述者/受述者、隐含作者/隐含读者这三组概念后,我们就可以在叙述分析中避免出现概念的混淆。在这些主体中,叙述者在整个小说叙述中扮演了至关重要的角色,是构建小说天地的主体。

---

① M.普鲁斯特:《在斯万家那边》,李恒基、徐继曾译,《追忆似水年华》(上),译林出版社,1994年,第107页。
② 张新木:《论〈追忆似水年华〉的叙述程式》,《国外文学》,1998年第1期,第83页。

二 叙述者的行为和功能

根据王阳的研究,"叙述者的叙述行为是虚构叙述符号的操作行为,是创造出一个可能世界的'上帝'的行为,这一行为是文本虚拟四维时空得以产生和存在的前提"①。叙述者通过叙事符号的操作展开叙述活动,一步步构筑文本的四维时空。在叙述活动中,叙述者可以采用不同的方式,根据小说文本的需要灵活选择自身在叙述中所处的位置,即上文所说的同故事叙述者和异故事叙述者。

从陈述行为角度来看,参与者都有其明显的语言形式,这就是陈述中的人称。人称标示着叙述者和小说人物之间的关系。叙述者通过对小说中人称的选择来确定自己在小说中所处的位置。同故事叙述者和异故事叙述者中的见证人通常采用第一人称"我",隐匿的异故事叙述者一般采用第三人称进行叙述。采用第一人称时,"叙述或者通过叙述者以暗含的方式呈现出来,没有明确的受述者;或者通过明确的叙述者加以呈现,叙述信息的接收者可以是明确或不明确的"②。值得注意的是,小说采用第一人称进行叙述时,有时会出现小说形式与内容之间的悖论,在惯例阅读中,读者常常忽略这一点。③ 在都德的《最后一课》中有这样一段话:

---

① 王阳:《小说艺术形式分析:叙事学研究》,北京:华夏出版社,2002 年,第 45 页。
② J.-M.Adam, *Le Récit*. Paris: PUF, 1984, p.116.
③ 参见王阳:《小说艺术形式分析:叙事学研究》,北京:华夏出版社,2002 年,第 330—341 页。

> 这是我最后一堂法文课！……可是我刚刚勉强会写！从此，我再也学不到法文了！只能到此为止了！①

这句话的内容和形式之间其实是存在矛盾的。小说中不会法语写作的"我"是个顽皮的小学生，叙述者选取他的角度进行叙述，这时的小学生在小说中是个有实体形式的人物，他"刚刚勉强会写"；然而处在小说虚拟世界中的小学生，那个时空之外的"我"，却是一个虚拟的叙述者，能够讲述出《最后一课》这种经典之作。通过处理"我"与"我的动作行为"之间的符号关系，来实现这两个自我之间虚拟和实体的同一性，去消解叙事中的悖论。

在文本虚拟世界中，叙述者首先得在文本中选定自身的位置并展开叙述活动，在文本的叙述中承担多种不同的功能。热奈特概括总结出叙述者的两个主要功能②，即叙述功能和管理功能：一是叙述功能（fonction narrative），即讲故事，这是叙述者最基本，也是最重要的功能。叙述者通过讲述故事传递文本的叙述信息，展现一个虚拟的小说世界。倘若没有这项功能，也就不能称其为叙述者了。二是管理功能（fonction de régie），叙述者参照叙述文本，使用元叙述话语指明作品的内在结构和逻辑关系，以保障叙事作品的统一性。例如：

> 受盘高老头铺子的缪雷先生供给的资料只有这一些。德·朗热公爵夫人对拉斯蒂涅说的种种猜测的话因此证实了。这场暧昧而可怕的巴黎悲剧的序幕，在此结束。③

---

① 都德：《最后一课》，柳鸣九译，杭州：浙江文艺出版社，2001年，第3页。
② 参见 Gérard Genette, *Figures* Ⅲ. Paris: Editions du Seuil, 1972, pp.261-265.
③ 巴尔扎克：《高老头》，傅雷译，北京：人民文学出版社，1989年，第90页。

除了上述两个主要功能,叙述者还可以有五个辅助功能,即交际功能(fonction de communication)、元叙述功能(fonction métanarrative)、证明功能(fonction testimoniale)、解释功能(fonction explicative)和思想功能(fonction idéologique)。交际功能旨在与叙述者交流,与其保持联系,叙述者与受述者进行对话,构成一个叙述情境,向受述者施加影响。叙述者的交际功能在幽默小说中表现得尤为明显,如保罗·斯卡龙的《滑稽小说》、狄德罗的《宿命论者雅克》等。另外,某些小说中存在叙述者与受述者的对话,如巴尔扎克的《纽沁根银行》[1]、萨米耶·德梅斯特的《在自己房间里的旅行》[2]、雨果的《巴黎圣母院》等:

> 现在,请读者诸君中有能力概括一个形象或一个意念者——这是借用当时流行的文体的措词——允许我们向他们提个问题:他们能否清楚地设想,就在我们要求他们集中注意力的这个时刻,司法官宽敞的长方形大厅呈现何种景象。[3]

元叙述功能则是对文本进行评价,指出文本的内在组织,这是一个隐性的管理功能,常常被用来当作戏仿:

> 这些就是那位缪雷先生所知道的关于高老头的情况,他曾经买过高老头的基金。而拉斯蒂涅从朗热公爵夫人那里

---

[1] 巴尔扎克:《纽沁根银行》,上海师范学院中文系外国文学教研组译,上海师范学院中文系外国文学教研组,1978年。
[2] 萨米耶·德梅斯特:《在自己房间里的旅行》,严慧莹译,沈阳:辽宁教育出版社,2006年。
[3] 雨果:《巴黎圣母院》,施康强、张新木译,南京:译林出版社,2001年,第27页。

听到的假设得到证实。至此这出巴黎阴暗恐怖的悲剧表演得以谢幕。①

证明功能反映了叙述者的见证作用。叙述者发挥证明功能,可以体现在叙述过程中,叙述者指出其所得信息的来源、他与故事的关系、他的回忆的准确度、故事情节在他身上唤起的情感等:

殊不知这惨剧既非杜撰,亦非小说。一切都是真情实事,真实到每个人都能在自己身上或者心里发现剧中的要素。②

解释功能是向受述者提供他所需要的信息,以便更好地理解作品:

即使与本书的叙事相距甚远,但因为它直接与一个或两个抹香鲸的习俗特征相关,本章在开篇之时就显得非常重要,与其他章节一般重要。(麦尔维尔《白鲸》第45章)③

思想功能体现在小说中一些抽象的、具有说教性质的话语中。叙述者介入故事,对世界、社会、人类等发表自己的评论。这种话语常常以格言或者道德教训的形式出现:

爱和恨是自身可以滋长的情感,但是两者之间,恨的生

---

① 转引自 Yves Reyter, *Introduction à l'analyse du roman*. Paris: Dunod, 1996, p. 64.
② 巴尔扎克:《高老头》,傅雷译,北京:人民文学出版社,1989年,第2页。
③ 转引自 Yves Reyter, *Introduction à l'analyse du roman*. Paris: Dunod, 1996, p. 65.

命更长。爱是有限度的，因为人的力量有限，爱的能量在于生命，在于挥霍；恨则近似于死亡，近似于吝啬，它在某种意义上是一种积极的抽象力，超乎于生命和万物之上。①

伊夫·勒特继承了热奈特的叙述者功能理论，并在此基础上进一步发展。在《小说分析导论》中，伊夫·勒特也对叙述者的功能进行了概括。② 他提出的叙述者功能中，叙述功能、交际功能和思想功能与热奈特的观点一致。至于管理功能，勒特认为，叙述者组织话语，并在话语中插入人物的话语，这种功能称为管理功能。而热奈特所解释的管理功能，勒特称之为元叙述功能，认为这属于一种显明的叙述管理功能，通常是出于戏仿的目的。勒特还丰富并拓展了证明功能的含义。他认为，证明功能体现了叙述者与所述故事之间的关系，主要包含证实、情感和评价三个方面。证实，指叙述者相对于故事的距离，以及他对于故事的确信程度；情感，指叙述者表达故事或叙述在他身上唤起的情感；评价，即叙述者对于小说中的某些行动或行动者做出判断和评论。至于叙述者的解释功能，叙述者有时会向受述者提供理解故事需要掌握的一些必要因素，如人物的言行、事件的性质等，以便引导人们的阅读。

勒特更加全面地考虑了叙述者在叙述过程中可能发挥的功能，发展了热奈特的理论，但依然存在某些不足之处。将叙述者对于小说中行动和行动者的评价纳入证明功能，似乎有些不妥。我们可以尝试将这一点与思想功能合二为一，形成第六个叙述者功能，即评价功能。对于社会和人类的看法反映了叙述者的世界

---

① 巴尔扎克：《贝姨》，许钧译，上海：上海译文出版社，1999年，第131页。
② Yves Reyter, *Introduction à l'analyse du roman*. Paris: Dunod, 1996, pp.64 - 65.

观、人生观、价值观,体现了叙述者对于整个世界的一种普遍的看法和评价。对于人物和行动的评价也包含了叙述者的价值判断,具有明显的主观色彩。

三 叙述者的干预和缺席

从上述叙述者的功能可以得知,在小说文本中,叙述者可以对文本进行不同程度的干预。叙述者通过对小说文本中的人物、行动、事件以及文本本身的评论来进行干预。叙述者的干预主要包括两类:对话语的干预和对故事的干预①。

叙述者对话语的干预在传统小说中较为普遍,这关涉到叙述者的管理功能。叙述者运用元语言指明章节的划分、衔接以及作品的内在逻辑关系。在上一节里《高老头》的例子中,叙述者介入叙述,并且指出,缪雷先生提供的资料仅此而已,已经交代完毕,这出巴黎悲剧的序幕在此结束了。这里,叙述者可以自己掌控叙述节奏,吸引读者继续往下阅读。叙述者的干预使读者产生一种幻觉:下面的故事并非凭空杜撰,读者大可相信故事的来历和叙述者的评论。

在某些小说中,叙述者会跳出故事,交代写作意图。在小仲马的《茶花女》中,叙述者一再强调这个故事的真实性,并在小说最后交代了记录下这个故事的意图:

> 我并没有从这个故事中得出这个结论:凡是像玛格丽特

---

① 叙述者的两种干预类型参见谭君强:《叙事作品中的叙述者干预与意识形态》,《江西社会科学》,2005年第3期,第209—217页。

那样的妓女都能够做出她那样的事;远非如此,但是我知道她们当中的一位在她的一生中有过一次顶真的爱情,她为此受尽磨难,直至死去。我把我听到的事讲给读者听。这是一种责任。我不是在宣扬邪恶堕落,但是,只要我听到品格高尚的不幸者在祈求,我就要为他们大声疾呼。①

叙述者交代了自己记录下这个故事的意图:玛格丽特虽是妓女,但品格依旧高尚,为了爱情受尽磨难,叙述者认为自己有责任为这些不幸的人呐喊。此处的干预表明了叙述者的立场和对整个故事的态度,并且可以解释由此产生的、在小说叙述中必然会出现的一种主观的情感倾向。

除了在小说文本的正文中进行干预,叙述者还可以采取其他多种方式对话语进行干预。如为小说文字添加脚注就是其中的一种。让·热内在小说《小偷日记》②中出于不同的目的,多处采用了脚注形式,大致可以分为三类。首先,对小说某些情节和人物的相关背景和后续结果作简要说明。在第一章中,叙述者讲到希望像一位母亲那样照顾自己丑陋畸形的女儿,与外部世界对抗。这里用脚注形式简单介绍了这位母亲后来的下场:母亲耗费了四十年的心血后,终于决定放火与女儿共赴黄泉。女儿丧身火海,母亲却意外获救,但上了重罪法庭。其次,叙述者在脚注中交代叙述过程中对于人物、地点等的处理和安排方式。第四章中,叙述者认识、爱上继而失去埃莉克时,遇见了某个人,文中用省略号代替,并用脚注加以解释,"我不得不隐去其名"。在此,叙述者

---

① 小仲马:《茶花女》,郑克鲁译,南京:译林出版社,2001年,第196页。
② 让·热内:《小偷日记》,杨可译,深圳:海天出版社,2000年。

出于某种不言明的原因,不能公开该人物的姓名。第三章中,说到"在汪洋大海中孤闹"这句话时,一个脚注插入其中。叙述者坦诚了他在叙述过程中犯的错误:他把在卡迪克斯的一段生活场景搬到了巴塞罗那,犯了挪动地点的错误。但随即他又提出了针对这一错误可以在叙述中采取的解决办法,即在描写中插入一个细节,把事件重新安排回原来的地点。最后,在叙述过程中,叙述者随着意识的流动,可能会产生其他的联想。但这些联想与主要脉络无关,就以脚注的形式出现于文本中。第八章中,叙述者讲到"稍有闪失就会招致灭顶之灾"时,联想到曾经做过的一个噩梦,于是在脚注中大致叙述了这个噩梦的情节。脚注形式在小说中出现似乎显得较为突兀,破坏了小说文字的流畅性。但正因如此,叙述者借助这一方式可以更加灵活自由地介入叙述,而不必考虑如何让自己介入的话语自然融入小说话语。

叙述者对于话语的干预还有一种方式,即在整部作品或某个章节开头加上引语或者题词。"这种方式具有明显的互文性特征,它以一种看似游离于故事之外、与所叙故事不相干的方式,巧妙而意蕴深远地与所叙述的故事关联在一起。"[1]在司汤达的《红与黑》中,多数章节之前都会出现一段引语。这些引语可以出自先前的某部作品、某个作家、批评家等。叙述者借用这些引语表达自己的立场和对小说中事件、人物的看法。我们可以结合每章中的事件、人物来体会章前引语在这个新语境中获得的新意,以及叙述者试图借助引语表达的心声。通过这种方式,读者可以循着叙述者期望的方向去理解小说中的事件和人物传达的意义。

---

[1] 谭君强:《叙事作品中的叙述者干预与意识形态》,《江西社会科学》,2005年第3期,第212页。

除了对话语的干预，叙述者还对小说的故事进行干预，包括解释性评论、对于事件和人物的评价性评论、概括性评论等。这涉及叙述者的解释功能和评价功能。在雨果的《悲惨世界》中，冉阿让饥寒交迫，找不到容身之所，是迪涅的主教收留了他。主教在与他交谈中，其中有一句话以"先生"这一称呼结尾。在阅读这一段时，读者不深入思考就很容易错过这里暗含的信息。叙述者紧接着在下一段中就对此作了必要的解释：

> 每当主教用温和而低沉的声音，彬彬有礼地喊"先生"时，那人的面孔就会一亮。称一个苦役犯为"先生"，不啻赐给墨杜莎号的遇难者一杯水。人在耻辱中渴望尊重。①

叙述者在这里所作的解释性评论十分必要，可以提醒读者留意这一称呼在冉阿让内心引起的层层波澜，帮助读者更好地理解作品。

评价性评论主要是指叙述者从道德、信念等方面对小说中的人物和事件做出的价值判断和评价。从这种评论中，我们可以窥见叙述者的价值评判标准和他对于该人物或事件的立场与态度。在巴尔扎克的小说《贝姨》中，万塞斯拉斯·斯坦勃克将其与奥丹丝订婚的消息告诉了贝姨。对她而言，这无疑是晴天霹雳。令人疑惑的是，贝姨的反应却异常平静，还祈求上帝保佑万塞斯拉斯。后者为她的深情所感动。然而叙述者在此作了一段评价性评论，揭开了贝姨做出这种反应的原因：

> 这个干瘪但实际的女人作了最后一次努力，想为自己保

---

① 雨果:《悲惨世界》，潘丽珍译，南京:译林出版社，2001年，第84页。

留下那一美与诗的形象,其疯狂的劲儿,只有拼命挣扎,竭尽最后一点力气往岸上游的落水者才能相比。①

贝姨祈求上帝保佑万塞斯拉斯并非出于真心,其实她有着满腔的嫉妒和愤恨。她之所以这么做,只不过是想在万塞斯拉斯的心目中保留她的完美形象,不希望他对自己的最后一点感情都消失殆尽。我们从这段评论可以看出,叙述者对贝姨这个人物的感情是复杂的,反感与怜悯交织在一起。"干瘪但实际""疯狂"等形容词具有强烈的感情色彩,体现了叙述者对这个人物的反感。但同时,叙述者又将贝姨与"拼命挣扎,竭尽最后一点力气往岸上游的落水者"进行类比。贝姨身处如此无奈绝望的境遇之中,她的遭遇令叙述者在表示反感的同时却又心生怜悯之情。叙述者的评价性评论,意在引导读者接受其观点和立场,并且以此为基础来理解小说中的人物和事件。当然,在叙述者的评价性评论中,叙述者的观点有时会出现有偏见的情况,尤其是当叙述者以人物身份出现的时候。这时,读者就需要保持清醒的头脑,依靠自己独立的判断力,对小说中的人物和事件做出客观的评价,避免受到叙述者个人情感的误导。

概括性评论是指叙述者超越了小说文本,提出一种适用于现实世界的哲理性话语。这类评论通常是一些众所周知的套话,不仅可以加深读者的印象,而且可以让读者通过这些概括性评论反观小说的故事情节,推导行动产生的缘由。以莫泊桑的短篇小说《羊脂球》为例。小说的开头描写了普法战争让法国人民的心理蒙上的阴影。战争给人民带来了无尽的恐惧。街道上死一般的

---

① 巴尔扎克:《贝姨》,许钧译,上海:上海译文出版社,1999年,第102页。

沉寂,居民们个个胆战心惊,躲在漆黑的房间里等待着未知的明天。叙述者用一段概括性评论展示了人类面对灾祸的普遍状态:

> 每当事物的秩序被打乱,安全不复存在,人类的法律和自然法则所保护的一切都听凭一种凶残的暴力来摆布时,人们都会产生这样的感觉。地震把整个民族压死在坍倒的房屋下面;泛滥的江河冲走淹死的农民、牛的尸体和倒塌的房子的屋梁;打了胜仗的军队屠杀自卫者,带走俘虏,以腰刀的名义大肆抢劫,以隆隆的炮声感谢某一个天神;所有这一切都是可怕的灾祸,破坏了我们对永恒的正义的信念,也使我们不能像有人教导我们的那样,再去相信上天的保佑和人类的理性。①

叙述者提及其他天灾人祸与普法战争进行类比,读者可以更加强烈地感受到战乱对人们的身心造成的伤害。而这番评论也为下文故事情节的发展作了铺垫。战争打乱了社会生活的正常秩序,摧毁了人们的宗教信仰,人们开始对永恒的正义和人类的理性质疑。战争扭曲了人类的灵魂,人类处在道德和精神沦丧的边缘。叙述者在下文将描写车上的贵族、政客、商人、修女等处于社会不同阶层的人物在面对战争、面对羊脂球时所表现出的冷漠态度。通过这段概括性评论,我们就可以为这些乘客的麻木不仁找到解释。同时,这段评论也预示了羊脂球悲剧的必然性。

到了现当代,叙述者的干预已经不像在传统小说中那样受到欢迎。不少小说家纷纷开始革新传统的写作方式,力求客观自然

---

① 莫泊桑:《羊脂球》,王振孙、郝运、赵少侯译,北京:人民文学出版社,1994年,第4页。

地展现小说情节的发展,拒绝叙述者的主观介入。法国新小说派女作家娜塔莉·萨洛特宣称:"不允许任何作者干预,不管如何轻微,来打破我的小说的延续性。"①萨特同样也对叙述者的干预持否定态度,他认为:"在真正的小说中,与在爱因斯坦的世界中一样,没有一个全权观察者……上帝能穿透表象,超越表象,他眼中没有小说,没有艺术,因为艺术正是在表象上生存。上帝不是艺术家,莫里亚克先生也不是。"②可见,萨特对莫里亚克小说中叙述者的干预愤愤不平。然而,值得一提的是,萨特对于叙述者干预的否定态度与他的小说创作实践似乎并不一致。萨特主张作家介入政治和社会现实,他的文学作品也对之进行干预。在萨特的作品中,叙述者的存在极容易被感知,例如小说《理智之年》《一个领袖的童年》③等。在这些作品中,叙述者正是一个全权观察者、一个身为艺术家的上帝。透过他的叙述,多个人物的内心活动均呈现在读者眼前,读者可以窥探到人物内心深处最为细微的情感波动。即便叙述者没有在文本中公然针对某个人物或事件发表评论,没向读者灌输某种思想和价值观,但是在描写过程中,仍不可避免地流露出叙述者的主观情绪,如"油滑的腔调""呆滞的眼神""充满野性的调子"等。这些修饰语并非一种客观的描述,而是一种主观经验的流露,是带有主观色彩的评论,而这种主观经验的主体,正是叙述者本身。或许萨特自己也不曾意识到,他如

---

① W. Booth, *The Rhetoric of fiction*. Chicago: University of Chicago Press, 1983, p.166. 转引自赵毅衡:《当说者被说的时候:比较叙述学导论》,北京:中国人民大学出版社,1998年,41页。

② J.-P. Sartre, *Literary and philosophical essays*. London : Rider, 1955, p.23. 转引自赵毅衡:《当说者被说的时候:比较叙述学导论》,北京:中国人民大学出版社,1998年,41页。

③ 让-保罗·萨特:《萨特小说集》,亚丁、郑永慧等译,合肥:安徽文艺出版社,1998年。

此坚决地排斥叙述者的干预,然而在自己的小说创作中,仍在不经意间以一种隐蔽的、自己都没有觉察的方式对小说进行了干预。

在现代法国作家中,许多作家在小说创作中采取了叙述者不干预小说的方式,代表人物包括萨洛特、加缪、罗伯-格里耶、克洛德·西蒙等。他们主张用准确、客观的语言不动声色地再现生活的本真状态。实际上,叙述者在文本中的完全缺席很难做到。他是构筑小说虚拟世界的关键因素,即使他用看似中立的客观态度呈现一个与己无关的故事,依然可以通过某种隐晦的方式对文本进行干预。

以阿兰·罗伯-格里耶为例。在小说《嫉妒》①中,叙述者似乎没有在小说中现身,处于缺席的状态。然而仔细阅读分析后,读者就会发现,叙述者与故事处于同一个时间维度,他的身份正是主人公阿×的丈夫,他怀疑自己的妻子与别的男人有染。《橡皮》②被普遍认为是一本叙述者缺席的小说,他没有在文本中发表任何主观评论,没做出任何道德判断,似乎放弃了对读者的引导。然而,这种叙述者的缺席是以一种对读者的潜在诱导作为前提的,他自身的缺席,本身就是叙述者以退为进,对文本进行干预而采取的一种特殊方式。格非教授在著作《小说叙事研究》中具体分析了《橡皮》的叙述者对于读者的潜在诱导。③他指出,《橡皮》中的人物在某种程度上都产生了物化,没有具体明确的人物形象。在情节发展的过程中,人物行动的结果常常与自己的初衷背道而驰:杜邦教授躲过了杀手的刺杀,却不明不白地死于误杀;杜邦没

---

① 罗伯-葛利叶:《嫉妒》,李清安、沈志明译,桂林:漓江出版社,1987年。
② 阿兰·罗伯-格里耶:《橡皮》,林秀清译,南京:译林出版社,2007年。
③ 参见格非:《小说叙事研究》,北京:清华大学出版社,2002年,第32—33页。

有死时,罗伦深信杜邦已死,等到杜邦真的被杀后,罗伦却又查出杜邦在第一次枪杀中逃生了;侦探瓦拉斯从外地来到这里查案,最后却在行动中稀里糊涂地杀死了杜邦教授等。在小说中,杀手、被害者、侦探之间的界限已然模糊,读者无法从中分辨出人物的身份。这正是叙述者追求的目标。叙述者不希望读者在人物身上投注太多感情和注意力,人物在《橡皮》中只是充当某种道具。读者在不知不觉中跟随叙述者的引导,将注意力转向人物和事件的背后。叙述者安排瓦拉斯时不时去商店购买橡皮,就是暗中对读者的一种提醒。橡皮意味着一种抹去和擦除的消解活动,可以从修辞学和社会学两个层面来理解。从修辞学上看,橡皮抹去了叙述者的声音,形成一种非人称化的叙述。在社会学层面上分析,橡皮消除了人的自主性、情感和欲望,象征物化了的世界。叙述者在这部小说中缺席的真正用意正在于此。

因此,无论通过何种方式,叙述者都会或显或隐地对小说文本进行干预。所谓叙述者的缺席只是一种表面的假象,是叙述者干预文本的一种特殊方式。叙述者正是通过各种方式对文本进行干预,遵循作者的创作意图,从而勾勒出形形色色的虚拟天地。

四 叙述视角和叙述声音

如果说对叙述者的考察是要弄清谁在小说中"讲述"故事,那么叙述视角是要考察谁在小说中"感知"故事。确实,读者通过小说中的话语而进入虚构世界,并且根据一种眼光和一种中心聚焦来认识这个世界。因此,叙述和聚焦并不是一回事。在某个小说文本中,读者可以通过某个人物去发现其他人物、事件或景色,通过这个人物去组织视角,然而又不是他在讲述故事。长久以来,叙事学研究者对叙述视角进行了大量的研究,然而对叙述者和观察者的区别认识却始终模糊不清。热奈特提出了"聚焦"问题,并且探讨聚焦者与被聚焦者之间的关系。热奈特将聚焦分为零聚焦、内聚焦和外聚焦三种聚焦方式。

通常人们会区分出三种视角,即中性视角、通过人物的内视角和通过叙述者的外视角。中性视角就是热奈特所说的零视角,即不通过任何意识中转的视角。如西蒙的小说,其中看不到人物,也没有确定的叙述者,对事物的感知似乎不依赖于任何中介,如摄像机般展现的故事场景,不期待任何的感知和外在的评价;呈现为无视角的中性事实,因此称之为"中性视角"。

第二种是人物视角,也称内聚焦,叙述者所见所知与人物一样,认识场域受到了限制。热奈特又将内聚焦叙事细分为三种形式:固定式、变化式和多重式。[①] 在固定式中,读者始终通过某个特定人物的有限视野了解故事情节。例如在《梅西所知》中,我们始终通过这个小姑娘的视野观察成人世界的故事。《包法利夫人》属于变化式的内聚焦叙事,焦点人物发生了变动。小说的焦点人物先是查理,接着是爱玛,而后又返回到查理的视野。多重式内聚焦叙事的典型是书信体小说,同一事件可以通过不同信件中的几个焦点人物多次呈现,如《危险的关系》。

第三种是外视角,或称外聚焦。这同样也属于一种局限性的视野。叙述者只能知道直接可以看见的事情,唯有在外部了解人物,无法深入内心去知道人物的思想和情感。这种聚焦方式是纯客观的,与传统的全知式截然相反。让·米利认为,作家有时在

[①] Gérard Genette, *Figures* Ⅲ. Paris: Editions du Seuil, 1972, pp.206 - 207.

小说开头采用这种聚焦方式,目的在于吸引读者关注某个陌生的人物或者一个秘密①。在小说《布瓦尔和佩库歇》②的开头,福楼拜正是采用外聚焦,从外部描写两个陌生的人物,直至两人开始交谈。

托多罗夫针对叙述者和人物之间的关系,分析了叙事作品的视角。托多罗夫区分出三类视角:叙述者〉人物,叙述者＝人物,叙述者〈人物。③ 叙述者〉人物,即"后"视角。传统叙事作品经常采用这一视角,叙述者比人物知道得多。对他而言,人物没有秘密。叙述者了解某个人物内心的潜在欲望,同时知道几个人物脑海中的想法,或是掌握任何人物都不知晓的一个事件。

叙述者＝人物,即"同"视角。这种形式在现代文学中应用较为广泛。在这种情况下,叙述者与人物知道同样的事情,无法在人物之前对事件作出解释。叙述者通过某人物的意识进行叙述和描写,读者分享其感觉、情感和思想。这使得读者可以从人物内心了解该人物。叙述者可以通过多个人物的视角讲述同一事件,这为读者提供了一个立体视角。此时读者的注意力不再停留于事件本身,因为读者已经了解了这个被反复讲述的事件。这种立体视角有助于我们了解观察事件的各个人物的性格和心理。

叙述者〈人物,即"外"视角。这类叙事作品较为罕见。叙述者比任何一个人物知道得都要少。他只能向我们描述人物的所见所闻,窥见行动的表象或某一方面,但触及不到任何意识。从

---

① Jean Milly, *Poétique des textes*. Paris: Editions Nathan, 1992, p.120.
② 福楼拜:《福楼拜小说全集》(下),刘方译,北京:人民文学出版社,2002年。
③ Tzvtan Todorov, «Les Catégories du récit littéraire», dans Roland Barthes, A. J. Greimas, Claud Bremond et al., *L'Analyse structurale du récit. Communications*, 8, 1966. Paris: Editions du Seuil, 1981, pp.147-148.

某种程度上来说,这是一种客观的现代视角,具有见证人的功能,叙述者从外部观察事件和人物,客观地记录事件、人物行动和话语,人物心理在此缺失了。萨特、加缪、杜拉斯等人的小说中存在这种视角。

热奈特和托多罗夫的分析都将重点放在"谁在看?"这个问题上。然而,在分析小说的叙述时,还是要思考"谁在说?"这个问题,即叙述者的声音,这应当与叙述眼光区别开来。叙述声音包括叙述者的声音、隐含作者的声音、人物的声音等,叙述者的声音是主要分析对象。叙述者可以借由自己的声音表明立场和价值观。由此看来,叙述声音中可以包含叙述者的价值判断,具有一定的主观性,而叙述眼光涉及的是叙述者在观察事件时所处的位置,与叙述者本身的主观思想无关,因而与叙述声音相比可能会相对客观。

托多罗夫在《诗学》一书中进一步阐述了眼光和声音的问题。① 构成小说虚拟世界的事件从来不会自我呈现,都是通过某个人的眼光呈现在读者面前。二十世纪以前,眼光的问题并未引起太多的关注。因此,从二十世纪开始,人们自认为窥见了文学艺术的秘密本身。我们在文学中接触的是以某种方式呈现出的事件。同一事件通过两种不同眼光的过滤,可以呈现出截然不同的面目。视觉艺术常常强调眼光的重要性,绘画理论可以为文学理论提供借鉴。值得注意的是,文学眼光并不关涉读者的真正感知,读者的感知还取决于作品的外部因素,是复杂多变的。把握作品的内在眼光对于理解作品至关重要。

我们可以通过多种方式来区分不同类型的眼光。第一种方

---

① Tzvtan Todorov, *Poétique*. Paris: Editions du Seuil, 1968, pp.56 - 67.

式是对于事件的主观和客观的认识。有关被观察者的信息是客观的,与观察者相关的信息是主观的。我们不应当将这一事实与通过第一人称介绍整篇叙事的可能性混淆起来:不管叙述是通过第一人称或第三人称,它都能够提供这两类信息。对于既是被观察者又是观察者的人物,亨利·詹姆斯称之为"反射体":如果其他人物在某种意识中首先是被反射的形象,那么反射体就是该意识本身。以《追忆似水年华》为例,我们获得的关于马塞尔的大量信息并非通过其行为,而是通过他对他人行为进行感知和评判的方式。

第二种方式涉及信息的数量,也可以说是读者的知晓程度,可以分为两个概念:眼光的广度、眼光的深度(或者说眼光的渗透程度)。眼光的广度的两个极端是内部眼光和外部眼光。纯粹的外部眼光只满足于描写可以感知的行为,而不伴随任何解释,不涉及主人公的思想。实际上,这种外部眼光不会以纯粹的状态存在,因为它无法使读者理解。当然也有例外。有时在侦探小说中运用这种外部眼光可以加强神秘感。纯粹的内部眼光向读者呈现人物的一切思想。在《危险的关系》中,瓦尔蒙和梅特伊是从"内部"看其他人物,而小沃朗日唯有描写周围人物的行为,给出错误的解释。眼光的深度是指读者并不会满足于事件的表面,而是想要深入人物的无意识的意愿中,剖析人物的思想,这是人物自身无法完成的。

第三种方式是眼光的两组对立:唯一性和多样性、恒定性和可变性,由此可以建立眼光的次种类。事实上,之前的那些方式都可以按照此处的新参数进行调整:我们可以从内部观察一个人物(即内聚焦)或者所有人物(即全知叙述者的叙述)。在薄伽丘的《十日谈》中,叙述者知道所有人物的意图。运用于一个人物的内在眼光可以贯穿整个叙事作品,也可以只出现在一个部分中。眼光的变化可以是系统性的,也可以是非系统性的。

第四种方式是眼光的存在或缺失,这是划分眼光的另一个维度。当眼光存在时,它可能是真实或虚假的。有时眼光呈现在读者面前的并非有用的信息,而仅仅是一个幻象。这并不一定代表人物犯的错误,有时也可能是刻意的掩饰。也有可能存在一种极端的情况,即信息的完全缺失。读者不再面对幻象,而是陷入了完全的不知情。任何描写都不可能面面俱到,因而不应对此加以指责。不知情和幻象激起了两种修正:狭义的信息以及对于我们已知事情的二度解释。

第五种方式是我们在眼光内部辨别出一种特殊的种类,即针对事件进行的评价。故事每部分的描写可以包含一种道德判断;这种评判的缺失也代表了叙述者的立场,具有特殊的含义。这种评判并非一定要明确表述:为了揣测这一评判,我们可以借助约定俗成的原则和心理反应的编码。读者可以不接受作品内在眼光的伦理和美学判断。文学史上,价值颠覆的例子不在少数。在距离我们年代久远的故事中,我们可能会敬仰"坏人"的所作所为,而轻视"好人"的某些举动。

学者们在意识到作品的眼光问题后,对其进行了大量的研究。如今,这一热度逐渐减退,也许是因为现代写作中存在某种趋势,它并非要让读者看到什么,而只是话语,不构成虚拟的故事。以上关于眼光的各种分类可以换一个角度进行思考,即将话语与叙述行为的主体——叙述者联系起来。这就涉及叙述声音的问题。

叙述者体现了价值判断的原则;他掩饰或揭露人物的思想,与读者分享人物的心理;他在直接话语和转述语之间进行取舍,在正常的时序和颠倒的时序之间进行选择。所有叙事作品都有自己的叙述者,然而叙述者的现身程度各不相同。叙述者可以通过某种审慎的方式介入叙述。叙事作品也有一种辅助方法可以令叙述者现身,即在小说虚拟世界中塑造叙述者。第一人称的使用无法将二者区分开来:叙述者可以用第一人称"我"进行讲述却不介入虚拟世界,他不是以人物身份自我呈现,而是作为写作这本书的作者,这种情况的典型例子就是《宿命论者雅克》的叙述者。

叙述者可以看见人物所见的一切,但自身并不出现在故事中,这与人物叙述者以第一人称"我"自称的叙事作品完全不同。第一人称的叙事作品并没有使叙述者的形象明晰化,相反,叙述者的形象更加模糊了。任何试图阐明的尝试都只会更加掩盖住陈述行为的主体。第一人称的人物叙述者可以在故事中扮演主要角色,如《地下室手记》[1],或者仅仅是一个不起眼的见证人,如《卡拉马佐夫兄弟》[2]。这两端之间还存在无数中间情况,如《项狄传》[3]等。

托多罗夫通过四种方式对叙述视角进行了类型研究,并通过考察叙述者探讨了叙述声音,在《文学叙事的类型》[4]一文中,在视角分类的基础上,进一步明确区分了叙述眼光和叙述声音。然而,托多罗夫只是对叙述声音进行了初步探讨,尚未形成明确的理论,并且其论述重点放在以第一人称"我"自称的人物叙述者

---

[1] 陀思妥耶夫斯基:《双重人格 地下室手记》,臧仲伦译,南京:译林出版社,2004年。
[2] 陀思妥耶夫斯基:《卡拉马佐夫兄弟》,荣如德译,上海:上海译文出版社,2003年。
[3] 劳伦斯·斯特恩:《项狄传》,蒲隆译,南京:译林出版社,2006年。
[4] Tzvetan Todorov, «Les Catégories du récit littéraire», *L'Analyse structurale du récit*. *Communications*, 8, 1966. Paris: Editions du Seuil, 1981, pp. 125 - 151.

上。我们可以将叙述者与视角建立联系,将叙述声音和叙述视角结合起来进行考察。伊夫·勒特在这方面进行了深入研究,针对叙事作品中的叙述声音和叙述视角构建了基本的理论框架,即叙述体概念。①

五　人物话语的分配

在讨论了小说中叙述者的声音和眼光后,有必要对人物的话语及其分配进行考察。人物话语在小说叙述中占据着相当的比重,在小说文本中的分配方式也多种多样,主要可以分为两类:转述话语和内心话语。转述话语有三种基本形式,即直接引语、间接引语和自由间接引语。

直接引语是指叙述者在叙述过程中直接引用人物的话语,不做任何改动,并放在引号内。常常与直接引语同时出现的还有"某某说"等提示语。直接引语可以是一个不完整的句子,甚至是与小说其他部分属于不同种语言的文字。萨尔法蒂总结说:"直接引语保留了所引用的陈述的陈述协调性(人称的指示词、时空的标志),保持了最初形式的完整性(情况的语用学价值:疑问、命令、感叹等等)。在书面语中,直接引语通过在话语线索中(冒号、与不同的说话者相关的标志言语不同回合的破折号)引入造成视觉中断的书写,从而与援引的话语截然分开。"②**直接引语给读者**

---

① 伊夫·勒特对于叙述者和叙述视角的组合形成叙述体的介绍,参见 Yves Reuter, *Introduction à l'analyse du roman*. Paris: Dunod, 1996, pp.69-73.

② 乔治-埃利亚·萨尔法蒂:《话语分析基础知识》,曲辰译,天津:天津人民出版社,2006年,第68页。

身临其境的感觉,使读者在聆听人物话语时自行构想小说的虚拟故事情境。值得一提的是,直接引语的提示语可以如上文所举的"某某说"那样是中性的,也可能包含叙述者的主观判断,如"误以为""断定"等。在某些情况下,我们还可以从提示语中获得更多的故事信息,如人物说话的方式:"自言自语道""声嘶力竭地说"等。

间接引语是指叙述中引入话语前并没有停顿,而且不加引号。间接引语的陈述行为从属于援引的话语,并且与援引的话语融为一体。间接引语的时态根据援引话语作相应的改变,同时,二者的陈述行为主体也应统一,因而人称代词、主有形容词等需要转换为相应的人称,间接引证中的动词时态、时间和空间都要作相应协调,而且在某些文本中可能产生歧义。我们以这样一个句子为例:"乔治说他照顾他的妹妹"。对于这句话,我们可以有不同的理解。第一个"他"可以指乔治,也可以指另一个人,第二个"他的"可以指"乔治的"或者"另外那个人的",如此搭配就能够产生四种不同的意思。除此之外,间接引语还具有其他的局限性,乔治-埃利亚·萨尔法蒂对此作了具体阐述。[①] 他指出,间接引语使叙述者拥有较大的自由,可以按照文本需要随意调节转述的信息量。从狭义的交流角度看,它既可能为概括转述话语提供便利,同时也可能会引起一定的误解。随着间接引语主体的说话迹象的消失,叙述者的责任就相应增加了。有时人物的话语并未真正被转述,而是被加以概括,其本身无法再被诉诸文字。因此,间接引语具有"不确定"的特点。

[①] 间接话语的局限性参见乔治-埃利亚·萨尔法蒂:《话语分析基础知识》,曲辰译,天津:天津人民出版社,2006年,第69—71页。

自由间接引语介于前两种转述话语形式之间。一方面，自由间接引语与间接引语有相似之处，其时态与援引话语保持一致，人称代词、主有形容词等也作了相应的转换。另一方面，它也保留了直接引语的一些特征，如感叹号、疑问号的保留等有时可以表示此句为人物话语。此外，读者还可以从小说中具体的上下文来判断这是叙述者的叙述还是自由间接引语。在自由间接引语中，叙述者和人物的声音合二为一。较之于前两种形式，这种转述话语较难把握。让·米利以《红与黑》中的一段话为例来分析自由间接引语①：

> 于连的眼睛不由自主地跟随着这只猛禽。这只猛禽的动作安详宁静，浑厚有力，深深地打动了他，他羡慕这种力量，他羡慕这种孤独。这曾经是拿破仑的命运，有一天这也将是他的命运吗？②

让·米利认为，这段话的最后一句情况较为复杂，有两种解释，既可以看作叙述者的话语，也可以看作自由间接话语。在第一种情况中，叙述者以疑问的形式提出这个问题，其用意在于激起读者的好奇心，吸引读者继续往下阅读。当然，我们也可以将其看作自由间接话语，看作主人公于连的话语，因为读者已经从前文获知，于连十分敬仰拿破仑，由猛禽产生了联想。自由间接引语使叙述者话语和人物话语融合在一起，产生特殊的艺术效果。读者可以在这种双重声音中揣摩叙述者的语气，体味人物的思想和

---

① Jean Milly, *Poétique des textes*. Paris: Editions Nathan, 1992, p.172.
② 斯丹达尔：《红与黑》，郭宏安译，南京：译林出版社，2001年，第48页。

心境。

除了转述话语,小说人物的话语还可以用内心话语的方式出现。内心话语通常以叙述者对于人物的心理描写或者人物的内心独白(monologue)的形式表现出来。在小说中,叙述者有时会描写人物的内心世界:

> 第二天,拉斯蒂涅穿得非常漂亮,下午三点光景出发到德·雷斯托太太家去了,一路上痴心妄想,希望无穷。因为有这种希望,青年人的生活才那么兴奋,激动。他们不考虑阻碍与危险,到处只看见成功;单凭幻想,把自己的生活变作一首诗;计划受到打击,他们便伤心苦恼,其实那些计划只不过是空中楼阁,漫无限制的野心。要不是他们无知,胆小,社会的秩序也没法维持了。①

叙述者描绘了拉斯蒂涅的内心想法。在描绘人物内心活动的同时,叙述者不可避免地流露出主观情绪("痴心妄想"),并在心理描写中夹杂自己的评论。

内心独白是人物未曾说出的内心想法与思想活动。这种方式"完全摆脱了叙述者的控制、调节或加工,从而使人物的思想活动以最活跃的方式呈现出来"②。二十世纪许多小说都将注意力转向人类的内心世界,内心独白便是这些小说采用的主要手法之

---

① 巴尔扎克:《高老头》,傅雷译,北京:人民文学出版社,1989年,第53—54页。
② 赵毅衡:《当说者被说的时候:比较叙述学导论》,北京:中国人民大学出版社,1998年,第164页。

一。法国批评界对于内心独白展开了大量研究。[①] 1887年,法国作家埃杜阿·杜雅尔丹发表的《被砍倒的月桂树》(*Les Lauriers sont coupés*),被视为内心独白艺术手法的先声。内心独白的起源是戏剧中的独白形式。雨果、巴尔扎克等作家都在小说中使用过独白形式。作家试图通过独白形式使人物自发地表达思想流向。内心独白形式并不是在一战后突然出现的,在此之前,马里奈蒂和立体派已经提出了"自由的词汇"的理论,纪尧姆·阿波利奈尔的诗中也可以发现内心独白的成分。1917年的达达主义反对形式主义和理性主义,而内心独白则任凭意识随意流淌。超现实主义的"自动写作"将内心独白发展到极限。内心独白也带来叙事的危机,因为内心独白传达的是人物脑中正在形成的思想,具有很大的偶然性,从而破坏了叙事的逻辑顺序。无论如何,内心独白逐渐成为揭示现实在意识面前如何展现的工具,作家可以通过运用内心独白的手法,挖掘意识深层的自我。精神分析批评在考察文学作品时已经做了大量的工作。

在了解了叙述者的行为、功能以及对于叙述的介入程度等基本叙事理论后,我们通过分析叙述声音和叙述眼光,可以把握叙述者在小说世界中所处的位置以及对于小说的叙述控制。叙述者的声音和人物的声音在小说中并行出现,叙述者按照情节需要调节和控制人物话语,产生不同的艺术效果。同时,也对人物话语的分配作了初步清点。当然,小说故事的进展和叙述者叙述的展开离不开必要的环境,需要在一定的时间和空间范围内进行。

---

① 参见史忠义:《20世纪法国小说诗学》,北京:社会科学文献出版社,2000年,第456—464页。

第四章

叙事文本的时空维度

在构建小说文本时,时空维度是一个非常重要的组成部分。时间和空间共同构成了叙事文本的故事背景和话语结构。叙事作品与现实中的事件一样,具有某种时间顺序,通常是一个由开端、发展到结局构成的进展过程。不过叙事文本的时间又有别于现实事件的时间,拥有其独特的双重时间性。叙述者巧妙地利用这种双重时间性,创造出多样的文学效果。同样,叙事作品还呈现出一个想象的空间。尽管叙述者力图使读者感受到它的真实性,它却始终只是文字创造的虚拟空间。法国学者塔迪埃说过:"小说既是空间结构也是时间结构。说它是空间结构,是因为在它并排展开的书页中出现了在我们的目光下静止不动的形式、组织和体系,说它是时间结构,是因为不存在瞬间阅读,因为一生的经历总是在时间中展开的。"[1]许多叙事学研究者对叙事文本的时间和空间进行了深入的研究,其中尤以时间维度受到广泛关注。

---

[1] 塔迪埃:《普鲁斯特和小说》,桂裕芳、王森译,上海:上海译文出版社,1992年,第224页。

一　时间维度

叙事文本的时间维度具有独特的双重时间性，托多罗夫明确指出了这种双重时间，"一个是被描写世界的时间性，另一个则是描写这个世界的语言的时间性"①，我们可以称之为故事时间和叙述时间。故事时间是指叙事文本中按照事件由开端、发展到结局的顺序先后排列的时间。叙述时间是指叙述者叙述该故事时选用的时间顺序。

托多罗夫将叙事文本的这两种时间称为故事的时间和话语的时间，话语的时间即此处所说的叙述时间。"从某种意义上来说，话语的时间是一种线性时间，然而故事的时间是多维度的。在故事中，几个事件可以同时发生；而话语必须将它们依次排列；一个复杂的形式被投射到一条直线上。"②文学作品不同于绘画、雕塑等具有空间布局的艺术，故事的叙述需要通过诉诸文字而得以呈现，在某种程度上是一种线性时间的艺术。"因此，即使作者尽可能地遵循事件的'自然'顺序，也必须将其打破。然而作者通常不再去尝试重寻'自然'顺序，因为他出于某种审美的目的使用了时间变形。"③叙述时间是由叙述者控制的主观时间，叙述者可以按照叙事审美的需要，在故事的过去、现在和未来之间自由穿

---

① 托多罗夫：《文学作品分析》，黄晓敏译，见张寅德编选《叙述学研究》，北京：中国社会科学出版社，1989年，第61页。
② Tzvetan Todorov, «Les Catégories du récit littéraire», *L'Analyse structurale du récit. Communications*, 8, 1966. Paris：Editions du Seuil, 1981, p.145.
③ 同上，第145页。

梭,随意加快或延缓叙事的速度,设置事件的叙述次数,以期获得独特的文学审美效果,由此便产生了叙事文本时间的时序(ordre)、速度(vitesse)和频率(fréquence)三个问题。

在时序方面,叙述者一般会将故事时间的顺序打乱,产生时序上的倒错(anachronie)。时序的倒错主要可以分为预叙(prolepse)和倒叙(analepse)两种情况。预叙是指事先讲述或提及尚未发生的事情。在文学作品中,预叙以多种形式出现,包括卷首预叙、标题预叙、句段预叙等。① 作者在安排文学作品的叙述策略时,有时会开门见山,在文本的开篇就以一两句话总括一下小说要叙述的故事,这就是卷首预叙:

瞧,——玛蒂厄·德·昂多兰说,——山鹬使我想起了在战争期间一段十分悲惨的往事。②

这是莫泊桑的小说《女疯子》的开头。小说的叙述者以人物玛蒂厄·德·昂多兰的身份出现,用第一人称的口吻叙述了这个故事。叙述者开头就用一句话加以概括,预先叙述了小说的内容。这句预叙包含了三个信息:首先,叙述者点明了故事发生的时间,是战争时期。其次,叙述者点明了这个故事的基调十分悲惨,这

---

① 董小英在《叙述学》(北京:社会科学文献出版社,2001年)中介绍了预叙的几种方式:卷首预叙、标题预叙、章节预叙、语句预叙、对行为预叙和对结局预叙。笔者以为这种预叙方式的分类欠妥。其分类的标准并不一致,并且存在类别的交叉。卷首预叙、标题预叙、章节预叙和语句预叙是按照出现预叙的文本构成成分进行分类的,而对行为预叙和对结局预叙是根据文本预叙的对象进行划分的,且前四种预叙都属于对行为或者结局的预叙。

② 莫泊桑:《莫泊桑中短篇小说精选》,郝运、赵少侯译,贵阳:贵州人民出版社,2001年,第232页。

同时也透露了叙述者的主观情绪和立场。最后,这个故事和山鹬之间肯定存在某种联系。

有时,小说作者也会采用标题预叙的方式,包括小说的标题和各个章节的子标题。巴尔扎克的《交际花盛衰记》[①],莫泊桑的《勋章到手了!》[②]等就是在小说标题中采取了预叙。读者从标题就可以知道小说的大致内容。雨果的《巴黎圣母院》[③]共有11卷,其中每一卷均又分为拥有小标题的几个部分,诸如"以德报怨""夜盯美人梢,必有麻烦事""这个将要杀死那个""对山羊吐真情实在危险""贝尔纳丹街上格兰古瓦妙策接二连三""好心帮倒忙""沙朵佩赶来救援"等子标题都预叙了相应章节的故事内容。不过,标题预叙较多出现在古典小说中,现代小说的标题则逐渐摈弃了预叙的手法。因为标题预叙存在自身的弊端,它往往事先就让读者了解其在小说中要读到的故事内容,从而削减了读者继续阅读的兴趣。很多现代小说也不再使用章节的子标题,而是简单地代之以阿拉伯数字,将小说划分为几个部分。读者无法知道下面一章的情节将会出现怎样的曲折和进展,唯有继续阅读下去才能解开心中的谜团。

还有时,小说作者会采用句段预叙的方式。小说叙述者在叙述过程中以几句话或一段话预先叙述后面将会出现的某个情节进展阶段:

> 而要是有人还明示他,今晚相聚于他家中的三个人,每一个都将在月底之前以自己特有的方式消失,当然包括他在

---

① 巴尔扎克:《交际花盛衰记》,倪维中译,南京:译林出版社,1996年。
② 莫泊桑:《莫泊桑中短篇小说精选》,郝运、赵少侯译,贵阳:贵州人民出版社,2001年。
③ 雨果:《巴黎圣母院》,施康强、张新木译,南京:译林出版社,1995年。

内,那么,他的不安无疑还会更添三分。①

叙述者预叙了费雷、德拉艾和薇克图娃三个人物在下文中很快就会以各自的方式消失。至于以何种方式消失,因为怎样的原因消失,读者暂时无从知晓,叙述者就借此设置了小说的悬念。

与预叙相对的另一种时间倒错,我们称之为倒叙,即在事后讲述或回顾之前发生的事情。倒叙在小说中使用较为普遍,具有解释的功能,用以提供读者尚未掌握的信息。

> 他对失去了学校里的佩剑甚感惋惜,这是因为在新官廷里,既得宠又漂亮的格朗台夫人对他佩剑的姿势曾盛加称赞。②

《红与白》的主人公吕西安·娄凡因共和主义倾向而被学校开除,但他仍旧怀念学校里的佩剑,随后叙述者就用一句倒叙解释了吕西安对失去佩剑感到惋惜的原因,追述过去曾经发生的事情,起到补充说明的作用:因为新宫廷里的格朗台夫人曾对他佩剑的姿势赞赏有加。

> 奥班太太早年嫁了一个没有财产的漂亮小伙子,他在一八〇九年初去世,给她留下了两个很小的孩子和一大堆债务。所以她卖掉了她的房地产,只剩下年收益最多不超过五千法郎的杜克和热福斯两个农庄;她搬出在圣梅莱纳的老

---

① 让·艾什诺兹:《我走了》,余中先译,长沙:湖南文艺出版社,2000年,第23页。
② 司汤达:《红与白》,周围译,成都:四川文艺出版社,1995年,第2页。

家,住到另外一座开销比较省的房子里去,这座房子是她家的祖产,在菜市场后面。①

福楼拜《一颗纯朴的心》的开头提到了女用人费莉西泰手脚勤快、干活麻利,对主人忠心耿耿,而她的女东家奥班太太并不是一个和蔼可亲的人。叙述者用以上这段文字展开倒叙,介绍奥班太太的背景,回顾她过去的生活经历。奥班太太常年为生活所累,尝尽了世间的酸甜苦辣,在艰苦生活的重压下,不可避免地会形成不易亲近的怪异性格,这就可以解释为何奥班太太"并不是一个和蔼可亲的人"。

预叙和倒叙可以是客观或者主观的,可按照叙述者对于时间倒错的内容是否确定进行判别。时间倒错还可以根据跨度(portée)和幅度(amplitude,热奈特术语)来进行辨别。跨度是指预叙和倒叙距离故事发生时间的远近。幅度是指预叙和倒叙中涵盖的故事时间的长度。

以上谈及的预叙和倒叙是针对单独一个故事内部的时间安排。而文学作品中有时会包含若干个故事。托多罗夫提出,多个故事在小说中可以通过连贯、交替和插入三种方式连接起来。②连贯方式是最为简单的处理方式,即将不同的故事先后连接起来,在一个故事叙述完后,接着叙述第二个故事。通常当不同故事的结构相似时,我们可以采用这种方式。例如三个兄弟逐个出发去

---

① 福楼拜:《一颗纯朴的心》,王振孙译,见郑克鲁选编《一颗纯朴的心——法国古今短篇小说精选(三)》,上海:上海译文出版社,1982年,第59页。

② Tzvetan Todorov,«Les Catégories du récit littéraire», dans Roland Barthes, A. J. Greimas, Claud Bremond et al., *L'Analyse structurale du récit. Communications*, 8, 1966. Paris: Editions du Seuil, 1981, p.146.

寻找宝物,每个人的历险都构成一个独立的故事,且三个故事结构相似。交替方式即同时展开两个故事的叙述,时而打断这个故事,时而打断那个故事,然后从打断的地方继续往下讲述。例如在《危险的关系》中,杜维尔与塞西尔的故事在整个叙述过程中都是交替进行的,使读者强烈感受到两个故事发生的同时性。插入方式即在一个故事内部插入另一个故事的叙述。在《危险的关系》中,杜维尔和塞西尔的故事都被插入梅特伊和瓦尔蒙的阴谋这个主轴故事当中。这种故事连接方式的典型代表则是具有"纹心"结构的小说。纹心结构是指小说中的几个相似故事如俄罗斯套娃一般,一个包含着另一个,相互嵌套在一起,形成旋涡状的纹心结构,一个故事可以体现、反映另一个与之相似的故事。弗朗索瓦·威尔冈的小说《在我母亲家的三天》[1]就属于典型的纹心结构。叙述者弗朗索瓦·威尔格拉夫在写小说《在我母亲家的三天》时遇到了创作上的瓶颈,他创造了一个人物:作家弗朗索瓦·格拉芬堡,他在创作一本同样题目的小说时遇到了同样的困难,而弗朗索瓦·格拉芬堡又创造了弗朗索瓦·威尔斯坦,他也在创作小说时无从下笔。作家、叙述者和人物各自独立又相互依存,他们的故事相似,均是作家弗朗索瓦·威尔冈的影子,一个故事产生另一个故事,环环相套,形成独特的纹心结构。

按照故事时间和叙述时间之间的关系,热奈特划分了四种叙述类型:事后叙述、事前叙述、同时叙述和插入叙述。事后叙述(narration ultérieure)是最为常见的一种方式。叙述者以回顾的方式讲述过往,在叙述时,事件已经完成。过去时的使用标志着叙述者的叙述和已发生的事件之间存在距离。有时,在这种小说

---

[1] 弗朗索瓦·威尔冈:《在我母亲家的三天》,金龙格译,上海:上海人民出版社,2006年。

的结尾,叙述时间会和故事时间重合,这表现为叙述者以某个人物的身份出现并参与到故事中。在莫泊桑的小说《女疯子》中,叙述者玛蒂厄·德·昂多兰讲述了战争期间女疯子的悲惨故事,一直讲到战后的某年秋天,叙述者去森林里打山鹬时,发现了女疯子的遗骨。在小说的最后,故事时间和叙述时间重合了:

> 我一直保留这不幸的遗骨。我祝愿我们的子孙永远不要再见到战争。①

事前叙述(narration antérieure)是指叙述时间先于故事时间,这种情况较为罕见,通常只出现于叙事文本的部分段落中。因为即使在科幻小说中,虚拟的叙述时间也是在被讲述的故事时间之后或者平行于故事时间。事前叙述常常以叙述者的介入、人物的梦境或者预言者的预言形式出现,具有预示功能。

故事时间和叙述时间相互重合,我们称之为同时叙述(narration simultanée)。这种叙述使读者产生一种错觉,仿佛叙述者在故事发生的同时在向读者叙述该故事。这种叙述类型"常常与人物视角下的同故事叙述或者中性异故事叙述相关联"②。某些小说中的内心独白也属于这种情况。叙述者在展现人物内心的具体思想活动和激烈的思想斗争时,同样可以造成读者的错觉,似乎在叙述的同时,人物的思维正在飞速地运转。

插入叙述(narration intercalée)指叙述以预述或回顾的方式插入故事时间的间隙中,故事时间和叙述时间相互交替。这类叙

---

① 莫泊桑:《莫泊桑中短篇小说精选》,郝运、赵少侯译,贵阳:贵州人民出版社,2001年,第235页。
② Yves Reuter, *Introduction à l'analyse du roman*. Paris: Dunod, 1996, p.80.

述主要出现于书信体小说(拉克洛和孟德斯鸠的小说)、日记体小说和自传体小说当中。以纪德的日记小说《田园交响乐》[①]为例:

《田园交响乐》是一部日记式小说,讲述了一位乡村牧师收养、教育并爱上一个失明女孩的故事。小说中的日记分一、二两册,第一册包括7篇日记,篇幅都较长,第二册有15篇日记,但大部分篇幅较短。日记是按日期顺序写的。每一篇日记都有准确的日期,长短不一,似乎被分成一段段组合着单一性功能的中断组织,像连环画那样以一幅幅画面出现。巴特把这种中断组织称作序列(séquence)。小说中22篇日记可看成22个序列。从第一册第一篇日记开始,依次为相遇、收养、启蒙、情窦初开、情敌、嫉妒、倾诉等;第二册依次为分离、彷徨、希望、复原、再次求爱、失落、吻别、求助、复明、焦虑、回避、等待、意外、吐露真情、永别等。每个序列又由两个相互补充的部分组成,一部分是"故事",即小说中叙述的过去的事情;另一部分是"话语",即小说中交代的作者写书时的情况。例如在第一篇日记中,小说以叙述者的话语开始:"大雪不停地下了三天,积雪堵塞了道路。我没能去成R镇。我利用大雪封路给我的空闲时间回忆一下过去的事,讲讲我是怎样照料杰尔特吕德的。"第八篇日记也以叙述话语开始:"我不得不将日记搁置了一些时间。积雪终于融化了……""昨天夜里,我重读了先前所写的一切……说真的,当我再次读到以前所说的话时才懂得……"在总共22篇日记中,用叙述话语开始的日记占多数。所以,故事与话语

[①] 纪德:《田园交响乐》,白嗣宏主编,合肥:安徽文艺出版社,1992年。

的安排清晰可见。其实在作品中,故事的时序是符合实际的。如在3月8日(第一册第五篇)日记中,叙述者说:"八月上旬的一天,距今大约六个月……"根据推算,3月8日写日记,六个月前确实是上一年八月份。小说中多处有此类情况,如3月18日日记中,"去年夏天的谈话",3月10日日记中"复活节那天"等。但是话语的时序往往与实际不完全吻合,这表现在日记时间与叙述时间的差别上。例如在2月27日(第一册第二篇)日记中,叙述者说"我利用(积雪堵路)的机会继续讲述我昨天开始讲的故事"。若按日期推算,故事中的"昨天"应该是2月26日,昨天的故事应该是第一篇日记中讲的故事。然而,第一篇日记的日期却是2月10日,二者相差16天。由此可见,遵守不遵守时序是作者有意安排的。作为故事,应该有一个时间上的逻辑性,前后必须一致;而作为叙述,更注重话语的紧凑性,把十多天以前说成"昨天",无疑给话语在时间上的连接增加了黏合剂,同时也使叙述话语更为自由,更能适应于表达内容,拼组叙述序列。[①]

时间倒错给作家提供了极大的自由,作家可以为达到某种独特的叙事审美效果对故事时间和叙述时间进行具体安排。这并非只出现于先锋小说中,许多小说都采用时间倒错以满足合理安排复杂故事情节的需要。读者需要在阅读的过程中理解小说,重建小说的故事时序。

故事各个发展阶段的时长和对于各个故事阶段的叙述所用的时间之间并不一定保持一致,由此产生了叙述的速度问题。热

[①] 张新木:《论〈田园交响乐〉的叙述结构》,《外国文学评论》,1998年第2期,第60页。

奈特用 TH 表示故事时间(temps de l'histoire),TR 表示叙述时间(temps du récit),归纳了叙述速度的四种基本形式:

停顿(pause):TR=n,TH=0 因此,TR∞>TH
场景(scène):TR=TH
概要(sommaire):TR<TH
省略(ellipse):TR=0,TH=n 因此,TR<∞TH[①]

下面以让·艾什诺兹的小说《我走了》[②]为例,逐个讨论这四种形式。

在小说叙述中,作者有时用大量篇幅描写故事中一些极其短暂的瞬间。费雷从北极回来后,古董被盗,损失惨重,画廊生意日渐萧条,陷入了经济危机。他跑遍六家银行希望得到贷款却屡屡碰壁,加之极地和法国气温的强烈反差和旅途的劳累,原本心脏功能不佳的费雷终于支持不住犯病了。他在银行大厅内突然浑身一阵虚弱,旋即栽倒在地上:

> 一股五百公斤的重量似乎同时压到了他的肩头上、脑袋上和胸脯上。一种酸溜溜的金属味和干辣辣的灰尘味涌上了他的口腔,充满了他的脑门、他的喉咙、他的脖颈,变成一种窒息人的混合体:奔腾的喷嚏、强烈的呃逆、深深的恶心。根本不可能作出任何的反应,他的手腕仿佛被手铐紧紧锁住,他的精神仿佛浸透了一种感觉,那便是窒息、极端的忧虑

[①] ∞>表示无限大,<∞表示无限小。Gérard Genette, *Figures* Ⅲ. Paris: Editions du Seuil, 1972, p.129.

[②] 让·艾什诺兹:《我走了》,余中先译,长沙:湖南文艺出版社,2000年。

和死亡临头。胸膛传来一阵撕裂般的疼痛,从喉咙一直钻到丹田,从肚脐一直钻到肩膀,穿越了他的左胳膊和左腿。他眼睁睁地看着自己从沙发上倒下,他看到地面飞快地朝他迎过来,尽管同时在减速。接下来,他一倒在地上后,马上就不再能动弹,随后,在失去了平衡的同时,也失去了知觉——到底昏迷了多长的时间,是不可能知道了,但在最初的一瞬间里,他肯定记起了菲尔德曼大夫曾经给他的警告,过冷过热的气温对冠状动脉很不好。①

费雷从发病到倒地这一故事情节,前后持续时间不过几秒钟,作者却用了一大段文字描写人物当下的身体反应,故事时间似乎在那一刻静止了。作者将这一瞬间无限放大,对心脏病患者发病时的种种感觉进行了细致入微的描写,读者在阅读时几乎可以在想象中体会到那一瞬间的疼痛。发病瞬间的感觉原本只有当事人自己才能了解,但艾什诺兹成功地将这种不可名状的痛苦通过文字形象地传达出来,其文学造诣之高深可见一斑。

叙述停顿除了上述这种放大式描写的停顿,还可以表现为叙述者的介入。叙述者游离于该事件的时间之外,讲述另一事件或进行描写性叙述,这种介入并不影响主轴故事本身的叙述节奏。在小说的高潮部分,费雷与本加特内尔在圣塞瓦斯蒂安城相遇,费雷与他在桥上摊牌,二人发生冲突,叙述者在这个紧张时刻却介入了叙述:

尽管我们认识费雷差不多已经有一年时间了,我们却始

---

① 让·艾什诺兹:《我走了》,余中先译,长沙:湖南文艺出版社,2000年,第104—105页。

终没有空来好好描绘一下他的形体。既然这个稍稍有些剧烈的场景并不准备扯出一段长长的离题话,那我们就别让它无限制地延长下去了:不妨简单地说吧,这是一个个子相当高的五旬之人,褐色的头发,眼珠绿色,有时候也呈现出灰色,我们可以说他的体质还不错,但我们要进一步准确地说,尽管他担心自己的心脏会出各种各样的毛病,而且他还算不上特别的健壮,当他愤怒起来时,他的力量会无比地倍增。眼下的情境似乎就是如此。①

叙述者跳出了原故事,对费雷的体形进行了一番简略的描述,这段描述与原故事时间无关,叙述者似乎按下了故事的暂停键。此处的叙述停顿有其特殊用意。叙述者在千钧一发的时刻插入这段描述,暗示了下文的情节发展,费雷在这场肢体冲突中必会占据上风。同时,这段补充的信息也为冲突的结果提供了佐证。尽管费雷已经年过半百,但依旧精力充沛,加上体形高大,他在这场冲突中会取得胜利也就合情合理了。

在场景的情况下,叙述时间与故事时间同步进行,情节的进展呈现在读者的眼前,仿佛叙述者是在故事发生的同时对之进行叙述。上例中提到的费雷与本加特内尔在桥上的那场冲突就是以叙述场景的方式呈现的。叙述者通过细致的描述渲染了那个场面的紧张气氛,读者也受到感染,仿佛置身于现场,目睹正在发生的一切,为可能出现的一桩命案着实捏了把汗,这正符合叙述者采用场景式叙述的目的。

在一段故事时间内发生的情节进展,叙述者对之进行压缩和

---

① 让·艾什诺兹:《我走了》,余中先译,长沙:湖南文艺出版社,2000年,第153页。

小说符号学分析

概括,用寥寥几笔简单带过,这种叙述方式称为概要。叙述概要用以加快叙述节奏:

> 他们继续航行,日子一天天过去。途中没有遇到什么人,除了有一天碰到另一艘同型号的破冰船。两船相会,停了一小时,两位船长交换了地图和航海记录,仅此而已,之后,船又重新前进。①

在这段话的上文,叙述者具体描述了费雷登上破冰船后的最初几天,讲到他与船员的相识、船上的生活和晚上的消遣、遇到浮冰的情形等,之后就概括叙述了接下来的日子。破冰船上的生活枯燥乏味,一成不变,后面的日子与前几日并无差别,也无法让读者产生兴趣,无须重复叙述。于是这里就采用概要方式,加快了叙述的节奏。

叙述省略是指将叙述节奏加快到最高限度,常常表现为一长段故事时间在叙述过程中出现了叙述的缺失,或在事后以一两句话简单提及。在这部小说的开头,费雷决定离开妻子苏珊娜,放弃自己的家庭后,来到玛德莱娜大教堂附近,叩响了一间房子的房门:

> 然后,出现了一个叫萝兰丝的年轻女子,长长的褐色头发,年龄不超过三十,个头不矮于一米七五,她微笑着给他开了门,又一言不发地在他们身后把门带上。而第二天上午十

---

① 让·艾什诺兹:《我走了》,余中先译,长沙:湖南文艺出版社,2000年,第17页。

点左右,费雷又出门去了他的工作室。①

从晚上费雷到达情妇萝兰丝的住处,到第二天上午十点左右费雷离开那里,中间出现了近12小时的叙述空白。叙述者在此处采用了省略的叙述方式,因为这段故事时间与整个故事的发展无甚关系,对情节没有任何影响,于是叙述者就不再浪费笔墨,省去了对于这段故事时间的叙述。当然,省略方式不仅仅用于省去无关紧要的故事情节,它还可用作其他用途。侦探小说中常常出现叙述省略,叙述者故意隐去一些故事情节,直到最后才揭开真相,从而起到设置悬念的作用。

一方面,叙述者可以借助以上四种方式加快或减缓叙述的节奏,从而避免流水账式的平铺直叙。另一方面,小说中事件被叙述的次数关系到叙述的频率问题,即叙述时间与故事时间之间的频率关系。热奈特首次提出叙述频率的问题,并归纳出四种潜在类型:讲述一次发生过一次的事,讲述n次发生过n次的事,讲述n次发生过一次的事,讲述一次发生过n次的事。这四种类型又可以简化为三种模式:前两种类型属于单一模式,第三种类型为重复模式,最后一种是反复模式。

单一模式是最为常见的叙述模式,事件的次数和叙述的次数相等。在单一模式中,叙述通常采用过去时态。重复模式用以对一个事件进行多次叙述。十八世纪的书信体小说中,作家常常使用这一技巧,透过不同视角来呈现同一事件,用以展现不同人物的心理,如拉克洛的《危险的关系》。新小说派的作家们也热衷于这一模式,用以强调感知,如小说《嫉妒》中,罗伯-格里耶就一再

---

① 让·艾什诺兹:《我走了》,余中先译,长沙:湖南文艺出版社,2000年,第8页。

提及一只被捻死的蜈蚣在墙壁上留下了黑色斑点。反复模式即一次叙述发生过 n 次的事，这在小说中经常表现为用未完成过去时描述过去的某个固定状态。仍以《我走了》为例。费雷之所以离开家庭，是因为他对自己的生活厌倦了。作者用两页文字描写了他过去每天的生活，从七点三十分起床，细细罗列费雷要做的每一件事情，包括上厕所，听新闻广播，丝毫不改程序地洗脸、刮胡子等，一直到二十三点熄灯。整整五年时间内，除了星期天，他每天都以同样的方式生活着，没有丝毫的改变。这里就采用了反复模式，作者以此凸显其生活的索然无味。除了未完成过去时，我们还可以根据时间指示词来判断叙述是否采用了反复模式。反复叙事的指示词包括"经常""总是""每天""有时"等，与表示单一叙事的"有一天""有一次""突然"等指示词相对。叙述频率的变化可以丰富故事的表现方式，营造特殊的叙事表现效果，增添叙事作品的活力。

  叙事研究中主要探讨的是故事时间和叙述时间。此外，托多罗夫在研究中还简单述及了另外两种属于不同范畴的时间性，即写作的时间和阅读的时间[1]。当写作的时间被引入故事中，叙述者向我们讲述他自己的叙述、他写作的时间和讲述的时间时，写作的时间就成了一个文学因素。有时会出现一种特殊情况，即存在一个完全围绕写作时间本身进行的故事，写作时间是故事中唯一存在的时间性。读者的阅读时间也可以成为叙事作品的文学因素，例如阅读时间的流逝和故事时间的进行速度相吻合：阅读第一页时是十点钟，阅读第二页时故事时间进展到十点五分，基

---

[1] Tzvetan Todorov, «Les Catégories du récit littéraire», *L'Analyse structurale du récit*. *Communications*, 8, 1966. Paris: Editions du Seuil, 1981, p.147.

本符合读者的阅读速度。托多罗夫提出的这两种时间性固然存在，且对某些作品起到了一定的作用，然而这并不属于作品主导的时间性，并且不具备普遍性，只是在个别文本中发挥了特殊作用，因而无法展开系统深入的理论研究。

让-伊夫·塔迪埃在《诗学叙事》①中针对诗学叙事的时间维度进行了深入探讨。在吸收前人理论的基础上，塔迪埃结合文学作品进行了具体深入的分析，其时间研究更加成熟完善。塔迪埃认为，文学作品的时间从属于空间，时间二度创造了空间的结构。任何空间的真实都通过赋予时间新的意义而转变为时间的真实。二十世纪的哲学不断表明，唯有人类可以组建时间。最普通的叙事作品尤其可以证实这一点，因为它构建时间，向我们提供这一构建的计划和所有细节。时间构成了空间的材料。诗学叙事的主人公在时间的化石中漫步。而描写，即对于所见之物的叙述，构造了一个时间固定的故事。对于诗学叙事的作者而言，创造空间和创造时间属于同一操作，而不是其中一个像括号一样分割另一个。

最为大胆的叙述不仅与故事时间相连，而且从属于故事时间，在任何情况下都不足以确保叙事作品的诗意。叙事作品的诗意既可以通过叙述之事表现出来，也可以通过未叙述之事加以表现：这门艺术如诗歌般简练，音乐般抽象，像宗教建筑一样具有倾向性；或许叙事作品就是时间的宗教建筑。诗学叙事追溯到生命、历史和世界的源头，试图避开时间。与科幻小说相反，诗学叙事对未来不感兴趣。大量的这类作品都是描写童年，如阿兰·傅

---

① 让-伊夫·塔迪埃时间理论的介绍参见 Jean-Yves Tadié, *Le Récit poétique*. Paris: Gallimard, 1994，pp.83 - 111.

尼埃、普鲁斯特、季洛杜等人的作品。当然,其中还不包括自传体叙事作品,如法朗士、纪德等人的作品。作家选取儿童作为主人公的意图与时间有关,因为这回归到个体的诞生,回溯到一段不会流逝的时间,并以一个个空间延展开来。在儿童的眼中,空间保存了时间,想要让时间停驻,害怕新事物的出现。

儿童叙事作品中的时间具体到"几点",而不是"哪一天"或者"哪一年"。季节也在其中扮演重要角色。儿童注意到自然的现象,这些现象意味着时间的流逝,但是儿童并不对此感到担心:这是一种永恒的周而复始。固定的空间形象确保了童年时间的静止。对作家而言,童年的回忆并没有具体日期,时间非常模糊。然而儿童作为文学作品的主人公,有时会破坏古典小说的时间结构。儿童生活在没有日期的时间中,否认未来。他并不受推动时间和情节进展的机器的引导。葛朗台受金钱控制,于连·索莱尔被权欲控制,他们有"度过时间"的理由。西方爱情小说中不断重复的对于欲求物体的追寻,使得时间的目的和追寻的目的重合起来。但是儿童对金钱、权力和爱情都没有渴望,因而可以成为成人世界的观众,而永远不会是组织者。儿童不是历史性的,因为他生活在丰富充实的瞬间中,作者将一段时间压缩到瞬间中,由此获得了这类叙事作品的简洁性。这类叙事作品都不会展现儿童变成成人后的故事,因而这一衰老过程正是叙述的死亡过程。

童年揭示了诗学叙事中时间的某些主要特征。首先是对历史漠不关心。传统小说通过其内在时间(日期、主人公的年纪等)和对历史事件的参照双重固定于时间中。《高老头》《巴马修道院》《情感教育》等都是以十九世纪的历史作为时间背景,由此形成一个循环:倘若不了解这些小说的情节和人物所反映的日期和事件,我们就无法真正理解故事的情节和人物。读者和历史学家可以借助这些小说来阅读历史。直到《自由之路》①都是如此：我们可以从故事时间中读到历史时间的片段，人物自己的日期其实是所有人都经历的特殊日期，阅读现实和阅读故事是同一回事。

大多数诗学叙事不参照历史，而且不提供任何日期。即使涉及历史时间，也常常会采用特殊的处理方式。《林中阳台》②中，历史在无尽的等待中静止不动了。勒内·德·奥巴尔迪亚的《心之帖木儿》③以一种独创的方法处理历史，将不同国家、各个时代的事件并置在一起，把历时性转变为共时性。我们找到了雅各布森所说的诗学功能，他将选择轴上的等价原则投射到连接轴上。最接近于物理时间的文学作品是日记体小说，每一页都对应某年某月某日。古典小说自由地控制时间游戏，根据事件及分析的重要性加快或减缓叙述节奏。《克莱芙王妃》④开始时的时间进展十分缓慢，主要描述亨利二世统治的最后几年，结尾时迅速加快了叙述节奏（"整整十年过去了……"）。

安德烈·布勒东帮助我们发现了诗学叙事的特殊处境。《娜嘉》⑤中多处都求助于物理时间，包括拥有具体日期的事件和对日记的使用。《疯狂的爱》中也同样涉及一些具体日期。布勒东只是标明一些特殊的日期。他使用物理时间并不是为了指示事件的逻辑时序，而是要保留住打乱逻辑时序的这些回忆。与故事一

---

① 萨特：《自由之路》三部曲（《不惑之年》，丁世中译；《缓期执行》，丁世中译；《痛心疾首》，沈志明译），北京：中国文学出版社，1998年。
② 朱利安·格拉克：《林中阳台》，杨剑译，南京：译林出版社，1996年。
③ 勒内·德·奥巴尔迪亚（René de Obaldia），法国诗人、小说家、戏剧家，1986年出版了作品《心之帖木儿》（*Tamerlan des coeurs*），诱惑女性的主人公杰姆·萨尔瓦多（Jaime Salvador）是摧残心灵的刽子手，正如帖木儿是摧残身体的刽子手一样。
④ 拉法耶特：《克莱芙王妃》，黄建华、余秀梅译，广州：广东人民出版社，1986年。
⑤ 陈焘宇、何永康编《外国现代派小说概观》，南京：江苏文艺出版社，1996年。

样,叙述也有其确定的日期,《娜嘉》是1927年8月和12月,《疯狂的爱》是1936年9月。写作也是一个特殊的事件,它并非在几年时间内展开,而是瞬间完成。布勒东为文本标注日期,仅仅是为了告别时间,在文本中,内容已经无关时间。另外,编辑撰写的日期也与故事的日期十分相近:应当充分重视这些日期,将其视为文本的一个因素。

显然,自然的物理时间并不安排诗学叙事的时间顺序。它的介入造成了叙事和物理时间之间的双向解体。因此超现实主义者可以毫无顾忌地提供明确的日期。然而真正的时间顺序是话语的顺序,诗学叙事的话语暗示了一种不连续性。话语的连续性使读者感受到时间的不连续性。叙述的线性顺序衬托出故事的中断。相反,有技巧的叙述混乱掩饰了诗学瞬间的出现。

诗学叙事的真正时间简化为它的基本单位:瞬间。叙事是要追求重新开始,并在追求中找到持续存在的方式。正因如此,格拉克将布勒东看作《追寻圣杯》的继承者,因为他再次描述了一位服从于种种相遇的上帝选民的故事。在《娜嘉》中,不仅叙述者遇见了一位迷人的女性,而且还遇见种种奇事,这些奇事发生在这个女子的身上,或者由她而起,这是一种相遇的相遇,是属于第二层次的瞬间。日记形式的使用(标明具体日期,采用直陈式现在时)使叙事符合对于瞬间的质疑,因为对于现在时这一时间而言,任何事情都可能发生,它阻碍了叙述的推进。这与叙事常用的未完成过去时不同,未完成过去时意味着已经无所期待,事情已经发生,一切已成定局。但是,当布勒东写作的时候,事件已经存在了,这一现在时是否只是一种虚构?除了叙事作品是真正一天天写作出来的,我们可以说,使用这一时态竭力寻找的是瞬间的意义;叙事的现在时对故事的现在时提出疑问,目的在于抢夺故事时间不会让出的意义。而叙事时间掉入了未完成过去时,这意味着对于瞬间的质疑并未得到回应。

瞬间的秘密在于它的简单性。叙述者试图发现这一秘密却总是与它擦肩而过。倘若这一秘密是诗意的条件之一,那么唯有简单的事件蕴藏着秘密,普通的瞬间内包含着时间的坚固内核。故事时间不是连续的时间,它由瞬间系统构成。造成叙事连续性的是一系列因果的承接,逻辑连接填补了一个个事件之间的空白。

此外还有一种阅读的时间。对于阅读时间的分析属于审美经验的现象学范畴。阅读诗学叙事时,诗学瞬间不仅在作品中产生冲击,而且会延伸至读者身上。普鲁斯特说:"我对自己的作品实不敢抱任何奢望,要说考虑到将阅读我这部作品的人们、我的读者那更是言过其实。因为,我觉得,他们不是我的读者,而是他们自己的读者,我的书无非像那种放大镜一类的东西,贡布雷的眼镜商递给顾客的那种玻璃镜片;因为有了我的书,我才能为读者提供阅读自我的方法。"[①]于是,诗学叙事组织的时间,并不是想把握和战胜时间,重构生活或历史,而是要通过时光符号,将自身从生活和历史中解放出来。

二 空间维度

文学作品中的空间是叙事中需要重点构建的一个文本天地。正如塔迪埃所言,文学作品的时间安排离不开空间。叙事文本的

---

① M.普鲁斯特:《重现的时光》,徐和瑾、周国强译,《追忆似水年华》(第七卷),南京:译林出版社,1991年,第335页。

空间维度和时间维度互为补充,共同构成小说的故事背景。在有些小说中,空间可以模拟现实世界,给人一种反映真实的印象。这时,我们可以将该空间的所有信息与小说之外的现实世界联系起来进行考察。但是在纯属虚构小说或科幻小说中,作者会创造出一些想象的空间,通过精确细致的描述,令人觉得这些空间仿佛是切切实实的存在。因此,空间的真实效果并不在于其自身的真实性,而在于小说文本中对空间的表现。

与叙事文本的时间双重性一样,小说中的空间也可以分为故事的空间和叙述的空间。故事的空间是指小说的故事中人物行动和事件发生的场所。叙述的空间是指叙述者所处的环境及其叙述行为发生的场所,不过在异故事叙述中,关于叙述者在何时何地进行叙述的信息,我们都无从知晓。读者通常可以在自传中把握小说的叙述空间,了解叙述者是在何时何地、以何种方式记录下过去的回忆。有关叙事文本的写作过程的信息时常出现在小说中,叙述者在叙述空间中回忆过往,记录点点滴滴,在某种程度上可以证实写作的真实性。

在小说的故事空间中,存在一些相互对立的状态,如高/低,此处/他处,城市/郊区,内部/外部,开放/封闭等。这些状态的对立在文本中被赋予特殊的象征意义。在卡斯顿·勒胡的小说《歌剧魅影》[①]中,容貌丑陋骇人的韩晤·夏尼子爵常年生活在歌剧院的地下,那里黑暗、阴冷、潮湿,象征着仇恨与罪恶。与之形成鲜明对比的是克莉丝汀·戴伊,她容貌俊美,生性善良,优美的歌声犹如天籁,象征着光明、高贵与圣洁。一个地上,一个地下,这高与低的位置产生强烈的反差。在艾什诺兹的《我走了》中,费雷原

---

① 卡斯顿·勒胡:《歌剧魅影》,杨力译,北京:九州图书出版社,1995年。

先与妻子的家在依西镇,"依西"这个名称在法语中与"此处、这里"同音,作者以"依西"为镇名,其含义不言而喻。而费雷对平淡的生活产生了厌倦,在整部小说中都处于不断移动的状态,从法国到极地再到西班牙,始终在其他地方漂泊。一年之后,身心俱疲的他再次回到依西镇的房子,而妻子早已搬家了。此处和他处的对比,暗示了费雷彷徨、孤独、无所依靠的心境。巴尔扎克的《贝姨》①中,玛纳弗太太是德·蒙特科纳伯爵的私生女,在外打扮得漂亮、雅致、幽香扑鼻,让于洛男爵怦然心动,而回到家中,屋内的摆设却不像她的外表那般光鲜。粗制滥造的家具、满是油污的厨房、简陋杂乱的卧室,无处不显露出寒酸和主人的懒惰。内外的对比揭露出玛纳弗太太生性懒散,贪图享受,暗示了下文她必会使出浑身解数,牢牢抓住于洛男爵,直至将他的家产挥霍干净。雨果的《巴黎圣母院》中,克洛德·弗洛罗副主教在公开场合严肃庄重、寡言少语,夜晚一人独处时,却饱受情欲的折磨。弗洛罗在公共场合和封闭的卧室内的表现判若两人,凸显了他外在的道貌岸然与内心的丑陋无比。

热奈特考察了文学的四种空间性。②首先文学最基本的空间性是语言的空间性。与其他任何一种关系相比,语言更适合于表达空间关系,因此语言用空间关系作为其他关系的象征或隐喻,用空间术语处理一切,使任何事物都空间化。其次,在文学作品中,书写文本的使用强化了语言的空间性。写作所表现的空间性象征了语言的深层空间性。如今,文学已经等同于书写作品,不过我们不应忽视其存在的空间模式。从马拉美开始,我们就注意

---

① 巴尔扎克:《贝姨》,许钧译,上海:上海译文出版社,1999年。
② Gérard Genette, *Figures* Ⅱ. Paris: Editions du Seuil, 1969, pp.43 - 48.

到，文字的视觉效果、书籍的排版等是一个整体，这一视角的转变让我们更加关注写作的空间性，以及处于文本这一共时性中的词语、句段、符号的非时间性布局。再次，是辞格。言语的时间性与语言表达的线性特征相关。话语表面上由存在于文本中的能指链组成，这一能指链代替了未曾现身的所指链。但是语言的运作，尤其是文学语言的运作并非如此简单，其表达并非总是单义的，而是不断地产生两重性，例如一个词语可以同时包含两种意义，即修辞学上所说的字面意义和引申意义。这个存在着意义模糊性的词语空间，我们称之为辞格。辞格既是空间的形式，也是语言被赋予的形式。同时，辞格也是文学语言空间性的象征。当然，现在人们已不再按照古代修辞学的编码进行写作，不过文学写作中仍然会运用各种隐喻和修辞格，即文体学与语言学上所说的内涵关联项。最后，是文学这个整体。我们不能肯定是否应当否认抽象的文学历史维度，不过我们认识到，文学作品的汇聚和追溯效果也使得文学成为一个巨大的共时域，应当从各个角度进行考察。在阅读一部文学作品时，读者可能会想到过去所有的作品。图书馆就是文学空间性最为准确清晰的象征。普鲁斯特在《驳圣伯夫》中曾对于盖尔芒特的城堡进行了论述："时间在文学中获得了空间的形式。"在此，我们可以对这一论述作相应的改动：言语在文学中获得了寂静的形式。

小说叙述对空间的再现主要可以通过光明与阴暗、静止与移动、在场与缺席等二元对立关系得以实现。明暗对比可以衬托事物的可见范围；一个个静止场景组成一幅移动画面，使得故事的空间得以延展；不同人物的在场与缺席情况组成多个不同的场景，从而暗示时空的变换。在小说文本中，故事空间的呈现主要依靠描写的方式。塔迪埃对空间描写进行了具体分析。①描写在小说文本中可以通过其语言符号加以辨别。首先是动词时态的使用。小说的描写成分主要采用未完成过去时。其次在名词意群方面,描写的主要对象是没有生命的物体,如季洛杜作品中的树木和花朵。人的介入通常表现为人称代词与感觉动词("我听到")或运动动词("如果我们进入")相连接。物体在文本中可以自我呈现,也可以由人物代为描述。人物可以是在静止中凝视,也可以在运动中观察。描写的句法一般按照"主语+谓语+表语"的顺序,其中不大出现逻辑连接词和时间连接词。

描写中也包含修辞,不仅因为描写是一种传统的修辞方式,而且描写中聚集了一幅幅图像。即便读者没有看到所描写的故事空间,也能通过想象构建故事空间。然而,仅仅看到图像是不够的,需要在图像中寻求意义。故事空间中的地点拥有一个名称,一个在叙事文本中的最初意义。此外,它还具有第二层意义,即这一符号成了象征。超现实主义小说中反复出现一些具有象征意义的地点,首先是城堡。对于布勒东而言,城堡象征着一个秘密社会,一种骑士阶层的秩序。城堡的象征意义使之与一系列主题联系起来:寻找、道路、未曾预期的邂逅、发现无法进入的密室内的秘密等。二十世纪的城堡描写不再可能是现实的,它借自先前的文本,而那些文本描写城堡是为了唤醒沉睡的权力。因此,与城堡拥有相似之处的僻静之地,又可用来象征本身具有象征意义的城堡。城堡是一个诗学处所。通过借喻与之相联系的另一个处所是房间:由于无人居住,使人产生进入的渴望;幽灵时常出没,拥有无法抗拒的魅力;或是金字塔中的密室;等等。超现

---

① Jean-Yves Tadié, *Le Récit poétique*. Paris: Gallimard, 1994, pp.47-82.

实主义小说使街道获得诗学价值,主要是巴黎的街道。在浪漫主义小说中,想象力在树林、山间和海边寻找灵感和素材,而超现实主义用巴黎作为想象世界的背景。城市中的街道与自然中的道路相对应,这是旅行线路的背景。二十世纪的诗学叙事中,道路颠覆了与古典小说或现实主义小说之间的关系。

有的作家引入了一种双重的差距,一方面是指深居简出的读者,另一方面是指他所描述的异域世界。由此,他颠覆了叙述较之于描写的优势,让读者尽情地想象。其中有诗学叙事的作者可借鉴之处:异域叙事作品假定和它所描述的国度之间拥有参照协定,诗学叙事与自己的背景之间也应拥有协定。二者时常以第一人称写作,异域叙事作品的"我"是作者的"我",证实其所见所闻;而诗学叙事的"我"是复指的。

人物和景物之间密切联系。人物通过借喻与空间连接起来,并且通过隐喻成为空间的象征。超现实主义者就常常把巴黎和女性联系起来。倘若没有人物,就无法构想空间的两极化。这一关联对叙事结构产生了影响。描写并不是叙事的准备程序,现实主义小说中描写和叙事的交替顺序被打破,空间介入了叙事。诗学叙事中人物和空间之间的交流贯穿始终,这就出现了另一种现象,颠覆了古典小说的所有视角:空间自身可以成为主角。吉奥诺最初的一些作品把自然因素看作人物,自然因素支配卑微的人物,如农夫、牧羊人等。吉奥诺的《山冈》讲述的是人们对于土地惊恐与害怕的故事。角色发生了倒置:人成为背景装饰,而背景成为超人。

通过描写,故事的空间在小说中得以呈现。空间的呈现具有多种功能,我们可以归纳出五种主要功能:第一是转换功能,空间的变换为情节转折奠定基础,为人物的相遇和分离提供背景。

《高龙巴》①中,汤麦斯·奈维尔上校的女儿丽第亚小姐决定去高斯游玩,这一空间的转换预示着丽第亚将在那里遇到一些人、一些事,故事情节随之会变得错综复杂。第二是象征功能,一些故事空间在小说中形成体系,产生意义,拥有特定的象征所指。上文对故事空间对立状态的分析,以及超现实主义小说中某些特定地点的介绍,已经涉及这个功能。第三是社会功能,地理空间中位置的不断移动也具有社会价值。《我走了》的主人公始终处于不断的位移中,内心彷徨孤独,无法找到固定的居所,失去了自己的精神归宿。这一状况反映了在信息爆炸、人口膨胀的现代社会,充斥于生活中的大量物体对现代人形成物役,物质的压迫使人类显得渺小,现代人找不到自身存在的意义和价值。第四是回忆功能,空间中可以凝聚回忆,或是体现生命的阶段,社会地位的升迁或降低等。《追忆似水年华》中,当松维尔、盖尔芒特家的城堡等,都凝聚着叙述者对于过去生活的点滴回忆。《高老头》中,欧也纳离开伏盖公寓预示了他的成功和社会地位的提高,而破产后的高老头穷困潦倒、孤苦伶仃,只能在那里终了一生。第五是限定功能,空间条件的限制可以对人物的行动和话语造成阻碍。《基督山伯爵》②中,爱德蒙遭人陷害,心中充满了仇恨,但无法立即复仇,因为他被关押在伊夫堡的监狱中,这一封闭的空间阻碍了他的复仇行动,直至14年后他成功逃狱,实现空间的转换。

故事的时间维度提供了小说情节延展的可能性,而故事的空间维度则为小说情节的展开提供了地理背景,增加了小说的立体感。在时间维度和空间维度共同构成的虚拟四维小说中,故事情

---

① 梅里美:《高龙巴》,傅雷、杨松萌译,北京:华文出版社,1998年。
② 大仲马:《基督山伯爵》,韩沪麟、周克希译,上海:上海译文出版社,1991年。

节的构建也遵循一定的逻辑,形成小说的某些叙述逻辑。

三 普鲁斯特的时空

普鲁斯特笔下的时间和空间,具有特殊的呈现方式和诗学效果。首先,《追忆似水年华》中的时间,每个特殊瞬间,都是对过去的追忆,作者通过所创建的时间符号进行表达,构成独特的时光符号。在小说中,回忆过去只是一个手段,但不是最深层的手段,过去的时间构成了小说的时间结构,但不是最深层的结构。在作品中,往往是非回忆性事物占据着主导地位。事实上,《追忆似水年华》"不是回忆的自然流露,而是叙述一个学习过程。更准确地说,叙述了一个书斋文人学习的过程"①。书中许多事物,与其说是回忆对象,倒不如说是学习材料和学习路线的标杆,给重现时光的符号提供了丰富的载体。德勒兹指出,作者在《追忆似水年华》中常常提到"符号"这个词,特别是在最后一部《重现的时光》中。普鲁斯特在书中不时地告诉读者,在某个时候主人公不知道某件事情,但不久他会学到。因此,追忆以学习为基本路线,反映作者不断学习符号和探索符号真谛的过程。在漫长的学习过程中,作者总结出多种符号,区别出若干不同世界的符号。每个世界都有它独特的符号,如诺普瓦的外交数字、圣卢的战略符号、科塔尔的病征符号等。符号不同,其学习方法也就不同。一个人可以擅长解译一方面的符号,但对另一方面的符号可能一无所知。各个世界的同一性在于它们之间有一个相互关联的符号体系,人

---

① Gilles Deleuze, *Proust et les signes*. Paris: PUF, 1964, p. 11.

们通过解译这个符号体系进行交流,通过符号去认识世界,学习生活,发现真理。

《追忆似水年华》的作者以特殊的方式去寻找失去的时光,再次体验过去的生活,并且带领读者和自己一起去体验。一方面,作品描述了一个文人学习的过程,讲述主人公逐步认识周围世界的体验;另一方面,作品也叙述了一位作家的创作历程:从创作冲动到失望,再从失望到升华,最后成为作家的过程。根据德勒兹的研究,普鲁斯特在《追忆似水年华》中写的就是他发现符号、学习符号、创造符号的过程。归纳起来,大致有社交符号、爱情符号、印象符号及艺术符号等四类。第一类是社交符号。幼年的作者跟着成年人去过许多社交场合,发现在这个世界中,形形色色的人们因所处的社会阶层不同,思想观念不同,发出的符号就不同,对符号意义的解释也不同。然而社交符号具有其空洞性。如在维尔迪兰家时,科塔尔做了个手势,示意他说了某句笑话,维尔迪兰夫人做个动作示意她在笑等,这些符号没有实际内容,只是一些高级仪式,仅仅表明信号发送者或接收者的社会阶层。第二类是爱情圈子的符号。在爱情生活中,恋爱实际上就是通过符号使对象个性化,使对象对特定符号产生敏感,然后掌握这个符号,以便进行特定的交流,然而爱情符号的本质是谎言。第三类是印象世界的符号,即感觉符号。一方面,感觉符号是物质的,会给人留下某种印象,有时也带来某种快乐,同时又传达着某种信息。如通过甜点、钟楼、树、砌石路、毛巾、勺子声音或水管等符号,使人感到某种生理上的快乐。另一方面,感觉符号是有实际对象的,可以找出它们的意义,如甜点代表贡布雷,钟楼代表姑娘,砌石路代表威尼斯城等。不过,这些印象符号还有待得到升华。第四类是艺术世界的符号。艺术世界是符号世界的最高境界,艺术符号通过抽象使物质升华,对前三类符号进行归纳、美化、提纯,艺术可以超越感觉符号的局限,使感觉符号非特质化和艺术化,艺术符号是其他符号的归宿。作者描述了许多了解艺术和学习写作的场景,如与文学家贝戈特的交集、酷爱凡德伊的音乐、欣赏埃尔斯蒂尔的绘画等。认识与学习符号,其目的是认识生活,解译生活的真谛,这是成长的需要,也为进入艺术殿堂铺平道路。因此《追忆似水年华》是由社交世界的空洞符号、爱情世界的谎言符号、印象世界的物质符号及艺术世界的艺术符号构成。这相当于建造大厦的四种建材,前三种为砖、瓦、沙石,后一种是将各种材料结合为一体的水泥。作者则是一个超级建筑师。他构思了《追忆似水年华》这个前后呼应、相互映衬、不断重复的庞大形式体系,从混杂的素材中提取到一种特有的一致性,把所有人物、事件等都创造成重现时光的符号,然后依照自己重新体验生活的方法及艺术审美观,将它们有序地融合到一起。①

在时光符号的创造方面,普鲁斯特有其独特的方法。他的小说创作主要依靠两个形式,即"我"和时间。"我"统一了叙述视角,使人物服从于中央视角。同时,"我"没有打上明确的个性印记,具有足够的普遍性,成为一切人的我。作者有意让叙述者匿名,目的是让每个读者在书中读到自己。关于这一点,法国评论家塔迪埃在《普鲁斯特和小说》②一书中作了详细的分析。时间则控制着小说的进展、故事的叙述和人物的生活。不过,从《追忆似水年华》中可以看出,作者最初并没有发现时间的作用,而在小说结尾时,在盖尔芒特家的聚会上才第一次感到:"而我自童年时代

---

① 张新木:《用符号重现时光的典范——试释〈追忆似水年华〉的符号体系》,《当代外国文学》,1996年第4期。

② 让-伊夫·塔迪埃:《普鲁斯特和小说》,桂裕芳、王森译,上海:上海译文出版社,1992年。

以来,一直是做一天和尚撞一天钟,以致从所有那些人身上发生的变化上,我第一次发现时光的流逝,从对他们而言的时光流逝联想到我的似水年华,我不禁大惊失色。"①于是,小说通过回忆过去的时光,追寻过去的生活,用文字和符号把它固定于文学作品中。实际上,《追忆似水年华》就是以符号的形式重新创造和安排时间,使过去、现在、未来融为一体,组成一个独特的时光体系。

然而,时光对钟表来说也许是相等的,对人而言则不然。在现在之中出现过去甚至将来,就使时间出现不相等的现象。如《追忆似水年华》中提及的德雷福斯事件、尼古拉二世访问法国、欧伦堡事件等是真实的时间。相反,书中人物的年龄、年龄差距、人物活动的时间大都与历史年表不相吻合,是一种想象的时间。阿尔贝蒂娜在1897年是17岁的少女,到1908年她仍然是那位妙龄少女,似乎在时间空洞里生活了十多年。作品中的时间不是某年某月某日,而是某地的某样东西,某人去某地的那天,或某人做某事的时候。如阿尔贝蒂娜的自行车、巴尔贝克的汽车、两年以后的巴尔贝克小住、莱奥尼姑妈的衰弱、凡德伊与女儿相依为命等。这种用人物、事件、物品等来表示时间的方式,是作者创造时光符号的主要手段之一。诚然,书中也使用了诸如钟点、天、季节、年等时间单位,但它们是时间的形式单位,都经过叙述者加工处理,随意将它们加快或放慢,以满足叙述的需要。时序的安排不必遵循真实时间的先后顺序,也不用顾及叙述时间与实际时间在逻辑上的合理性,而可以按自主记忆或非自主记忆进行随意安排。书中的时间大都用人物、物品、事件和形式时间来表达,时间

---

① M.普鲁斯特:《重现的时光》,徐和瑾、周国强译,《追忆似水年华》(下),南京:译林出版社,1994年,第535页。

成了叙述的形式符号,经过加工、安排和系统化,就创造出了《追忆似水年华》中特有的时光符号。

从提取时间并使它成为符号的方法来看,《追忆似水年华》中有反理性法、组合法、运转法等。所谓反理性,是指作者在叙述时,不追求逻辑上的因果关系,不拘泥于整体与部分在表面上的和谐。在时间的处理上,作者采用了对比、插入和循环等方法。对比就是通过改变时间的速度、内容来表示时间的流逝。小说中的时间具有不同的速度,有时对几个星期的幸福一带而过,有时则在一瞬间的痛苦上滞留很久。为了使读者感到时间的流逝,就要改变时间的速度,使时序和时间结构具有艺术性。普鲁斯特将时间分解为不同的单位,有时让它减速,有时让它停止。在事件发生的高潮时日,如蒙儒万的那一天、阿尔贝蒂娜出逃的那一天、马丹维尔钟楼的那一天,都是时间的最强音。在某一天里,时光的辉煌中夹杂着一连串回忆、痛苦、激情,使叙述者成为长夜难眠的诗人。时间有时也有急板,如叙述者在巴尔贝克饭店第一次想亲吻阿尔贝蒂娜时,动人的场景却以突然的决裂告终:"这个从未品尝过的粉红色果子,闻起来是什么味,吃起来是什么味,我马上就会知晓！就在这时,我听到急促、延续而又刺耳的声响。阿尔贝蒂娜已经使足全身力气拉了铃。"①这里在作者用快慢对比表示时间在不知不觉中流逝;同时,作者还用时间标志即时间内容的对比来表现时间的流逝,他可以拨快时针,使读者在几分钟里越过数十年:如读者可以看到,叙述者昔日的情人在数页纸后已经成为八旬老妪,父亲说他已经长大的话使他意识到自己在时间中

---

① M.普鲁斯特:《在少女们身旁》,袁树仁译,《追忆似水年华》(上),南京:译林出版社,1994年,第543页。

地位的变化,揭示了岁月的流逝。时间的跳跃也是表示变化的一种方法:

> 从叙述角度说,跳跃就是作者将各时间段插入作品,或是把时间空白插入作品。一方面,各种时间的插入好似在一块土层中混杂着不同时期的沉积物,叙述伊始便预示着结尾,而结局又紧接着开场:如叙述是在《重现的时光》中回归当松维尔以后开始的,然后是叙述者在贡布雷的童年,后面又加上短暂的回归《重现的时光》;再如斯万的爱情发生在叙述者出生之前,接着是叙述者在巴黎的少年时期,后面是重返布洛涅森林。另一方面,插入空白也是安排时间的很典型的形式。如两次巴尔贝克生活之间隔着好几年的巴黎生活,斯万对奥黛特的爱情和叙述者对吉尔贝特的爱情相距15年,从结束与吉尔贝特的爱情到巴尔贝克之行,用"两年以后"便跳了过去。时间空白为重现时光作了启示准备,使之更为真实,叙述者和其他人物在我们看不见的时期内衰老了。这种方法能让作者按小说的需要巧妙自如地重组时间结构。还有一种方法是重复法,也可称之为循环法,它与时间的线性发展相对立,用以显示时间的环形结构。从叙述者在贡布雷的童年起,同样的钟点带来同样的事件,同样的人物,他的生活大多数是相似的事件和相仿的会见。在阿尔贝蒂娜死后,每天都是纪念日,"人物彼此相似,相互重复,结果是叙述时间以重复作为节奏,而重复似乎消除了时间的进展,永远回到起点"。这种循环反复、螺旋上升保证了叙述向着未来进展,其间有空白,有跳跃,有加速,有减速,但总是忠实于中心人物的视野及作者的创造。读者看到的是一个陌

生的、想象的时间,一个独特的、经过浓缩或膨胀的时间,但表面上又是历史的时间。①

那么,这种时间又是怎样通过叙述而合为一体的呢?这就涉及叙述话语的协调问题:

> 叙述者的话语和作者的话语是相对应的,但并不相等。叙述者在书中占重要地位,但他并不能主宰作品的言语,主宰言语并进行写作的是作者。作者要面对语言的类型,将模糊回忆转换成叙述话语,改写成具有诗意的话语成分,构筑成小说客体。在时光符号中,时间上的安排构成了叙述的内在结构,而许多事件和人物的名字则构成了叙述的形式结构。特别是专有名字——人物符号为《追忆》的写作提供了充足的素材。专有名字具有三个功能:一是它的对应能力,即一个名字对应于一个参照物;二是它的本质化能力,即名字能够命名它所包含的本质;三是它的释义能力,它像被打开的盒子那样,能够展示出它所包含的所有内容。如盖尔芒特这个名字专指作者童年生活过的一个地方,而不指任何其他地方;但这个地方在作者脑海中仅仅是一个模糊的回忆,在作品中必须由盖尔芒特这个语言符号来体现它;这一符号的内涵,抑或对这一符号的解译,便成为写作的源泉。专有名字主要有人物和事件两类,从各自的角度构建叙述时间,黏合时光符号。②

---

① 张新木:《论〈追忆似水年华〉中符号的创造》,《外国文学评论》,1997年第2期,第47页。
② 张新木:《论〈追忆似水年华〉中符号的创造》,《外国文学评论》,1997年第2期,第47页。

在《追忆似水年华》中，人物被用来标志时间。首先，人物的年龄被用来表明时间在人物身上的进展。作者使用的是非固定的年龄，如青年、成年、老年等年龄范畴。较之固定的年龄标志而言，非固定的年龄常常使人们想起时间的流逝，"人是一种没有固定年龄的生物，他具有在几秒钟内突然年轻好多岁的功能，他被围在他所经历过的时间所筑成的四壁之内……一会儿把他托到这个时代，一会儿又把他托到另一个时代"①。这种情况最先表现在叙述者身上，其他人物在陆续出场后也显示出这种变化。因此，人物外表，如身体、面孔等的变化也表示着时光的流逝。面貌大变的阿尔让库尔仿佛是时间的启示，使叙述者看到了时间的一部分；维尔巴里西斯侯爵夫人的面貌显示她的高龄，既与往日相同，又与往日不同。其次，人物的语言也能反映人物的变化，体现逐渐衰老的过程。布洛克放弃了新荷马派的风尚，圣卢每隔五六年就改变他喜欢用的常用语，弗朗索瓦丝一改漂亮的外省腔调，变得南腔北调。最后，人际关系和社会地位的变化也揭示着岁月的变迁。斯万和奥黛特结婚后，吹嘘他的社交关系，但已今非昔比；布洛克变成贵族，奥黛特地位下降，显示了世上的万事万物都在变化的规律。这些变化就是要努力标志出时间间隙的变化。作者从分割钟点出发，在更为广泛的时间中展开某一时刻的人物，不但给人物打上时间的烙印，反过来还让人物体现某一段时间，体现与时间的某种关系，成为时间的象征：弗朗索瓦丝是叙述者的童年和贡布雷，圣卢是法国小农的化身，阿尔贝蒂娜的外表时刻变化着，是提供时间镜子的女魔术师，圣卢小姐身上则汇集

---

① M.普鲁斯特:《女逃亡者》，刘方、陆秉慧译，《追忆似水年华》(下)，南京:译林出版社，1994年，第352页。

了所有人物的命运,并且体现了时间:"无色无嗅、不可攫住的时间,可以说是为了使我能够看到它、触摸它,物质化在她的身上,把她塑造成美的杰作,与此同时在我身上,唉!却只是完成它的例行公事。"①由此可见,被时间创造出的人物,他的存在本身就标志着时间,作品重新安排叙述时间,刻画变化着的人物,塑造出一尊尊时间的雕像。

小说中的事件也可以作为形式时间,每个作家都用自己独特的方式构思事件和处理事件。普鲁斯特构思事件,其目的还是描述时光。《追忆似水年华》中的情节是次要的,它把分散的、不为人所理解的因素结合起来,把叙述者和其他人物的不同经历聚集起来,以构成时间流逝的历程,描述叙述者发现生命意义、学习生活经验,进而描述人生的历程。如《重现的时光》中盖尔芒特家的聚会,表明了时间的命定作用,即与事件相连的时间产生了自我相遇的感受:西尔旺德认出自己的经历,斯万认出自己的经历,还有叙述者的经历都显示过这一场面。"此刻我就是这个饮酒人。我到镜子里去寻找这个饮酒人。突然,我看到他了,是一个相貌奇丑的陌生人。他也在瞪眼瞅我。"②《追忆似水年华》中重述德雷福斯事件,目的是展现人物对事件的观点,而不是记载历史事件,小说的真正主题是通过对事件和人物在时间中的观照,提高它们的价值,使之上升为对人和对艺术的启示。

普鲁斯特的小说在对失去的时间进行追忆和重建时,也对失去的空间进行了追忆和重建。作者将时间向空间的转变推向

---

① M.普鲁斯特:《重现的时光》,徐和瑾、周国强译,《追忆似水年华》(下),南京:译林出版社,1994年,第594页。
② M.普鲁斯特:《在盖尔芒特家那边》,潘丽珍、许渊冲译,《追忆似水年华》(中),南京:译林出版社,1994年,第97页。

极致,使之成为其写作艺术的一个原则,并且试图建立一个优美的空间。作品中贯穿着对空间的焦虑、对空间的追寻和对空间的重建。通过物体、人物、名字等符号载体,通过位移和并列等组合手法,将地点变形为一系列地点画卷,分布于小说天地的各个角落,让主人公抑或读者通过对空间符号的消费,感受自己在生存空间中的归属。普鲁斯特的《追忆似水年华》,整体上是对失去的时间的追忆:主人公半夜醒来,不知道自己的生活和意识属于哪个时刻。然而这位醒来的睡客,不仅不知道自己生活在什么时候,而且还不知道自己生活在什么地方。"而当我半夜醒来,由于我不知道自己身在何处,所以刚醒来那一刻都不知道自己是谁。"①这种空间的困扰,自始至终侵袭着主人公,渐渐醒来的那个生灵,他逐步恢复了自己存在的意识,但他不知道自己是谁,无法将自己此刻生活的时间和空间与他先前生活的时间与空间联系起来。他醒来的这一刻,其地点似乎与主人公没有任何关系。这引起了他对空间挥之不去的焦虑。面对空间归属的焦虑,主人公还倍受生存空间的困扰。在半夜醒来的黑暗中,周围的窗户、大门、墙壁的位置似乎在相互交换,甚至相互代替,开辟着另样的空间;有时数个空间还会相互重叠,累加到另一个空间之上。

主人公幼年时看到戈洛骑马的地方、少年时对女人产生爱慕的环境、成年后在梦中醒来时摇晃的房间,这三个空间在其生存的三个时代不断旋转。这些时刻和空间会让作者想起于迪梅尼路上的三棵树,他无法给它们定位。因此作者在《在少女们身旁》中说,"我的精神在遥远的年代和现时之间摇晃,这也使巴尔贝克

---

① Marcel Proust, *Du côté de chez Swann*. Paris: Gallimard, Pléiade I, 1987. p. 15.

的周围跟着一起摇晃"①。这里摇晃的既有时间,也有空间。这空间就像行星那样在太空中游荡,引起一种焦虑和恐惧,产生一种幻觉。地点的运动又会让人感到地点的孤立,它们之间的距离很不确定,有时甚至连道路都没有,不能通向他处,就像在一个孤岛上。而生活在这些地点中的生灵,感到没有家和地点。这种孤独和焦虑,迫使主人公去追寻一个稳定的空间,而地点的稳定能给人踏实安定的感觉。地点完全像过去的时间那样会消逝,但又会像记忆那样重新回忆起来。有时候,上苍会让迷失的生灵重新回到他们所在的地方,找到失去的地点。在《女囚》中,主人公有一天听着凡德伊的音乐,不知道演奏的是哪一段曲子,突然觉得自己身处异乡。而在另一天,其父亲带着家人在贡布雷散步,来到一个陌生的地方。正当他们不知所措时,父亲突然发现,"这不就是那条小路吗?它通向我朋友家花园的小门。再走两分钟就到他家了"。②于是,小路让家人找到了朋友的家,又让作者找到了凡德伊音乐中的熟悉段子。前者是迷失在外部空间中的人们,而后者则是迷失在内心空间中的作者。而要辨认和找到地点和空间,找到那条通向朋友花园的小路,找到自己熟悉的空间,就需要一种"定位"(localisation)。某个地点存在于记忆中,并且常常与某个名字相连。寻找失去的空间,这与寻找失去的时间大体相当,精神可以将记忆图像定位于时间中,也能将记忆定位于空间中。乔治·普莱在《普鲁斯特的空间》中写道:"普鲁斯特从茶杯中看到的不仅仅是他童年的某个时期,还有那时的房间、教堂、城市和

---

① Marcel Proust, *A l'ombre des jeunes filles en fleurs*. Paris: Gallimard, Pléiade I, 1987. p. 717.
② Marcel Proust, *La prisonnière*. Paris: Gallimard, Pléiade III, 1987. p. 249.

固定的地貌整体,一个不再游荡也不再摇晃的整体。"①这是一些分布于记忆中的确定地点,一些重现的地点。而重现的地点往往与物体、人物和名字相关,并且具有碎片和分离的特征,成为一些变形的空间和地点。

在空间引起的焦虑和困扰面前,普鲁斯特试图重新认识和追寻这个空间。在《追忆似水年华》中,无论是记忆中的地点或是想象中的地点,它们都与某个物体或人物相关,而且只存在于某个生灵的精神空间中,并不向外部天地延伸,这就是普鲁斯特空间的特色。这种地点有三类。第一类是由物体引发的地点,如拉斯普利埃附近的森林和河滩的风景:"有那么一刻,我周围光秃秃的岩石,从石缝中瞥见的大海,就像另一个世界的碎片在我眼前浮动。"②这是一个内化的世界,是一个只在个体精神中出现的世界。这是一种独立于现实世界的地点,即通过回忆而看到的地点。如诗人和画家都能让人看到美丽的风景,与其他的世界不同的风景。除了风景的普遍特征,还能看到这些地点的细节,如一条小路、一个花园的角落、一个河湾等,它们"在我们看来不同一般,比其余的世界更加漂亮"③。有些物体还是连接不同类型世界的中间地带,它不是地图上连接两个地方的真实的道路,而是一个想象中的现实。小说人物将花朵、风景、人像,甚至姓名都移植到自己的内心花园里。这个花园犹如贡布雷的教堂,或是回忆中的其他地点,具有另一个更深层的延续(durée)维度。第二类地点与书中的人物相关,也是人物形象的承载环境。某个人物常常

---

① 乔治·普莱:《普鲁斯特的空间》,张新木译,上海:华东师范大学出版社,2015年。
② Marcel Proust, *Sodome et Gomorrhe*. Paris: Gallimard, Pléiade Ⅱ, 1987. p. 1029.
③ Marcel Proust, *Pastiches et Mélanges*. Paris: Gallimard, Pléiade, 1981. p. 249.

赋予地点一种个性,倾注了人物的情感,还能通过人物去发现和提升地点的美学价值。人物成了地点的瓦格纳式的回响音符,即使人物还要去别的地方,但他总是与记忆中的原始地点紧密相连。如《在斯万家那边》中,吉尔贝特的形象,她总是和老先生一起,常常出现在他们先后参观的教堂中,"现在常常是当我想到她时,我似乎还看到她站在教堂大门下,向我讲解雕像的意义,她的微笑意味着她总是在说我的好话,并把我当作朋友介绍给贝戈特"①。人物就处在其载体与背景的地点中,并且决定着叙述视角。普鲁斯特的人物是一些外部剪影,而这些外表又与其地点环境相连,他们是出现在系列风景中的系列肖像:乡间花园、贴满广告的墙壁、客厅、火车站台等,就像是一本个人影集,展现某个地方的某个人,然后是他在另一个地方的样子,每张"照片"都由它的取景严格确定下来。人物从风景地点中获取特征,地点面向人物,而人物的形象也面向地点。第三类地点则与地点和姓名相连,如贡布雷、巴尔贝克、斯万家那边、盖尔芒特家那边等。《斯万家那边》的整个第三章"地名:那个姓氏"都展示着这种地点。地名常常和家族名称相连,因此"地点就是人物",姓名表现着人物,它既是地名也是人名,也是家族之名,既是个人的称呼,也是地方的称呼。然而地点也像是空间中的岛屿,是一些零散的、孤立的、另样的微观世界。

上述三类地点都有一个共同的特征,就是空间的碎片特征。主人公发现,物体、人物和地名都呈现为碎片状,都是非连续性的地点,就像一系列景点和绘画作品,它们既属于同一个世界,却又呈现出断片的外表,被许多中性的距离和空白分割开来。乔治·

---

① Marcel Proust, *Du côté de chez Swann*. Paris: Gallimard, Pléiade Ⅰ, 1987. p. 100.

普莱总结说,"普鲁斯特的世界是一个碎片的世界,碎片中又包含着另一些同样是碎片的世界。因此埃尔斯蒂尔的世界在小说中显得越来越遥远,呈现为一系列分散的画作,就像是在画室里,在画廊里或专门的画集中……"①面对这种状况,记忆可以弥补画面的某些缺失部分,但其效果还是有限,必须用时间的连续性去替代空间的非连续性。普鲁斯特从弗米尔的画作中得到启示,他觉得这些画作就是同一个世界的众多断片。凡德伊的音乐世界也是分离的断片,是某个不知名的五彩节日那鲜红裂口的碎片。

另外,普鲁斯特还非常关注地点间的距离。在他看来,距离从来就不是扩展着的空间,它实际上是一个空白,一个分隔世界、物品和人物的空间,引发人们对存在的焦虑。因此在普鲁斯特的作品中,距离主题(或消极的空间)达到了其最大痛苦的强度,并以晚上亲吻的形式表现出来,因为亲吻是母亲在场和母子相连的象征,亲吻消除了任何的距离。距离就是那个迫使人们生活在相互遥远的地方的东西。距离还揭示出存在的长度,通过追忆这个标识点,可以看到和计算出存在的空间广度。然而这是一种绝对的距离,无法用数学尺度来衡量的距离。目光看到的物体或形象既不会扩大,也不会消失,总是处在它所在的地方,就在外面,就像一个陌生的永久的缺席者。距离造成了地点的外部排斥,而封闭则形成了地点的内部孤立。所有物体既封闭于自身,又排斥外界的事物。这种包裹与排斥的关系将存在分隔成两块,既看不到它的里面,也看不到外面,内外无法进行交流。时间和地点也是这样,延续是由独立的时刻组成的,不同的时刻相距遥远,各自封闭在花瓶里,互不交流。地点也是一些封闭的花瓶。盖尔芒特和

---

① Georges Poulet, *L'espace proustien*. Paris: Gallimard, 1963, 1982, p. 54.

梅塞格利丝这两边的区别,造成这种空间的双重分割,两个交替的相反方向,形成一种空间交流的不可能性,并且与时间的不可能性相关联。因此,"《追忆似水年华》中盖尔芒特和梅塞格利丝这两边呈现为并列状态,在各自封闭的花瓶中互不相识,互不交流……两条路或两个边是两个不同的方向"①。选择去哪一边都是一种分裂,也是一种排斥,而且扩展到空间的所有地点。真实的地点与其他地点不具同时性,它会排斥其他的地点。就像让·桑德伊的地点,通过一株毛地黄的形象表现出其分离性,"它说不上是远还是近,只是与世界其他地方隔绝了而已……让人很想把它带走,即使连根拔起也无所谓,他也想把这个山谷带走,把它从这种孤独中带走……"②。每个地点就像每个时刻那样,它是"孤立的、封闭的、静止的、固定的,远离于所有其他事物"③。这便是普鲁斯特空间的分离性和非交流性。

在追寻了三类地点后,在认识到空间的碎片特征、分离性和非交流性后,怎样才能找到那个稳定的地点呢?这就要通过精神对空间进行一种变形。玛德莱娜甜饼的记忆证明,过去的感觉与现在的感觉,会因某种巧合而相遇,使失去的空间重新出现。在重现的时光旁边,也应该能找到重现的空间。那些分散的碎片空间,通过追忆运动和精神连接,由回忆者在精神广度上去感受一种同质性:"我是事物的中心,每个事物向我提供感觉和美妙而又忧伤的感情,我在尽情享受。"④面对心情的断续性和回忆的突然

---

① Gilles Deleuze, *Proust et les signes*. Paris: PUF, 1964, 1983, p.150.
② Marcel Proust, *Jean Santeuil*. Paris: Gallimard, Pléiade Ⅱ, 1981. p. 43.
③ Marcel Proust, *Le côté de Guermante*. Paris: Gallimard, Pléiade Ⅱ, 1987. p. 397.
④ R. Dreyfus, *Marcel Proust au Lycée Condorcet*. Paris: Revue de France, décembre 1925. p. 656.

出现,通过对他人存在的揭示,普鲁斯特的思想自我转变为一种敏感,感受到这里的众多欲望、模糊回忆和焦虑假设。通过心灵活动,可以创造出一种特定的空间。追忆就是通过味道,通过气味,通过钟声来引发一种模糊回忆,通过某种神奇的相像,将长期禁锢的旧事激发出来,使之冲出封闭的魔瓶。于是空间的变形得以可能,通过主体的精神将分散的空间连接起来,形成一种连续的空间,形成一种普遍的连续性。因此普鲁斯特的空间不再是分散的碎片,正如库提尤斯所评论的那样,"他的作品在我们看来似乎没有限度,更像是一种连续性,而非一种轮廓清晰的形状……细细阅读普鲁斯特,我们就会被纳入一个精神的无限潮流,既没有延缓,也没有死亡"①。这个非连续性中的连续性,是那个敏感点激发出来的水圈,向四周传播的同心圆波纹连接着即时的印象、模糊回忆、各种形象和唠叨话语。普鲁斯特通过语言构建了一个时空连续体:永不停止的说话运动,即不停地继续思想的扩张运动,犹如那洪水通过不断外溢而开辟自己的连续空间。

鉴于空间的这些特征,普鲁斯特尝试着对空间进行重建,从事一种双重收复的工作,同时收复失去的时间和失去的空间。这种收复起初只是部分的和非连续性的,收复的仅仅是空间的断片,而不是连续或整体的空间。小说通过移动和变换地点,通过并列空间等方法,在作品中构建起一个同质的符号空间。作品开始时对贡布雷的两次描写就证明了这种尝试。第一次是对该地点的简单描述,那是主人公记忆里的一个碎片,说他半夜醒来时,会重新回忆起贡布雷;第二次则是在玛德莱娜甜饼的激发下,重现贡布雷的所有物品、那里的故人、事件与花草。他将它小小的

---

① E.-R. Curtius, *Marcel Proust*. Paris: Edition de la Revue Nouvelle, 1928, p. 125.

茶杯空间变成一个广大的空间,往里面放进一座城市、一座教堂、众多的花园、相邻的乡村。对贡布雷的重建仅仅是一个尝试,是重建空间的一个模板。空间构建的第一个方法是地点的运动和空间的位移:

> 首先是描写旅行,如步行参观,河边和教堂边的散步,驱车去诺曼底,想象的佛罗伦萨和威尼斯之行,真实的巴尔贝克旅行和威尼斯之行。作品中充满着这种旅行,旅行与回忆打破身体和精神的惰性,将人物带进新的物质地点和精神天地,将本无关系的地区和精神天地联系起来,将属于不同存在层面的地点连接起来,并且改变世界的面貌,改变事物的状况。先前的地点是一些封闭的花瓶,中间隔着一种不可逾越的距离。而通过旅行,这些距离自行消失,地点的孤独变成了地点的毗邻,旅行的经历改变了确定的空间,将人物从失望和瘫痪中拯救出来。中心人物马塞尔就像圣经中的天使,他下界到一个陌生而遥远的地方。旅行能突然消除距离,将似乎不可能在一起的两个地点放到一起,因此可以说运动的经历改变着世界的法则。第一个法则就是盖尔芒特和梅塞格利丝这两个边永远不可能连接到一起;但是通过步行或是坐车,就能够改变它们的时间和空间维度,似乎属于另一个世界的村庄就会变得相邻。地点相互联系着,各个边相互接触着,运动和旅行让人们从一些地点走进另一些地点。第二个法则是同一个物体永远不会改变;然而运动让马丹维尔的钟楼表达了一种另样的连接,即视角的变化造成景色的摇晃或旋转,使所有的线条和画面产生一种新的意义,暗示了一种联合的急切和需要。"在小路的拐弯处,我突然

感到一种特殊的快乐，它与任何其他的快乐不同，我看到了马丹维尔的两个钟楼，上面抹着夕阳的余晖，马车的行进和路上的小径似乎在改变着它们的位置，然后是维厄维克的钟楼，它们之间隔着一道丘陵和一条山谷，突兀于远处的一个更高的高地上，然后它们之间却显得紧挨在一起。"这样，所有物体便失去它们的排他性，每个生灵就像一个地点，代表着众多的位置和地点，处于这个边，或处于那个边，就像书中所描述的那座城市，"当火车沿着弯曲的线路行驶时，它时而在我们的右边，时而在我们的左边"。主体的运动和视角的位移将分离的地点连接起来，将断续的空间变形为一个整体。①

如果说重叠人物形象能够重现过去的时间，并列地点断片则可以重现失去的空间，成为空间构建的另一种方法。普鲁斯特设计了一种不固定的层次分布法，就像贡布雷教堂的彩绘玻璃：

> 这是一种并列的重叠，就像神奇的灯笼，它将图像投在墙上，但又不挡住这个图像。他不对图像进行纵向的堆砌，而是将思想的不同元素分布在横向维度上，即放置于一个平面上，这就是并列法。这种方法既被用来表现梦中形象和回忆形象，还被用来表现即时的现实。"这正是布洛涅森林表露最多树种的季节，它将不同的部分并列成一个复合的集成。"并列正好是运动的补充，它集中了一些固定的地点，而

---

① 张新木：《普鲁斯特的美学空间》，《安徽师范大学学报》，2012年第5期（总第40卷），第607页。

运动却将过去的形象移植到现时中。"当我们在梦境中思考时,为了回到过去中,我们尽量放慢和暂时停止那个拉着我们向前走的永久运动,我们于是渐渐重新看到那些完全不同的色彩并列起来,这也正是同一个名字在我们的存在中不断向我们表现的色彩。"如果说运动和位移能使过去的形象移植到现时中,而并列则将那些处在原位的物品集合起来,集合在固定的地点上。并列法并不跨越任何距离,不反转任何形势,存在着的事物既不相互靠近也不相互排斥,它们仅仅排列在一起,犹如橱窗中的陈列商品。普鲁斯特曾经通过暗喻表现过这种静态的组合:"在巴尔贝克这个名字中,就像在海边浴场购买的笔杆上的放大镜中,我似乎看到某个波斯风格教堂的周围涌起的一波又一波海浪"。这种通过并列来构建空间的做法,在描写佛罗伦萨这个城市时尤为突出,作者竭力将一个地点封闭在名字中,将一个生灵封闭在地点中,突出该城市春暖花开和艺术都市的面貌,而自己置身于两个景象的中心,把它们想象成两幅乔托的并列壁画,展现着某个圣徒生活的并列场景。普鲁斯特的作品就像是一个"并列的百幅荷兰绘画的画展……这种展览消除了延续,消除了距离,将世界缩减成数量确定的独立图像,相互毗连又严格界定的图像,在同一个展台上同时奉献给人们的目光"(普莱)。普鲁斯特的小说不再是表现时间的小说,而是一本图像集,构成了一个地点整体,一个画册式的空间。[①]

[①] 张新木:《普鲁斯特的美学空间》,《安徽师范大学学报》,2012年第5期(总第40卷),第608页。

在《普鲁斯特的美学》一书中,卢克·弗莱斯认为,"空间在(普鲁斯特)小说中起着次要的作用,因为它只是时间的一种投射,或失去的时间的负片"①。普鲁斯特在《让·桑德伊》中也强调,"时间对他来说就像是空间"②。而在《驳圣伯夫》中则认为,"时间在这里只是采用了空间的形式"③。这些说法从反面证明,普鲁斯特在构建时间的同时,并不忽视对空间的构建,构建空间等于构建时间。于是,作品中的时间常常采用空间的形式,其组成要素相互排列在空间中。通过物体、人物、名字等符号载体,通过位移和并列等组合方法,最终将破碎分散的地点变形为一种符号化的美学空间。

---

① Luc Fraisse, L'esthétique de Marcel Proust. Paris: Sedes, 1995, p. 109.
② Marcel Proust, *Jean Santeuil*. Paris: Gallimard, Pléiade, 1981, p. 126.
③ Marcel Proust, *Contre Sainte-Beuve*. Paris: Gallimard, Pléiade, 1981, p. 285.

第五章
叙述结构理论与分析

任何完美的艺术作品,都存在着极为复杂的结构,存在着一种多维的、非线性的布局。在这些作品中,可以说"没有一个笔触是孤立的,每一部分都能从其他部分获得存在的理由,并把自己的存在强加给它们"①。小说作为一种文学体裁,一种叙事文本,必然会呈现出这般特征,具有极其复杂的结构。对小说中叙事结构的研究,可以追溯到普罗普的《故事形态学》,他从俄罗斯民间故事中归纳出的 31 个功能,开创了对叙事结构研究的新途径,引起了文学研究界的广泛关注。二十世纪的法国符号学研究领域内出现了大量叙事作品结构研究的著作,众多学者纷纷将目光投向这一领域,从不同角度开展结构研究,具体探讨叙事规则,取得了丰硕的成果。其中有不少重要的结构研究理论和分析方法值得我们关注。

格雷马斯对普罗普提出的 31 个功能进行了缩减和重组。在此基础上,格雷马斯深入研究叙事语法,提出了独创性的动元理

---

① M.普鲁斯特:《盖尔芒特家那边》,潘丽珍、许渊冲译,《追忆似水年华》(中),南京:译林出版社,1994 年,第 313 页。

论。他将文本分析分为表层结构和深层结构,提出了叙事转化公式,并且引入了符号矩阵的概念。罗兰·巴特借鉴语言学上的概念,提出了叙事作品的三个层次:功能层、行动层和叙述层。在人物的行动模式研究和故事结构研究中,有托多罗夫提出的三元模式和同系模式。格雷马斯和拉里瓦耶则提出了虚构的五元模式。格雷马斯和布雷蒙等学者还针对叙事作品中的序列进行了研究。法国当代文学批评家让-伊夫·塔迪埃在《20世纪的小说》中对二十世纪小说的结构进行了归纳总结,并在《诗学叙事》中具体分析了诗学叙事的结构。下面我们将就叙述结构理论和分析方法进行探讨。

一 叙述层次的划分

在语言学研究中,语句可以进行多层次的描述,即语音和音位层、词汇与语义层、句子与句法层。语言成分的价值依赖于它们在语句中的横向位置(同层)与纵向位置(跨层),形成了语言成分的横向分布关系和纵向聚合关系,一般称之为句段(syntagme)和范式(paradigme)。罗兰·巴特参照语言学中这种层次关系,将叙事作品的结构分为三个描述层:功能层,行动层和叙述层。[1]

功能层的含义源自普罗普和布雷蒙的研究,指叙事作品中最基本的叙述单位。一部叙事作品由多种功能构成,每种功能都具有自身的意义。巴特将这些功能分为两大类别:分布类和聚合

---

[1] Roland Barthes, *Introduction à l'analyse structurale des récits*, dans BARTHES, R. et al., *L'Analyse structurale du récit. Communications*, 8, 1966. Paris: Editions du Seuil, 1981, pp. 10-28.

类。分布类即普罗普所说的功能,是分布在同一层次上的意义单位,如拿起听筒接听电话的相关单位是说完话挂上听筒。聚合类包括所有的标志,如人物性格的标志、环境氛围的标志等。相关单位之间的关系是聚合式的,只有进入高一级的层次,才能理解标志的含义。功能包含换喻关系,对应于行为的功能性;标志包含隐喻关系,对应于存在的功能性。功能又可分为核心和催化。核心是叙事作品的基本功能,催化是对核心的补充,具有寄生性质。催化的恒定功能是交际性功能,维持叙述者与受述者之间的交际。标志只有在人物层或叙述层中意义才能得到显现,因此标志总是包含一些含蓄的所指,意味着读者需要进行辨认活动,这有别于信息成分。信息成分提供现成的知识,常常是一些所指明确的纯资料,功能性非常微弱,但仍可用以证实所指的真实性。需要注意两点。首先,一个单位可以是混合单位,属于两个不同的类别。例如在候机室里喝杯酒既可以作为表示等待的催化,也可以是某种气氛(现代化、轻松等)的标志。其次,我们可以采取另外一种分类法。催化、标志和信息成分都是核心的扩展。叙事作品的主要功能遵循的逻辑主要有三种:第一种是描述故事的每个点上人物遵循的选择路线,即重建叙事作品运用人类行为的句法;第二种是语言学的研究方法,试图在功能中找到纵向聚合的同位项;第三种是托多罗夫提出的对于行动层次的分析,建立叙事作品中的基本谓语,以及它们进行组合、转换所依赖的叙事规则。叙事作品的功能层需要有一个中继组织,即序列。序列研究将在本章第三部分重点论述。功能层内单位意义的获得必须由高一级的层次来完成,也就是行动层。

行动层也就是人物层,是用人物参加的行动范围来说明人物的特征。有关人物的行动模式,我们将在第二部分中具体展开讨论。行动层中的行动者需要从属于语法人称范畴,而非心理人称范畴,这样才能使之更为灵活。语法人称范畴只能按话语的主体进行划定,所以我们只有将行动层的单位与叙述层结合起来,才能确定其具体的意义。

叙事作品也存在叙述者和受述者之间的交际,这就上升到叙述层。我们可以在叙事作品中寻找体现叙述者和受述者的代码。叙述者的代码拥有两个符号体系:人称体系和非人称体系。这两个体系不能通过人称"我"和非人称"他"的语言记号来区分。倘若非人称"他"的叙事作品用"我"进行改写后,除了改变语法代词,并不对话语产生其他影响,则可以判定它并没有离开人称体系。在传统叙事作品中,主要是无人称的符号体系。如今,由于叙述从表面上看常常与故事的发生同步进行,因此人称主体逐渐进入了叙事作品。许多叙事作品中常常在一句话内迅速交替使用人称和无人称。罗兰·巴特以阿加莎·克里斯蒂的侦探小说《五点二十五分》①为例,分析了这种混合人称体系的娴熟技巧,其目的在于维持谜团。作者从内心描写凶手,这个人物身上同时又有包含在话语中的见证人的意识和包含在所指里的凶手的意识,两种意识的混合使得谜题无法解开。叙述层为叙述性符号所占据,其作用是将叙事作品公之于众。功能层和行动层的诸单位将在叙述层中聚合起来,按照叙事规则和代码形成一种结构、一种布局、一种网结,成为结构纷繁、五彩缤纷的叙事作品。

叙事代码是叙事作品结构分析所能达到的最后层次。叙述分析并不从文本外取得意义,即社会、思想意识等其他体系,而是

---

① 阿加莎·克里斯蒂:《神秘的西塔福特》,南宁:广西民族出版社,1986年,第三章"五点二十五分"。

在话语体系内进行。叙事作品的分析到话语为止,随后就要进入另一种符号学:语境。社会将叙事作品的语境编码掩饰起来,为叙事作品虚构一个合理的情境,如书信体小说,所谓的发现手稿等。布尔乔亚文化不喜欢公开的代码。叙述层有一种模糊的作用:一方面,叙述层与叙事作品的语境相连,与外界相连;另一方面,封闭了功能层和行动层的叙述层又封闭了叙事作品,使叙事作品成为一种语言的言语。在此,我们可以将托多罗夫的观点与之进行比较。罗兰·巴特认为,应在叙事作品内部进行封闭的分析,外部因素不在考虑范围之内。而托多罗夫则认为,作品内部存在两种秩序(语境),即小说的故事秩序和小说世界之外的世俗秩序。对于理解作品而言,世俗秩序不可或缺。由一种秩序向另一种秩序的转变称为"违反"。小说与现实的接轨,正是在于打破故事秩序,重建社会背景下的世俗秩序。秩序的"违反"可以作为今后文学叙述的类型学标准。[①]

罗兰·巴特将叙事作品看作一个封闭自足的系统,不考虑社会、历史、文化、意识形态等外部因素,分析作品内部各个叙事单位、叙事层次之间的关联。功能层、行动层、叙述层,层层递进,在单独一个层次内无法把握完整的意义,唯有进行纵向的聚合。叙述层的一个个功能在人物行动层中加以聚合,最终通过叙述话语在叙述层中得到体现,这时作品的意义才能完整地展现。罗兰·巴特的结构分析方法开创了叙事作品分析的新途径。正由于他排除了作品的外部影响因素,将目光集中在作品内部的功能符号,才可以对叙事作品进行结构上的解读。巴特的结构分析带来

[①] Tzvetan Todorov, «Les Catégories du récit littéraire», dans Roland Barthes, A. J. Greimas, Claude Bremond et al., *L'Analyse structurale du récit. Communications*, 8, 1966. Paris: Editions du Seuil, 1981, pp.156 - 157.

了文本意义阐释的多样性和读者阅读的自由性。

格雷马斯的分析方法则另有新意,他将文本结构分为两个层次:深层结构和表层结构。深层结构由形态和句法组成,形态指分类学模型的基本构成关系,句法是其一系列可操作规则的集合,是意指活动的基本结构。在深层句法的研究中,格雷马斯引入了符号矩阵的概念:

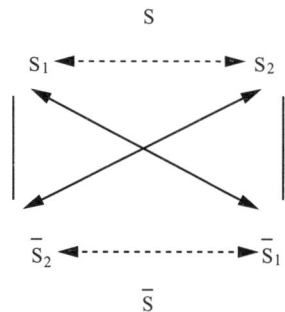

◀------▶ :反义关系

◀——▶ :矛盾关系

——— :蕴涵关系

一个意义 S 的对立面是 $\bar{S}$,$\bar{S}$ 与 S 相互矛盾。如图所示,语义轴S(内容层实体)在内容层形式的层面上串联着两个相反的义素:S_1 ◀------▶ S_2,则两个义素的对立项的关系表现为:$\bar{S_1}$ ◀------▶ $\bar{S_2}$。图内包含三种关系:反义关系、矛盾关系和蕴涵关系。

例如在勒·克莱齐奥的《沙漠》中,关于"主流身份"和"异质

---

① A. J. 格雷马斯:《论意义:符号学论文集》(上),吴泓缈、冯学俊译,天津:百花文艺出版社,2005 年,第 141 页。

身份"的两个主题就可以按这种符号矩阵来考察。"主流身份"和"异质身份"可作为意素 S1 和 S2,其矛盾面$\overline{S1}$就是非主流身份,$\overline{S2}$就是非异质身份。其符号矩阵示意如下:

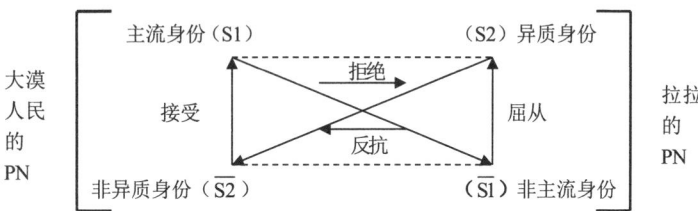

这里有两条路线:第一条是小说的主线,是主流身份向异质身份的转化,可以纳入拉拉的叙述阵子(programme narrative,简称 PN)。由于拉拉不堪以金钱和技术为标志的主流身份的压迫,从家中逃婚出来,状态主体拉拉与价值对象的分离过程也是主流身份被否定的过程,即遭到拉拉(或自然)的拒绝、排斥转为非主流身份。在到达异质身份极点的同时,行动主体拉拉也通过联结转换,将状态主体她自身和价值客体家乡的分离的初始状态转化为联结的最终状态。第二条路线是异质身份转化为主流身份,可以纳入大漠人民的叙述阵子。大漠中的游牧民族在反抗无效后最终纷纷踏上了归途,屈从于主流文化的身份,将他们自身的状态主体与其家乡的价值客体相互分离的初始状态转化为联结的最终状态。①

这一符号矩阵体现了深层意指结构的组织形式。与深层结构的句法操作相对应的,是表层结构的句法行为。这一行为预设了一个主体,并产生发信者和收信者之间的信息传递。操作到行

---

① 张璐:《勒·克莱奇奥小说〈沙漠〉中的身份模式及诗学构建》,《当代外国文学》,2011年第2期,第14页。

为之间的等值转换,我们可以用一个简单叙述性陈述(énoncé narratif)的形式表现:

$$陈述 = F(A)$$

其中,功能(F)是作为现实化进程的行为,行动元(A)是作为潜在动程的行为主体。

格雷马斯的叙事语法把行动模态划分为四个前后相承的阶段:产生欲望、具备能力、实现目标、获得奖赏。我们结合莫泊桑的小说《勋章到手了!》具体分析文本表层结构的行动模态。

在产生欲望阶段,文本采用授予性陈述:

> 萨克尔芒先生从小脑子里只有一个念头,那就是获得勋章。①

这一陈述在语义上可以被表述为:

$$F:欲/S:萨克尔芒;O(F:得到;A:萨克尔芒;O:勋章)/$$

得到勋章的欲望使得勋章具有了某种价值,对于主体萨克尔芒而言,勋章是一个外部价值,主客体之间是一个多重从属关系(hypotaxique)。在欲望轴上被连接的二者,在语义轴上可以称之为潜在的行动主体和价值客体。

具备能力阶段,小说的情况较为复杂。萨克尔芒没有学历,没有任何功绩,不具备获得勋章的条件。他绞尽脑汁,终于将目光投在文化教育勋章上。他开始尝试著书立说,发表了一篇学术

---

① 莫泊桑:《莫泊桑中短篇小说精选》,郝运、赵少侯译,贵阳:贵州人民出版社,2001年,第346页。

论文《儿童的直观教育》,论述街头图书馆的问题,进行科学研究等。勉强可以说,萨克尔芒拥有了获得勋章的可能性,具备了实现目标的能力,我们可以对此进行语义表述:

F:能够/S:萨克尔芒;O(F:发表论文,科学研究;O:勋章)/

当然,仅仅做到这一步是不够的,还需要一个推动者,即议员罗塞兰先生。他给予萨克尔芒极大的支持和帮助,指点萨克尔芒研究新问题,介绍他加入学术团体,为他争取到替历史著作委员会到法国各地图书馆进行一次调查研究的任务等。在他的推动下,萨克尔芒距离目标越来越近。

实现目标阶段是一个状态向另一个状态过渡的阶段,这一阶段的分析需要借助格雷马斯的叙述转化理论。按照主体和客体之间的关系,可以区分出两种类型的状态陈述:

$$合取陈述 = S \cap O$$
$$析取陈述 = S \cup O^{①}$$

在合取陈述(énoncé conjonctif)中,主体占有客体;在析取陈述(énoncé disjonctif)中,主体不拥有客体。两种陈述之间的过渡需要借助一个元主体操作符,其行为陈述表现为:

$$F 转化(S_1 \rightarrow O_1)$$

其中S_1是操作行为的主体,O_1是转化后达到的状态陈述。主体与客体之间合取的转化实现时,可以表示为:

---

① 参见格雷马斯:《论意义:符号学论文集》(下),冯学俊、吴泓缈译,天津:百花文艺出版社,2005年,第25—26页。

$$\text{实现} = \text{F 转化}[S_1 \to O_1(S \cap O)]$$

在《勋章到手了!》中,实行状态转化的操作行为主体 S_1 与原主体 S 一致,均为萨克尔芒先生,在自己的积极行动中最终获得了客体 O:勋章,实现了客体的价值。与这种主、客体的合取转化相反的是主、客体之间相分离的转化,可称之为潜在化,此时,与主体相分离的客体的价值为潜在的价值:

$$\text{潜在化} = \text{F 转化}[S_1 \to O_1(S \cup O)]$$

获得奖赏阶段是对上一个实现目标阶段的确认,判定主体与客体之间关系的真伪。格雷马斯在真伪关系问题的探讨中引入了真相(être)与表象(paraître)这对概念,并列出了真伪关系的符号矩阵[①]:

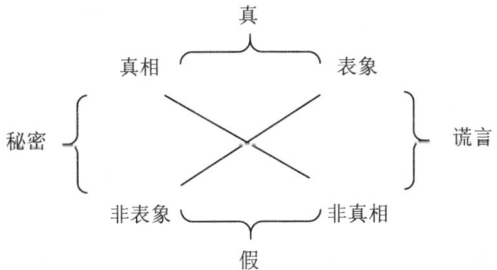

在小说中,萨克尔芒做完各地图书馆的调查研究,于一星期后回到家里,发现他的一件外套上挂着荣誉勋位勋章。妻子将这个喜讯告诉了他,说这件事尚未正式公布,是罗塞兰先生帮了大忙。萨克尔芒终于实现了自己的目标,获得了勋章。但我们还未确认这件事的真伪,直至小说最后,萨克尔芒获得奖赏:

---

① 格雷马斯:《论意义:符号学论文集》(下),冯学俊、吴泓缈译,天津:百花文艺出版社,2005 年,第 53 页。

> 一个星期以后《政府公报》上公布。萨克尔芒先生由于特殊的功绩,颁布给他荣誉勋位骑士级勋章。①

至此,事情的真实性得到了确认,萨克尔芒先生的确达到了自己的目标,获得了勋章。

关于小说中这种布局和层次的结构,即帮助叙述者讲述故事的叙述结构,菲利普·阿蒙有其独特见解。他在分析莫泊桑中篇小说《奥尔拉》的描写结构时发现,文学作品中存在着某些要素,存在着某些类同的单位,可以根据它们的功能和连贯方式进行分门归类。如在文学话语中,通过相同成分的重复,可以构成一种A-A'结构：A 代表第一个相同成分,A'代表第二个相同成分,二者构成话语中的切分界标。在两者之间和两边放置 X、Y 和 Z 三个切分成分（segment）,构成类似于"立论-驳论-综论"的叙事作品。结构分析可以从最大的切分成分开始,直到最小的切分成分为止,以便确定各切分成分之间的关系及其地位,并且与语言的各层次（语音的、词汇的、语法的、语义的）相结合。这么一来,语言学中的大部分关键性概念似乎都适用于文学话语的分析,如描述层次、可变项、功能、互补式分布、转换、系统、句段(亦称"横组合项")、范式(亦称"纵聚合项")等。我们可以建立一门结构语义学来分析文学话语,因为文学话语是一个预先划定的和谐的体系,其中的各个成分,表面上虽然千差万别,但实际上都是相互关联着的。每个成分将由它与该话语总集的关系来确定,而不取决于话语外的参照对象(真实的、传记的、历史的、心理的等),即巴

---

① 莫泊桑：《莫泊桑中短篇小说精选》,郝运、赵少侯译,贵阳：贵州人民出版社,2001年,第351页。

特所说的叙事作品的"语境"。文学话语的每个成分在逻辑上和语义上都具有功能性,没有一个成分游离于话语之外。

另外,托多罗夫在《文学叙事的类型》一文中,也对文学作品的话语功能及其叙述逻辑作了探讨。他认为,"从总体上讲,文学品有两个方面:它是一个故事,同时又是一个话语。说它是故事,因为它回述了某种现实,某些业已过去的事件,一些过去的、但与现实生活混为一体的人物……但作品同时也是一个话语:有一个叙述者在叙述故事,在他的面前还有一位听众(读者)在倾听。从这个角度来说,重要的倒不是所要报道的事件,而是叙述者向我们讲述故事的方法"[①]。作为故事,叙事作品有两个层次:动作逻辑层次和人物关系层次。叙述通常通过重复、渐进、类推法等手段建立一种动作逻辑关系,使作品的各个叙述段能相互呼应,相互粘连。例如,作品中会有一种三元叙述模式,即整部叙事作品由许多小叙事作品相互连接和镶嵌而成,而每个小叙事作品又由三个(有时为两个)要素组成。所有作品都由这种小叙事作品组成,其结构相对稳定,功能相当于生活中的小情景,如"欺骗""约定""保护"等。人物意义则完全取决于他与其他人物的关系,即三种最基本的关系,这就是欲望、交际和参与。欲望在所有人物身上几乎都能看到,其最常见的形式是"爱情";交流则造就一种"守密"关系;参与则导致"帮助"关系。在这三个基本关系的基础上,通过对立规则和被动规则衍生出十二个不同的关系。如爱情的对立面是仇恨,守密的对立面是泄密,帮助的对立面是阻挠。再如欲望有主动去爱别人和被别人爱,恨别人也被别人所

[①] Tzvetan Todorov, «Les Catégories du récit littéraire», dans Roland Barthes, A. J. Greimas, Claude Bremond et al., *L'Analyse structurale du récit*. *Communications*, 8, 1966. Paris: Editions du Seuil, 1981, p.132.

恨；交流中守密可以是向朋友透露消息，也可以是朋友的知情者，泄密可以是泄漏别人的秘密，也可以是自己的秘密被人知晓；参与帮助可以是帮助别人，也可以是得到别人的帮助，阻挠行动可以是阻挠别人或受到别人的阻挠等。这样"我们就获得了叙述作品中十二种不同的关系，我们借助三个基本谓语（关系）和两条衍生规则对它们进行了描述。必须指出，这两条规则的功能并不完全相同，对立规则用于引出无法用别的方法表达的句子；被动规则用于显示业已存在的两个句子之间的亲属关系"①。

从话语角度画看，叙事作品是叙述者向读者发送的话语和言语，而发送必须遵循一定的规则。托多罗夫总结出三组话语程序：叙事作品的时间（即故事时间与话语时间的关系）、叙事作品的视角（即叙述者感知故事的方法）和叙事作品的方式（叙述者讲述故事的方式）。在叙事作品中表现时间一直是个难题，因为叙述时间与故事时间并不相同。话语的时间是线性的，故事的时间是多维的（数个故事可以同时发生），而话语又必须将多个故事一个接着一个地叙述出来。这就必须打破故事的"自然"时序，重新安排时间。在数个故事同时发生时，叙述必须采用连接或镶嵌的方法。连接就是将数个故事并列起来，讲完一个再讲另一个。如三位兄弟外出寻宝，每个人的旅行便是一个故事，可以并列叙述；镶嵌就是大故事里套小故事，如《一千零一夜》里的镶嵌叙述。这两种组合很像语法中两种基本句法关系：并列从句和从属从句。叙事作品的视角则反映了叙述者与人物在作品中的地位问题。传统小说中有一个无所不能、无所不晓的叙述者，他可以看

---

① Tzvetan Todorov, «Les Catégories du récit littéraire», dans Roland Barthes, A. J. Greimas, Claude Bremond et al., *L'Analyse structurale du récit. Communications*, 8, 1966. Paris: Editions du Seuil, 1981, p.140.

到密封屋子里所发生的事情,知道人物脑子里所想的东西。因此,人物处于从属地位。而在现代许多小说中,叙事者与人物的能力对等,前者不比后者知道得更多。第三种情况是叙述者比任何一个人物知道的都要少,他只能描述人物所看到的或听到的,而没有自己的意识。叙述作品的方式主要有两种:再现与叙述。它们相当于从前的编年史和正剧之间的关系,编年史的作者仅仅报道事件,人物不用说话,是纯粹的叙述,而正剧中的故事是在观众眼前展开的,叙述不用叙述者来完成,而是包含在角色的话白和动作之中。再现通过人物的言语、人物的行动和客观的言语活动来实现,而叙述则通过叙述者的言语、叙述者的形象和主观的言语活动来完成。

对纪德的《田园交响乐》稍作分析,可以证明小说中这种布局和结构。这部日记小说中的 22 个序列,在整体结构、功能分布和叙述形态方面都有精巧的设计。首先,《田园交响乐》中具备阿蒙所说的 A-A' 结构:

> 牧师把盲女杰尔特吕德带回家来,牧师的家是第一个切分界标,即 A;后来又把盲女寄托给 M 小姐,M 小姐的家成为第二个切分界标,即 A'。在 A 和 A' 的中间和两边,安排了三个切分成分:故事开始的情况、杰尔特吕德在牧师家的日子、杰尔特吕德离开牧师家后的日子。故事开始的情况被安插在 2 月 10 日日记中,算第一个切分成分;盲女在牧师家的日子构成第二个切分成分,与第一册日记(7 篇)基本对应;盲女离开牧师家的日子为第三个切分成分,与第二册日记(15 篇)相对应。这样就构成了《田园》的整体结构:

山腰茅屋　　牧师家　　M小姐家　回归（永别）
I－－－－I－－－－I－－－－I－－－－y
　序曲　和谐的田园曲　起伏的田园曲 终曲

作品伊始,叙述者描绘了法国东部汝拉山区的景色:"我认出两公里外一个神秘的小湖,金色的晚霞抹红了湖面,我认出了它,似曾相识于梦中……从小湖泻出一条小溪,削去林海的一侧,沿着一块沼泽逶迤向前……太阳已经下山,我们沿着溪边小道走着,夜幕已经降临,在一座小山的腰际,有一座似乎无人居住的茅屋,看不到一丝炊烟,在黑暗中影影绰绰,屋顶染着些许天空的金光。"这一段描写在叙述结构中起着划界的作用。卷首描写的功能是向读者展示故事的背景和人物的环境,如巴尔扎克《高老头》中对伏盖公寓的描写,司汤达《红与黑》中对维璃叶镇的描写,莫泊桑中篇小说《奥尔拉》中对鲁昂市的描写等。不过,《田园》中的卷首描写除了上述功能,还对叙述进行划界。因为汝拉山的山区风貌和居民的活动本身就"带有社会学特征,可以称之为划界的底片"。卷首描写虽然不长,但独自成为叙述的第一个切分成分,为整部作品划定了叙述框架:时间为19世纪90年代,地点为法国汝拉山区的一个小镇,人物是"我"和"这个虔诚的灵魂",情节为"这个虔诚灵魂的教育和成长"……这一部分相当于音乐《田园交响曲》的序曲,是叙述者将读者引入叙述天地的入口。①

---

① 张新木:《论〈田园交响乐〉的叙述结构》,《外国文学评论》,1998年第2期,第60—61页。

第二和第三切分成分是作品的主体，在总体结构上两者都较"等值"。在写景方面，两者都以雪开始。雪在本作品中是叙述结构的核心单位，因为屋外在下雪，牧师无法外出，所以才有时间写日记，换言之，下雪给了"叙述者安静的状态"。处于这一状态时，叙述者有两种选择，他可以写或不写日记，这样就把故事和叙述引向两个不同的发展方向。在人物的行动方面，两册日记中都有静和动的对比，有相似的接近与远离。前者是大雪封路不能出门，是被动的静，后者是因发生精神危机而闭门思过，是主动的静；开始时牧师主动接近杰尔特吕德，去教化这位"迷途羔羊"，后因产生爱情有悖教义与伦理，于是主动疏远她，把她托付给 M 小姐照料。然而肉体的远离更加强了精神上的接近。在第二册日记中，他们相处的时间虽然不多，但心理的沟通已经处于最佳状态。复明可被看作一种接近，但是复明使杰尔特吕德看到了他们的"原罪"，决定与牧师永远分离——自杀。在话语方面，两册日记中有许多相同的词句。如"我利用空闲时间""我利用不能出门""我得从头说起""我不得不停下日记"……这些复述成分组成了较小的界标，用以标出各个序列的叙述切分点，同时又使前后两册日记形成某种对等的叙述结构。

从作品的内部结构来说，也存在巴特所说的层次结构特征。

就功能层而言，雪就是一个核心功能，这个词在小说中先后出现过许多次，而且都处在叙述结构的重要分节处。如卷首、2 月 27 日日记中（第 28、44 页）、第二册日记开始处（第 103 页）等。尤其是在第二册开始处，叙述者说："积雪终于融化了"，这样，思维逻辑让人自然想起冬去春来的结论，于是，叙述得以继续。当然，雪也是一个比喻，它暗喻着盲女那洁白无瑕的心灵,暗示她那白纸一张的精神天地正等待牧师去教化。同时,雪也许还表明,叙述者的作品这时也是一张白纸,正等待叙述者来构建。马拉美曾经提到过"空白纸的洁白禁止着",不让作者写作,禁止他与读者交流,正如大雪阻止牧师去布道一样。像雪这样的核心功能单位在作品中有许多,如老女人的死、盲女、带盲女回家、听《田园交响曲》、儿子雅克、医生马丁、盲女复明等。再如第89页提到牧师的妻子忧心忡忡。妻子的忧愁为后面的叙述埋下伏笔,谜底到129页方才揭示:牧师和盲女双双堕入爱河。这些核心功能组成了叙述的主线。在这些核心单位周围,聚合了一些催化功能。它们与各个核心功能发生关系,其功能性较弱,是核心功能的外围和寄生物。核心功能维系着叙述的命脉,从逻辑上聚合作品,而催化功能是些"细枝末节",在功能分布中起着"较弱的"聚合作用。如果说雪在《田园》中是核心功能,那么,太阳、小山、河湖等便是催化功能,描述它们不是主要的,而是为了衬托大雪。再如在发现盲女的时候,她像"一个不定形的东西蜷缩在壁炉边,似乎睡着了,厚厚的一堆头发几乎完全遮住了她的脸"。盲女的眼瞎、不具人形等细节就是催化功能,为的是描述盲女当时的悲惨境况。标志和信息是填充作品骨骼的肉,如作品中提到牧师没能去做圣事,表示他是神职人员;"我把迷途羔羊带回来了",表示他是一位虔诚的、乐善好施的牧师,这些都是标志性叙述单位。信息类叙述单位则有地名、人名(如瑞士城市洛桑、法国的汝拉山等)、天气等,在此不一一列举。①

---

① 张新木:《论〈田园交响乐〉的叙述结构》,《外国文学评论》,1998年第2期,第61页。

作品的话语界标和叙述功能构成作品的形式结构,这对认识作家的创作过程、动机、特点等具有一定的意义。同样一个故事,叙述方法不同,其美学效果也截然不同。不过,借用托多罗夫的逻辑层次和人物关系概念对作品进行补充分析,则会得出另一些有趣的结论,使我们对作品的逻辑结构有所认识。从行动的逻辑层次看《田园交响乐》的各篇日记相当于一个行动,每个行动中包含着一个小叙事作品。如2月10日的日记展现了"闯入、敌意、接纳"的内部结构,即当牧师将一个陌生人带回家时,受到全体家庭成员的冷遇,但杰尔特吕德最终得到家庭的认可,住了下来;再如2月27日的日记描述了杰尔特吕德"学习、进步、好学"的进程,在牧师在儿子的帮助下,盲女从被动学习变得勤学好问(如怎样用声音来理解颜色);5月10日的日记反映出一种对立的内部结构:"顺从、对抗"。牧师的儿子雅克表面上同意不和杰尔特吕德接触,实际上却偷偷地见她并给她读《圣经》,并且挑选与父亲观点相反的章节,以改变杰尔特吕德对《圣经》的理解。妻子阿梅丽虽然对盲女照顾周到,热情接待,但赌气说"老天没让我生来就是瞎子"。日记与日记之间也有一种逻辑关系,各个行动(从叙述角度说为序列)根据某种逻辑相互结合,或并列,或对立,或镶嵌。如相遇与收养、爱情与嫉妒、收养与分离、彷徨与再次示爱、希望与失落、吐露真情与永别等。各篇日记内部和日记之间通过重复、渐进、类推等手段建立起行动逻辑关系,使作品的各个部分相互呼应,相互连接。从人物关系看,"欲望、交际、参与"的关系也比较明显。牧师的欲望最初是挽救生灵,体现的是上帝的爱,后来转变成了性爱。他的行动开始是主动的(收养盲女、教育、用上帝的爱教化她等),后来变得被动了(他不能解答盲女提出的问题、没能阻止盲女选择自杀等);杰尔特吕德对雅克的爱先是被动的,后来则成为主动。在牧师和盲女之间,在盲女和雅克之间,在盲女和牧师妻子之间,都存在一种"守密"关系。"帮助"则更为复杂,分别分布在数个层面上,如表面的与背后的、主动的与被动的、体力的与智力的、生理的和心理的、世俗的与宗教的等。

诚然,《田园交响乐》中人物关系上的逻辑主要是爱情与嫉妒、合作与对抗的关系。书中发生矛盾冲突的四个主要人物是牧师、阿梅丽、雅克和杰尔特吕德。他们四人构成了一种错综复杂的感情纠葛关系:牧师是不该爱,却爱上了杰尔特吕德;阿梅丽是该被爱的,却受到了冷落;雅克应该去爱杰尔特吕德,却被禁止不让爱;杰尔特吕德对父子俩都爱,但这种爱是盲目的,后来演变成在精神上与牧师心心相印,而在肉体上更仰慕雅克。从法律和传统的角度看,牧师与阿梅丽已经是夫妇,因而不能再去爱别人;雅克和杰尔特吕德都是年轻人,是可以相爱并结合的。然而牧师爱上杰尔特吕德就树起了两个情敌;妻子产生嫉妒,视杰尔特吕德为情敌;雅克也产生仇视,以父亲为情敌。牧师的行为显然有悖于伦理,但他从教义中寻找借口,并将这种观念灌输给杰尔特吕德。他故意将一张卡片留在她房间里,上面写着"不吃饭的人不要审判吃饭的人,因为上帝接待了吃饭的人"(出自《圣经·罗马书》第14章)。阿梅丽是一个贤妻良母,在这场冲突中她完全是个受害者。盲女进入家门,她就感到不祥的预兆。她最初的冷淡表面上是由于"家里的人已经够多的了",更深层的是出于对外来女性的本能的排斥。但出于丈夫的忠诚和对家庭的责任,她忍辱负重,协助丈夫照看好盲女和自己的五个孩子。雅克虽然年轻,但在精神世界里比他父亲更为成熟。他对杰尔特吕德产生了爱情,但在父亲的劝告下,他表示要离开杰尔特吕德去度假。不过,他有时也来点阳奉阴违,私下里去医院看望做复明手术的盲女,还给她念保罗福音书:"从前因为没有戒规,所以我活着;而当戒规来临时,原罪复活,而我就该死去",以此诱导杰尔特吕德,使她明白她与牧师的爱情是原罪。杰尔特吕德则从一无所知的"东西"成长为虔诚的天主教信徒。从对牧师的依附到对牧师产生爱情,一切都是在无知和牧师的误导中发生的,她是无辜的。她经历了生理的成长和心理的成熟,经历了躯体的完善和灵魂的升华。当她复明后,看到了她与牧师的错误和原罪,看到了阿梅丽的忧愁,发现她所爱的是雅克,绝望中投河自尽,死前向牧师坦白,雅克已经使她皈依了天主教,她得到了真正的永生。人物之间的对抗关系实际上反映了人们对教义理解上的分歧,特别是纪德本人在这个问题上的矛盾态度。作者通过作品结构的安排,通过作品形式的对立、类比和人物、行动等逻辑关系上的对立,多方位地烘托出这种深层的对立。

二　人物行动模式与情节结构

在小说这类叙事作品中,行动层一般由多个行动构成,而行动的主体则是人物,而且一般是多个人物。这些人物行动并不是孤立存在的,相互之间必然拥有一定的关联。"行动在情节中应当按照逻辑原则(行动 A 是行动 B 的原因或结果)、时间性原则(A 在 B 之前或之后发生)和等级原则(A 比 B 更为重要或 A 的重要性次于 B)进行安排,以产生结构紧密的效果。"[1]

鉴于人物和行动之间存在一定的关联,并且民间故事存在固

---

[1] Yves Reuter, *Introduction à l'analyse du roman*. Paris: Dunod, 1996, p.49.

定的模式,普罗普在《故事形态学》中归纳出俄罗斯民间故事的31种功能:1.缺席;2.禁止;3.违反;4.调查;5.情报;6.失望;7.顺从;8.背叛;8a.匮缺;9.指示;10.主人公的决定;11.出发;12.给予考验;13.迎对考验;14.得到辅助者;15.空间转移;16.战斗;17.标记;18.胜利;19.消除匮缺;20.返回;21.迫害;22.解救;23.隐匿身份到达;24.见8a;25.给予任务;26.成功;27.辨认;28.叛徒显形;29.主人公显示本色;30.惩罚;31.结婚。①

然而这31个功能有点过于庞杂,难以形成明晰的结构。于是格雷马斯对其进行了功能配对,并运用符号矩阵四要素展开分析,对31种功能进行缩减,归并成20个功能,对其中11个功能进行了配对。② 不过,这些功能是研究民间故事归纳而出的,直接套用于小说研究并不一定合适。尽管如此,普罗普的民间故事功能研究对小说分析的方法颇有启发。显然,某些体裁的小说拥有深层的固定结构,具有严格的编码,同类小说的情节结构常常大致趋同。以传统的侦探小说为例,情节主要可以分为三个步骤:凶案发生;展开调查,寻找凶手;解开谜团,惩罚凶手。如乔治·西姆农、皮埃尔·维里等人的作品。托多罗夫在《侦探小说类型学》一书中,对侦探小说的三大类型进行探讨。在探讨了研究方法和评价标准之后,托多罗夫试图对侦探小说进行初步分类。他将历史上侦探小说的内部类型分为三大类:解谜小说(Le roman à énigme)、黑色小说(Le roman noir)、悬疑小说(Le roman à suspense)。

第一种类型是解谜小说,风行于两次大战期间,是传统的侦

---

① A. J. 格雷马斯:《结构语义学》,吴泓缈译,北京:生活·读书·新知三联书店,1999年,第278—279页。

② 同上,第279—280页。

探小说，其重点在于知道谁以及如何犯下罪行，小说本身是解开这一谜题的过程，是作者与读者之间的智力游戏。托多罗夫从米歇尔·布托的《曾几何时》中发现了二重叙事结构，把它作为解谜小说的最大特征。这类小说一般包含两个故事：犯罪的故事和侦查的故事。犯罪的故事讲述过去发生的事，侦查的故事向读者和叙事者交代了解真相的过程。犯罪的故事遵循事件发生的自然序列，而侦查的故事开始于罪行之后的调查。例如阿加莎·克里斯蒂的《东方快车谋杀案》，全书共有十二个嫌疑人出场，因此除了序曲和结局，小说由十二场问讯构成的十二部分组成。为了更加深入地分析双重叙事结构中的两个故事，托多罗夫借助二十世纪二十年代俄国形式主义者对文学作品两个方面的定义，将两个故事分别对应于叙述的故事"寓言"（fable）和"叙题"（sujet）：寓言是现实生活中发生的事件，"与可追忆的现实相对应"，时间是自然的时间；叙题是作者将寓言表述出来的方式，"与书本身、与叙述和作者运用的文学手法相对应"，时间是非自然的时间，作者可以先介绍结果，后陈述原因。侦探小说的两个故事，通过"缺席"（absence）和"在场"（présence）的互补，共同构成故事的虚构和叙事。第一个犯罪的故事是一个缺席的故事，为了保持全书的悬念，这个故事不能在小说中马上被写明。读者必须通过第二个故事中所转述的言行来了解第一个故事。因此，第二个故事虽然本身没有重要性，但是具有极高的地位。侦探或警官的角色是两个故事的中间媒介，因此在第二个故事中，侦探或警官具有某种"侦探豁免权"，不会受到伤害或死亡威胁。在叙事手法方面，第一个故事借助"时间的颠倒和特殊的视角"确定持有每条线索的目击证人，给出信息，并且作者和读者都不能是全知的；第二个故事中，作者则是向读者解释自己正在写一本书，让情节变得自然。

第二种类型是黑色小说,人物多为异端分子、边缘者、混血儿等。侦探小说中的黑色小说起源于二战前的美国,盛行于二战后。黑色小说与硬汉派小说相似,其特点是小说气氛阴暗、悲观,通过罪案、暴力、没有爱情的性、贫穷、不公、绝望,将社会的黑暗面呈现出来,仿佛是社会下层对无法承受的社会的控诉。黑色小说的重点在于结束犯罪或击败犯罪者。托多罗夫同样使用二重叙事模式进行分析,认为黑色小说的特点是"融合了两个故事的侦探小说,或者换句话说,就是略去了第一个故事,给予第二个故事以生命的侦探小说"。相对而言,私人侦探的使命不再是用逻辑思维解决案件,他们有行动的自由,深知自己生活在缺乏道德的阴暗社会中,直接面对危险和暴力。侦察过程不局限于重构过去发生的案件,犯罪伴随着侦察过程发生。因此,黑色小说中没有解谜小说所必需的时间的颠倒,凶案并非一定先于故事的叙述,一般来说叙事与行动同时发生。在黑色小说中,智力游戏让位给了深刻的情感,在写作上更加重视"环境的描绘、人物和特殊的习俗",托多罗夫总结为"主题性",目的在于体现血腥、暴力和阴暗的场面。

第三种类型则是悬疑小说,根据托多罗夫的观点,悬疑小说是介于解谜小说和黑色小说之间的一种侦探小说类型,它保留了解谜小说中的谜团,但又有黑色小说的特征,即重视第二个故事的主导地位。托多罗夫从悬疑小说存在的不同历史时期,将其分为两种类型:一种"作为解谜小说和黑色小说的过渡时期而存在",被称作"遭受攻击的侦探的故事",这在哈梅特和钱德勒的小说中比较常见,其特点是解谜小说中的人物豁免权不复存在。这类侦探故事很接近黑色小说,但是由于故事以罪案即谜团开头,所以又可将其归为悬疑小说。另一种"与黑色小说同时存在",被称为"嫌疑人-侦探的故事",主人公因种种原因被当作罪犯,即真正罪犯的替罪羊。他只有自己破解凶案,找出凶手,为自己洗清冤情。这种悬疑小说重新回到解谜小说的个人犯罪,并遵循新的结构。主人公通常处于危险之中,又被称为受害者的故事,威胁、谋杀和跟踪是悬疑小说的三个组成部分,通常可以从心理学和行为学角度对背景复杂的人物进行分析。因此,在托多罗夫看来,悬疑小说融合了解谜小说和黑色小说,虽然作为两者的过渡类型,但也继续发展并自成一派。①针对这些特殊类型的小说,我们同样也可以归纳出一系列的功能,发掘这些小说的内在固定模式,其方法与普罗普的民间故事功能分析异曲同工。

托多罗夫、格雷马斯等众多学者对小说情节发展中人物的行动模式进行了深入研究。托多罗夫通过分析《危险的关系》②,提出了人物行动的三元模式和同系模式。③托多罗夫提出的三元模式是对布雷蒙在《叙事信息》中所提概念的简化。根据这一概念,叙事作品由一个个微型叙事作品连接或嵌合而成,每个微型叙事作品由三个(偶尔是两个)因素组成。由此看来,所有叙事作品都是由一些结构稳固的微型叙事作品进行不同组合而成。这些微型叙事作品可以用诸如"欺骗""契约""保护"等词语来表示。托多罗夫列出了故事中瓦尔蒙与杜维尔之间关系的三元模式④:

---

① 张璐:《论托多罗夫的〈侦探小说类型学〉》,《法国研究》,2011年第1期,第10—15页。
② 拉克洛:《危险的关系》,郑永慧译,南京:译林出版社,2002年。
③ Tzvetan Todorov, «Les Catégories du récit littéraire», dans Roland Barthes, A. J. Greimas, Claude Bremond et al., *L'Analyse structurale du récit. Communications*, 8, 1966. Paris: Editions du Seuil, 1981, pp.135 - 138.
④ 同上,p.136。

企图：瓦尔蒙的追求欲望 ＝ 瓦尔蒙的要求→梅特伊的反对→反对被拒绝；
引诱行为→

要求：杜维尔表示好感 ＝ 杜维尔的要求→沃朗日的反对→反对被拒绝→瓦尔蒙的爱情欲望→引诱行为→杜维尔拒绝爱情

危险：瓦尔蒙的爱情欲望→引诱行为→杜维尔接受爱情 ＝ 杜维尔的危险→逃避爱情→瓦尔蒙的爱情欲望 ＝ 情人分离→他的欺骗→实现的爱情 ＝ 协约的缔结，等等。

每个三元模式的行动都相对均匀，托多罗夫按此归纳出了瓦尔蒙与杜维尔关系的三种三元模式：实现一项计划的企图、要求、危险。

托多罗夫提出的第二种人为行动模式是同系模式。叙事作品中的一些因素在相互承接中存在同系的关联，即四项式的比例关系：瓦尔蒙∶杜维尔／行为∶拒绝行为。同样，我们也可以进行反向操作，尝试以不同的方式排列前后相承的事件，从建立的联系出发，以期发现所呈现世界的结构。托多罗夫用表格列出了情节中瓦尔蒙与杜维尔的交往直至杜维尔的堕落[①]：

| 瓦尔蒙想招引人 | 杜维尔任别人欣赏 | 梅特伊想阻止第一次求爱 | 瓦尔蒙拒绝梅特伊的建议 |

---

① Tzvetan Todoqrov, «Les Catégories du récit littéraire», dans Roland Barthes, A. J. Greimas, Claude Bremond et al., *L'Analyse structurale du récit. Communications*, 8, 1966. Paris: Editions du Seuil, 1981, p.137.

瓦尔蒙试图引诱	杜维尔接受他的好感	沃朗日试图阻止这种好感	杜维尔拒绝沃朗日的建议
瓦尔蒙表白爱意	杜维尔抗拒	瓦尔蒙执着追求	杜维尔拒绝爱情
瓦尔蒙再次引诱	杜维尔给他爱情	杜维尔逃避爱情	瓦尔蒙表面上拒绝爱情

爱情实现了……

若要遵循情节线索,则需进行横向阅读,这展现了叙事作品的意群方面。如果进行纵向阅读,我们会发现,每个纵列内的句子之间都存在共同之处。第一纵列的所有句子都关系到瓦尔蒙对杜维尔的态度。第二纵列只涉及杜维尔,描绘了她在瓦尔蒙面前的行为。第三列没有作为公分母的主体,但所有句子都是在描写行为。第四列拥有共同的谓语,即拒绝(最后一句是佯装的拒绝)。每一对中两个成分间的关系几乎形成对比,由此列出比例式:

瓦尔蒙∶杜维尔/行为∶拒绝行为

这一比例式更为直观地道出了瓦尔蒙与杜维尔之间的总体关系,并且更具说服力。

  托多罗夫认为,根据所选人物行动模式的不同,我们有可能会从同一部叙事作品中得出不同的结果。这正证实了一点:从不同的角度进行研究,可以发现同一部叙事作品的几种不同结构。不过,托多罗夫所提出的三元模式和同系模式也存在其不可忽视的缺陷。行动模式研究将行动看作叙事作品的独立因素,然而《危险的关系》属于心理小说,其行动要素和人物要素是紧密相连的。

以格雷马斯和拉里瓦耶为代表的一些学者,尝试为所有叙事作品的情节结构拟定一个更为抽象的情节模式:五元模式。这一模式由五个阶段组成,一切叙事作品都建立在这个超级结构的基础上[①]:

初始状态　复杂化或扰乱力量　动力　解决或平衡力量　终结状态

叙事作品是一个状态向另一个状态的转变。这一转变由引发转变过程的一个因素、动力以及结束转变过程的另一个因素共同构成。小说的开头是初始状态,作者提供故事发生的时间、地点、相关人物等信息,以及人物最初的稳定状态。有时,人物在初始状态也可能是意识到自己的某种匮缺。随后,扰乱力量出现。扰乱力量可以是人物自身意识的转变,可以是外部因素的强行介入,也可以是二者结合的产物。这个新因素造成了初始状态的不稳定性。它预示着转变过程的开始,事情变得复杂了。在扰乱力量的影响下,事情产生波动,打破了最初的平衡状态。而后,平衡力量出现。人物常常在经过多次尝试后,找到解决问题的办法,改变眼前的不平衡状况。在小说结尾,故事又回到初始状态,或者建立一种新的平衡状态。不过,这个最终状态并不总是圆满的结局,有时会以人物的失败和悲惨结局告终。将小说开头和结尾的两个状态进行比较,可以挖掘前后状态改变的深层意义。就小说的结局而言,叙事作品可以分为三类:上行式、下行式或者循环式的叙事作品。上行式作品往往以圆满

[①] Paul Larivaille, «L'analyse (morpho)logique du récit», *Poétique*, 19, 1974. 转引自 Yves Reuter, *Introduction à l'analyse du roman*. Paris: Dunod, 1996, p.47.

结局告终,如《勋章到手了!》;下行式作品的结局有时不尽如人意,如《包法利夫人》;循环式作品的结尾又回到了故事最初的状态,如《我走了》的主人公在经历了一年的漂泊后,又回到了起点,他仍旧没有找到精神的寄托。总的来看,在这个五元模式中,开头的稳定秩序与结尾的秩序修复相呼应,初始状态的被破坏与问题的解决相对称,整个五元模式具有对称关系。

这里以《包法利夫人》为例,我们运用五元模式进行情节结构分析。总体上看来,《包法利夫人》的小说结构可以分为这五个步骤:平静的生活——对浪漫爱情的幻想和追求——追求爱情的一系列行动——爱情幻想破灭和债台高筑——服毒自尽。小说的情节并不是一个简单的故事,它由众多微型故事构成,因而包含一系列转变。初始状态在某种扰乱力量的影响下产生转变,达到一个暂时稳定的状态,继而扰乱力量又一次出现,产生新的转变,如此继续下去。在《包法利夫人》中,扰乱力量始终是艾玛对贵族生活和浪漫爱情的幻想和追求,为此她告别平静的乡村生活,嫁给包法利医生,来到瓦松镇。很快她就发现,婚后的安静生活不是她早先梦想的幸福。接着,沃比萨的宴会起了催化作用,艾玛厌倦了自己的平庸生活,越发乖戾任性。接着平衡力量出现,包法利带着艾玛离开托特,来到新堡区的一个大镇——荣镇,新的生活开始了,达到一个暂时稳定状态。随后,莱昂的出现,罗多夫的出现,都不断打破先前的稳定状态,直至最后,艾玛遭情人抛弃,爱情幻想破灭,又负债累累,走投无路,服毒自尽,夏尔后来也抑郁而死,达到一个最终的状态。初始状态和最终状态进行比较,我们可以发现,正是艾玛不切实际的幻想,追求贵族生活和浪漫爱情的欲望,以及她对这个目标固执的坚持,才使得她无法回头,一步步走向毁灭。这一前后状态的对比加重了人物身上的悲剧性色彩。

五元模式似乎具有一定的广泛性,能够用于许多小说的结构分析。不过,伊夫·勒特对此提出了自己的担忧,这种担忧不无道理。他认为,进行文本结构分析时,应当谨慎使用这一模式。总的来说,小说是有多个微型叙事作品连接组合而成,而每个微型叙事作品又以五元模式为基础。按此方式重新构建整部小说的结构,可能会将小说置于抽象化的危险境地。如此一来,小说的独特性,一部小说与其他小说相比的特殊之处就被忽视和抹去了。另外,由于叙事和成文上所做的选择不同,这一模式在小说中或许只有部分被实现,抑或不按原本的正常顺序实现。如果说任何叙事作品都遵循这一模式,那么我们所要做的并不是在小说中找寻并重新发现这一模式,而是要分析五元模式是如何在不同的小说中以别出心裁的方式体现出来的。无论如何,我们确实发现小说中的一些因素可以证实这一结构的存在,不过这一结构有时是不稳定的。因此,当叙述没有遵循应有的秩序,或者当最后的阶段缺失时,一些读者就迷失方向了。①

三 叙事序列的安排

序列是由一些具有关联的功能结合而成的一个中继组织,本身是一个完整的新单位,同时又可以作为另一个较大序列的简单项,在文本中发挥一定的作用。在《叙事可能之逻辑》中,克

---

① Yves Reuter, *Introduction à l'analyse du roman*. Paris: Dunod, 1996, p.48.

洛德·布雷蒙讨论了基本序列和复合序列的问题。① 一个基本序列由三个功能组成。其中,第一个功能为可能性,是将要采取的行动或发生的事件,表示可能发生的变化;第二个功能为现实化,是进行过程中的行动或事件,提供了潜在的变化成为现实的可能性;第三个功能体现为行动或事件取得结果,变化过程结束。不过,序列中情节的进展并非只有一种可能性。第一个功能产生后,第二个功能中的行动或事件可以发生,也可以不发生。即便行动或事件发生了,第三个功能中的行动或事件也可能出现成功或失败两种情况。由此,布雷蒙列出了基本序列所展示的叙述可能的网络模式:

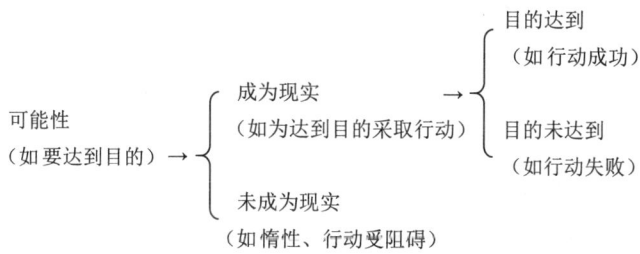

这个叙述可能的模式提供了一个基本序列中所有可能形成的叙述情况。然而小说的情节结构常常更为复杂,不仅仅包含三个功能,而是由多个基本序列构成,形成复合序列。基本序列的相互结合有三种最为典型的方式,即"首尾相接"的连贯式、蕴含式和并列式。连贯式是指一个序列结束后,紧接着发生下一个序列。其中,第一个序列的最后一个功能可以等价于第二个序列的

---

① Claude Bremond, «La Logique des possibles narratifs», dans Roland Barthes, A. J. Greimas, Claude Bremond et al., *L'Analyse structurale du récit. Communications*, 8, 1966. Paris: Editions du Seuil, 1981, pp.66 - 70.

第一个功能。也就是说,它们指涉的是同一个事件,不过该事件在两个序列中发挥的功能不同,第一个序列的行动结果引发了第二个序列中行动的产生。蕴含式是指一个较大的序列中包含另一个序列,即序列中的一个变化过程的完成需要包含作为其手段的另一个变化过程,而这另一个变化过程中还可以包含另外一个变化过程,以此类推。在并列式中,两个序列的连接可以用"vs"号表示,同一个事件用施动者 A 的眼光看具有功能 a,而用施动者 B 的眼光看则具有功能 b。例如某个事件,在一个人物看来是进行的惩罚,而在另一个人物眼中是犯下的恶行。这样有步骤地变换角度,可以使我们确定与不同人物相对应的行动范围。

针对布雷蒙论述的基本序列和复合序列,我们提出以下几点联想和思考:

1. 基本序列的构成近似于格雷马斯等人提出的五元模式中处于核心地位的转变过程:扰乱力量的介入、事情的波动、被破坏状态的修复。在此意义上,我们可以说,五元模式中的转变过程就相当于一个基本序列,即组成整部小说的一个微型故事。由于小说通常不会简单地只出现一次转变过程,而是在第一个转变过程发生并达到一个暂时稳定的状态后,又会有新的扰乱力量出现,引发再一次的转变过程,以此类推,最后在小说结尾达到最终的稳定状态。叙事作品正是由多个基本序列共同组合而成的。

2. 多个基本序列相互结合的连贯式、蕴含式和并列式这三种结合方式,与我们探讨时间维度时相比具有一定的类比性,即托多罗夫对于多个故事在小说中的三种连接方式(连贯、交替、插入)。这两组方式是一一对应的。由此,我们发现从不同角度入手探讨同一问题时,在方法论上可能存在某种共通性。

3. 蕴含式的序列结合方式也存在一种极端的状况,即一个序列的变化过程中包含另一个行动和结构相似的变化过程,以此类推,序列之间相互嵌套。这与时间维度部分中论述插入式故事连接方式的一种极端情况类同,即具有"纹心"的结构。

对于小说中出现的各个序列,我们都可以对其进行命名。普罗普在明确俄罗斯民间故事的大功能时已经采用了"背叛""战斗""诱惑"等名称。序列名称是叙事序列的指称代码,也是阐释叙事作品的代码。在《莫泊桑:文本符号学与实践练习》中,格雷马斯具体分析了小说《两个朋友》中的叙事序列。格雷马斯将小说分为 12 个序列,并一一进行了细致的分析:巴黎、友谊、散步、寻找、安宁、战争、被捕、重新解释、拒绝、死亡、葬礼、故事的落幕。此处我们以格雷马斯对序列 2"友谊"的内部结构的分析为例①,看看他是如何运用符号学分析方法来具体分析小说序列的。

> 战前,莫里索每逢星期日都是一清早拿着竹钓竿,背着马口铁罐出门。他搭开往阿尔让特伊的火车,到哥隆布下车,然后再徒步走到玛朗特岛。一到他做梦也忘不掉的这个地方,就开始钓鱼,一直钓到天黑。
>
> 每个星期日,他都在那儿遇见洛莱特圣母街的服饰用品商索瓦热先生,一个个子矮胖、性情愉快的人,也是个钓鱼迷。他们常常手里握着钓竿,两条腿悬在水面上,并排地坐上半天。他们的友谊就是这样产生的。
>
> 有时候他们整天一句话也不说。有时候也聊上几句;不

---

① A.-J. Greimas, *Maupassant— la sémiotique du texte: Exercices pratiques*. Paris: Editions du Seuil, 1976, pp.45-52.

过他们即使不开口,彼此之间也深切了解,因为他们的兴趣相同,情感也一样。

春天,上午十点钟左右,在恢复了青春活力的太阳下,静静的河面上升起一片随着河水流动的薄雾,两个热爱钓鱼的人背上也感到了春天的温暖;莫里索有时候会对他旁边的那个人说:"嗯!多舒服!"而索瓦热先生也会回答:"再没有比这更舒服的了。"对他们来说,这两句话就足以让他们俩互相了解、互相尊重了。

秋天,白昼将尽的时刻,天空被夕阳照得通红,桃红色的云彩倒映在流水里,整条河染成了紫色,天边仿佛起了大火,两个朋友也笼罩在火似的一片红光中,枯黄的林木预感到冬天即将来临,簌簌地抖动着,也镀上了一层金。这时候索瓦热先生会带着笑容看看莫里索,说:"多美的景致!"而心旷神怡的莫里索也会眼睛不离开他的浮子,回答:"比林荫大道美多了。嗯?"①

格雷马斯将小说《两个朋友》中的这一部分划分为"友谊"序列,从"序列及其背景""序列的内在结构""惬意的行动""价值的象形域"以及"动元分配"等五个方面对该序列进行了深入具体的分析。其中,"序列的内在结构"部分,格雷马斯从序列内部的句段和范式结构分别进行了考察。

首先分析了序列的范式结构。与传统法国小说一样,该序列分为若干个段落,段落之间紧密连接。根据时间指示成分和行动

---

① 莫泊桑:《莫泊桑中短篇小说精选》,郝运、赵少侯译,贵阳:贵州人民出版社,2001年,第226—267页。

者的名字，我们可以将该序列分为五个部分，其分布状态如下图所示：

```
第一部分  每个星期日    ←→  第二部分  每个星期日
         行动者：莫里索              行动者：索瓦热

第三部分  交流
         行动者：他们

第四部分  春天         ←→  第五部分  秋天
         交流：莫→索              交流：索→莫
```

第一、二部分与第四、五部分呈对称分布，第三部分构成两轴之间的枢纽。这一形式分布将纵聚合关系投射到了序列的横组合发展上。序列中使用的所有时间指示成分都具有惬意舒适的内涵，与具有不惬意特征的词语相对立：

```
星期日            vs   一星期中的其他时间
春天 }
秋天 }           vs   冬天
上午        }
白昼将尽的时刻 }   vs   夜晚
```

这些时间指示成分使得整个序列都沉浸在舒适惬意的氛围中，与前一个序列里巴黎被包围后饥饿蔓延、满目疮痍的景象形成强烈对比。

第一和第二部分都以同一个时间标记开始，其中"每个"这一量词将所有的点状事件转变为反复进行的行动，谓语原本应当用简单过去时，在原文中也转换成了未完成过去时。这个时间标记点明了两部分在时间上是同时发生的。不过，两部分并非完全等同，其行动者分别为莫里索和索瓦热，在表面层次对称地将两部分分开。

第四和第五部分借助于时间标记进行分布,指明了季节的不同以及一天当中所处的不同时段。将两部分中的时间标记相加可以得出:

$$春天 + 秋天 = 一年 - 冬天$$
$$上午 + 黄昏 = 一天 - 夜间$$

这一双重的时间持久性在文本表面产生了"状态描写"的意义效果。两个行动者在前面的部分已经结合起来,第四和第五部分的区别特征表现在说话的顺序上。第四部分中莫里索首先发话,索瓦热只是表示赞同,而在第五部分中情况刚好相反。这一角色的分配强调了两个单独的行动者已经结合成一个共同的主体。

接着格雷马斯分析了序列的句段结构。在对范式结构的分析中所做的部分划分中,凸现了如下一组对立:

$$\frac{反复部分}{第一部分=第二部分} vs \frac{叠加部分}{第三部分+第四部分}$$

第三部分的"不过"强调了这组更替对立。这组对立将序列切分成两段,前一段体现了叙事的行为,后一段总述了这一行为产生的状态。整个第一部分都用以描写莫里索的叙述程式,第二部分中,索瓦热并没有完全照搬这一程式,而是以一种压缩的形式表现出来:"也是个钓鱼迷。"因此,从语义角度看,第一部分是完全复指的。序列的范式结构只是表面现象,我们可以对其进行句段的阅读。

第二部分在句法上的更新表现为一个新的话语主体"他们"的出现。至此,由莫里索主导的话语程式开始被一个双重主体控制,这通过两种方式表现出来:第一,代词形式"他们";第二,两个名字尽管在形式上是分开的,但二者处于对话状态,一方的出现必然需要另一方的在场。这一双重主体的出现是故事当中的一个重要时刻，因为它标志着一个唯一的叙述动元的构建。前两部分的行为已经完成，序列的前半段以"他们的友谊就是这样产生的"这句话告终。

第二部分采用了特殊的话语方法，使得个体话语主体过渡到双重主体。第二部分的第一句话同时包含两个主语：一个是句法主语"他"，指莫里索，另一个是语义主语索瓦热，即"钓鱼"这一程式的主语，由此产生了两个程式的交叉：

叙述程式1：主语——莫里索； 谓语——遇见
叙述程式2：主语——索瓦热； 谓语——钓鱼

第一个叙述程式是显在的，第二个是隐含的，这便于两个行动者连接为一个动元。

接下来研究枢纽部分（第三部分）的结构。之前提到了逻辑析取词"但是"，这也是序列主轴转变的信号。"但是"一词分开的是人类的两种交流形式：

话语交流　vs　非话语交流

前一种交流可以是已经实现的话语行为（"聊上几句"），也可以是潜在的行为（"一句话也不说"）。这一对立由于配分词"有时候"的使用而相互抵消了。非话语交流中的这种默契可以通过"兴趣相同"和"情感也一样"得到解释。"兴趣"对应序列的前半段，"情感"预示了后半段描写的内容。同样，序列被关联词"但是"分隔开的两段在此处又通过连词"和"连接在一起。兴趣和情感的相同是默契的基础，同时，这也表明两个行动者已经结合成一个叙述动元。兴趣相同也预示了下文一个潜在的叙述程式。

第四和第五部分在句法结构上完全对称。首先是时间标记

"春天"和"秋天";其次是在时间上同时发生的从句;再次是"说/回答"的话语结合方式;最后是叙述者的评论。第五部分中,"林荫大道"的出现实现了与下文在空间上的连接。可以说,第五部分的评论并不是不存在,而是被中断了。第四部分的"互相了解、互相尊重"正是第三部分中"深切了解"的延伸。两部分中话语内容的对立表现为两个感叹句的对立:

多舒服！ vs 多美的景致！

奇怪的是,《小罗贝尔》字典中对于"情感"的定义刚好证实了这一对立:这个词表示一个状态或状态的改变,以感情或描绘的方式为主导。因此,世界以这两种方式展现在人类面前。

格雷马斯的序列分析通过细致切分序列单位,从能指中发掘意义的所指。他善于进行对称分布研究,例如此处提到的序列五部分的分布状态。前文所用的格雷马斯的符号矩阵、五元模式等理论图式均具有对称的特点。另外,时间指示成分、交流方式、感叹句等多组对立的研究,也为我们进行其他叙事作品的序列研究提供了有效的方法。

四　诗学叙事的结构

法国当代文学批评家让-伊夫·塔迪埃在其著作《20世纪的小说》中对二十世纪小说的结构进行了归纳总结,从中提取出封闭型结构、算术式结构和开放型结构三种类型。其中,封闭型结构又区分为个人模式、家庭模式和集体模式三种类型,开放型结构的主要模式的主要形式有破碎结构、粘贴法、拼配法、随意结构和未完成结构等①。塔迪埃的宏观总结研究精辟独到。随后,他又发表了著作《诗学叙事》一书,其中深入分析了诗学叙事的结构②,包含许多真知灼见,对于我们了解法国学者的作品结构研究大有裨益。

塔迪埃指出,倘若要考察二十世纪的所有诗学叙事,而在实际操作中只研究一部作品的结构,或者一个作家的所有作品,那么这样的研究无疑是很难让人信服的。因此,塔迪埃认为,可能存在多种结构模式,例如普鲁斯特作品的封闭型结构就与布勒东《疯狂的爱》的开放型结构相对立。尤其应当强调的是阅读的功能。即使文本是一个已经构建好的客体,它也是由读者构建起来的。作品的结构是由人们在阅读批评的过程中提出的问题来决定的。后续我们会具体谈到读者如何对作品进行构建性阅读。

塔迪埃提出将诗学叙事的结构当作诗歌结构来进行阅读。以最为正确合适的方法阅读文本,就是要按照文本中功能的等级进行阅读。在自传体的忏悔录中,情感功能占据特殊位置,现实主义小说中应关注其参照功能,诗学叙事中则注重其诗学功能。在诗学叙事中,意指活动扮演重要角色,结构呈线性横向状态。但同时它也具有诗学的、纵向的性质:句、段、章节甚至是整部叙事作品都有多个重叠的意义,并且在一系列的结构中明喻和暗喻相互呼应。我们将诗学作品当作诗歌来对待,进行横向与纵向相结合、线性与重叠相结合的双重阅读,不考虑作品起初的构想。形式就是一种力量,一个过程,因此任何结构都是处于运动中的,正如写作和阅读一样。文学批评应当证实这一运动。

---

① 详见史忠义:《20世纪法国小说诗学》,北京:社会科学文献出版社,2000年,45—77页。
② Jean-Yves Tadié, *Le Récit poétique*. Paris: Gallimard, 1994, pp.113 - 143.

有些作品是按照循环模式构建的,作品结尾刚好覆盖了开头:由年轻到衰老,由贫穷到富裕,由生到死。情节按照人物与地点的转变进行组织。或者当读者认为作品已经结束时,作品自我封闭起来,进行自我叙述,小说的最后几页又回到开头几页,由此不断地开始新一次的阅读。塔迪埃以多个例证分析了这类作品。阿兰·傅尼埃的《大个儿莫纳》①不仅开头和结尾重叠,而且其中具有同心圆结构。弗朗索瓦的叙述中插入了三个圆形结构,对应三个部分。弗朗索瓦对于莫纳的爱中也纳入了莫纳对于伊凡娜的爱以及弗朗索瓦对于伊凡娜的爱。这三个圆的中心是死亡,是对于这个那喀索斯之镜的游戏的惩罚。这种圆形结构的首要功能在于取消时间,否认情节的进展。同样,《不安分的孩子》②以雪球开始,以鸦片球结束,都是达奇洛斯给保罗的。房间这一空间也有助于结构的封闭,范式的均衡设置也将作品构造成一个不断围绕自身旋转的球体,这个球体交替抛出白球和黑球。科克多的故事在另一个世界展开,遵循的是另一种叙事逻辑。《杰罗姆·巴蒂尼的历险》的结构也与《大个儿莫纳》相似:三次逃跑后的返回。当巴蒂尼回到家里,斯特非回到父亲家中,等待他们的是同一番景象,似乎时间并没有流逝。

另一种模式是开放、变奏、不连续的,分散成一个个瞬间。当布勒东开始写作《疯狂的爱》时,他不知道作品将讲述什么内容:当第四章叙述与一个年轻女子的相遇时,作品的前几页已经写完,不过前几页写的是专一的爱,虚空的结构中纳入了未曾预期的事件。某种文本间性插入其中,即引用,或者对过去文本进行

---

① 阿兰·傅尼埃:《大个儿莫纳》,李棣华译,南京:江苏人民出版社,1981年。
② Jean Cocteau, *Les enfants terribles*,中译本见《不安分的孩子》,金嵘嵘译,《当代外国文学》,1999年第1期。

改动。第八章将具体讨论文本间性。

故事的辩证结构并不违背诗学,而是与现实主义相对。作者在一些作品片段中进行思考,对表象质疑,从而提出世界的另一种意义。它将结构建立在寻找上,而不是一种拼贴的结构。有些读者对乔治·巴塔耶的作品是否具有结尾提出了疑问,《死人》是这样的情况,《爱华妲夫人》亦是如此。在《爱华妲夫人》中,叙述者提出了作品的意义问题:在写下最后一句话"剩下的是讽刺,是对死亡的漫长等待……"之前,叙述者提出"我要继续叙述吗?"省略号、讽刺、对于死亡的等待正是拒绝结束作品的符号。巴塔耶创造的作品在停下时又继续,在闭合时又打开,正如诗歌的最后一句话:写作与沉默之间的界限和生与死之间的界限相符。叙事作品的变化拥有总体上对立的辩证结构。

皮埃尔-让·茹弗①的小说具有不连续的结构。小说由一些简洁的章节构成,符合时间上的不连续性。这种存在变化与空洞的模式与现实主义小说的连续话语以及分析式小说的明确、有序的进展相对立。《追忆似水年华》体现了一种妥协,属于两种方式之间的过渡。塔迪埃由此联想到西方的绘画史:从毕加索开始,分解的形式打破了绘画的原有布局,正如巴塔耶和茹弗的小说,破碎的话语打破了作品原本的话语。

让·保兰②的叙事作品采用一种特殊的方式,运用了时间上的不连续性。"乡村的一些小乐趣"按照一种双重的颠覆衔接起来:在乡村的巴黎人告别了城市,在巴黎的乡下人告别了乡村。对于乡村的发现是通过语言发现一种秩序。对于表象的枯燥罗

---

① 皮埃尔-让·茹弗(Pierre-Jean Jouve,1887—1976),法国作家、诗人、小说家、评论家。
② 让·保兰(Jean Paulhan,1884—1968),法国作家、评论家。

列常采用独立句,使用直陈式现在时,直至形成体系。这一体系的关键仍有待发现。大城市给人的感觉是拥挤直至满溢。自动器械本身就具有象征意义,"视觉上就给人以欠缺和荒诞的印象"。任何地铁的表象都围绕一个关键重新构建,即空无,与先前的拥挤、满溢相对立。事实上,作品就像围绕一个大的反命题的摇板游戏,任何发现都是这一反命题的修辞发现,都是二律背反的逻辑发现。这部作品的关键就是语言。能指的双重性带来作品的转变,言语的混乱重叠了两种观察世界的眼光。保兰的主要目的之一在于揭示语义的多种价值,这也是重新找回诗学的一个重要原则:模棱两可,理性的失败和诗歌的胜利。和诗歌一样,保兰的作品拥有自己的法则。是结构本身在组织他的作品,并且他的作品从结构中获得诗学力量。阅读《著名诉讼》时,读者每时每刻都对情节不满,因为情节设置的方式是不断提出意义的问题。而意义正是包含在作品的形式、矛盾的经验或者两种因素的撞击中。这两种因素相互抵消,产生诗学的火花。

诗学叙事的结构还有一个特征,即核凝聚力。首先,内部力量使得作品各因素之间产生多重交换;其次,外部力量吸引世界的一些因素、所指和概念,重新在文本周围构建一个新的文化空间。司汤达作品中的意大利(特别是《巴马修道院》)就是最好的例子。在表面破碎的文本中,也可以发现这种凝聚力,因为作品在各种变奏之间建立了对话。在流水账式的作品中,这一凝聚力更为明显。在吉奥诺的作品中,浪漫历险的表面下,是对既是线性,又是循环的连续性的歌颂,因为它力图赋予其文学上的等价物。

在季洛杜的作品中,时间静止不动,传统的小说情节不存在,或是以嘲讽的方式表现出来,强烈的对立被小心翼翼地抹去了。

作品中,什么都没有发生。故事以现在开始,以现在结束。相遇、交谈和幻想前后交替,相互之间没有任何因果关联,事件被描写和隐喻代替了。就像他的主人公贝尔纳重建了哲学一样,季洛杜重建了文学。静止的结构只会让读者产生厌倦,对于"然后呢?""接着呢?""为什么?"这些问题,作品无法提供答案。阅读这样的作品,唯有关注文学语言本身,或者进行纵向阅读,辨读其中蕴含的象征。

无论是循环式、辩证式或是变奏式的作品,其有节奏的结构依然存在,但作品节奏的多样性并没有使作品更加容易理解。不过,在有的作品中,结构的重复显而易见。在《心之帖木儿》中,文本内部反复出现相同的场景,因为不同的历史阶段被同等对待,而实际上,从严格的参照角度来说,应当排除这些场景。更具体的还有语句甚至词语的反复出现。在《死亡的想象》《想象吧》等近期出版的一些作品中,也可以发现在一段较短的时间内出现的重复,这首先产生的是诗学效果。

新小说运动最大限度地推动了作品内部对称和重复的结构安排。通过罗伯-格里耶、西蒙、奥利埃、萨洛特、蓬热和自己的作品,里卡尔杜分析了这一类比、重复、同音、近音、同义和变量的游戏,并作出结论,认为现代诗歌中普遍轻视的韵律,通过归纳和在各个层次的细化,在现代小说式散文中找到了行动域。然而,里卡尔杜似乎并未深入探究其作品与诗歌之间的关联,只是致力于对传统作品质疑,进行颠覆。正因为新小说处在传统作品的反面,它很容易与诗学背道而驰:想要成为反巴尔扎克或者反司汤达,就只能沦为这些大师的囚徒。因为新小说对传统作品进行空洞无意义的模仿,唯独看重其技巧。然而在短期内,一部作品中的技巧不会像作品的其他因素一样让人们产生兴趣。应当强调的是,诗学叙事的韵律并不仅仅是为了自身或是为了满足作者的写作规则。当场景、人物合韵时,读者就会关注信息的形式和文本的物质性。诗学叙事为意义的愉悦开创了神话,让人们感受到神话的乐趣。

在罗伯-格里耶的《在迷宫里》,作者摒弃了因果逻辑秩序,陈述人物状态的话语不再被用以辅助和解释人物行为的转换,而是呈现破碎的文字图像,形成由图像所主导的叙事脉络。当传统的叙事逻辑断裂,图像摆脱既定可知性的束缚,在文本中释放出自主的可感力。而当图像在文本中以另外的方式联结,它则被建构为图像的迷宫,并被指向事物与文本秩序的不可知。基于相似性的图像配置进一步构筑了迷宫式的故事环境和文本创作结构,它们营造出人物主体和创作主体的迷失困顿,读者被围困在双重的迷宫中,难以找到任何秩序的标识和意义的出口。[①]在成文层面,小说的开头使用了众多的重复与类比衍生,使图像式叙事获得了多层面的诗学效果:

> Je suis seul ici, maintenant, bien à l'abri. Dehors il pleut, dehors on marche sous la pluie en courbant la tête, s'abritant les yeux par d'une main tout en regardant quand même devant soi, à quelques mètres devant soi, quelques mètres d'asphalte mouillée ; dehors il fait froid, le vent soufle entre les branches noires dénudées ; le vent soufle dans les feuilles, entraînant les rameaux entiers dans un bal-

---

① 桂青云、张新木:《〈在迷宫里〉的图像叙事迷宫》,《当代外国文学》,2022 年第 1 期,第 91—96 页。

ancement, dans un balancement, balancement qui projette son ombre sur le crépi blanc des murs. Dehors il y a du soleil, il n'y a pas un arbre, ni un arbuste, pour donner de l'ombre, et l'on marche en plein soleil, s'abritant d'une main les yeux tout en regardant devant soi, à quelques mètres seulement devant soi, quelques mètres d'asphalte poussiéreux où le vent dessine des parallèles, des fourches, des spirales.①

（我就一人在此地，在此时，处于较好的保护中。外面在下雨，外面有人在雨中行走，下弯着脑袋，用一只手护着眼睛，但还是看着他的前方，看着他前方数米的地方，数米潮湿的柏油路；外面很冷，风在光秃发黑的树枝间吹；风在树叶间吹，带着整个细枝在摇晃，在摇晃，摇晃将晃影投在墙壁的白色石灰上。外面出了太阳，没有一棵树，没有一棵灌木，没有树荫，有人在阳光下行走，用一只手护着眼睛，但还是看着他的前方，看着他前方仅仅数米的地方，数米积灰的柏油路，风在路面上划出道道平行线、交叉线、螺旋线。）

在这段文字中，"外面"重复了4次，分别衍生出"雨中行走"和"阳光下行走"两种状态，那个不知身份的"有人"，在两种状态下都"用一只手护着眼睛，但还是看着他的前方"，然后在重复"看着他前方数米的地方"时，加上了"仅仅"二字作为变体，而"数米潮湿的柏油路"衍生出"数米积灰的柏油路"；"风在树枝间吹"又衍生出"风在树叶间吹"，然后勾画出三种几何图形"平行线、交叉线、螺旋线"；风"带着整个细枝在摇晃，在摇晃，摇晃"，既然形象地提

---

① Alain Robbe-Grillet, *Dans le Labyrinthe*. Paris: Editions de Minuit, 1959,1962.

示树枝不断摇晃的景象,又似乎赋予了某种摇摆的节奏。通过重复、变奏、衍生等手段,叙事得以不断渐进。另外,前面说"风在光秃发黑的树枝间吹",而且"很冷",应该是冬天,但后面又说"风在树叶间吹",再到后面就"没有一棵树,没有一棵灌木,没有树荫",描写上的逻辑矛盾导致时间和空间的模糊性,"在此地,在此时",是任何的地点和时间的模糊。是谁?在干什么?何时何地?这些都不重要,重要的是小说文本所带来的感官和图像效果,而诗学叙事所追求的就是受述者的感知潜能和文本参与。

让-伊夫·塔迪埃主要归纳了诗学叙事的两种模式:循环式和变奏式。循环式指作品呈环状结构,在自我封闭中不断地重复着圆形运动。变奏式指作品在结构和时间上都具有不连续性,具有能指的双重性和语义的多种价值,符合诗学的模糊性原则。这与20世纪小说的结构类型划分之间存在交集。其中,变奏式的开放作品更加符合当代文学发展的总趋势。塔迪埃提出将诗学叙事的结构当作诗歌作品来进行阅读,认为诗学叙事中也存在诗歌中的韵律问题,找到了二者之间的共通之处,为作品结构研究开辟了一个新的视角。塔迪埃的诗学叙事结构研究挖掘了诗学叙事的深层结构模式,可以为分析其他文学作品提供借鉴,具有较大的启发性。叙事作品的结构是构成作品的骨架,其重要性不可否认,不过,叙事作品也离不开人物的参与,所有故事情节都是围绕人物展开的,人物也就成为重要的叙事符号。

第六章
人物的符号学分析

人物是小说作品中不可缺少的要素之一,故事情节均围绕人物展开。不过,人物是一个抽象的概念,在文学作品中并不单指活生生的人。倘若作品围绕动物、物品或某种品质展开,而它们在某种程度上具有人类的形态特点或是对人类的隐喻,则也可以将其看作人物。不过,大多数小说中是以人作为情节展开的核心,因此,我们在下文中仍将这类人物作为主要研究对象。

纵观整个文学发展史,我们可以将文学作品中的人物史大致分为三个阶段。第一阶段是从书面文学作品的出现到中世纪。这个时期内人物的外貌体格特征只是简单提及。人物作为固定的意义符号在不同文学作品中反复出现,且拥有相似的经历。第二阶段是从中世纪末到二十世纪初。这段时间内,人物形象发生了极大的改变,不再局限于英雄和权贵,而是扩展到社会的各个阶层,甚至是位于最底层的劳苦大众。人物的外貌在读者的脑海中也逐渐鲜明起来,作家们开始以细腻的笔触描绘人物一个个最为细微的外貌特征。人物的性格也不再是过去的非善即恶,人物的心理描写增加,心理活动得以展现,人物不再单纯地以好坏来区分,性格变得复杂化了,正直之人或许也有一己私心,凶恶之徒也会流露善良的一面。另外,人物的性格可能在作品中前后存在不一致,善良的人随着故事的发展,在小说结尾也许会走向堕落,反之亦然。

第三阶段是二十世纪以后。二十世纪以后,文学领域内又出现了对于第二阶段的所谓传统文学作品进行的颠覆,采用了多种新的写作方法和写作技巧,不过在作品的人物因素方面,可以说这次革新实际是向文学源头的回归。人物的外貌形象重新变得模糊了,细致琐碎的描写消失了。作者只是简单提到人物的个别特征,读者无法通过阅读文本在脑海中构建人物的相貌,人物形象变得更加不确定。

人物是一种文学符号。通常情况下,在阅读作品之初,人物只是一个空洞的符号。随着情节的发展,人物形象渐渐丰满,这一符号的意义也逐渐充实。在完成作品的阅读后,我们便可以将文本中的人物信息集中起来,确定作品中的人物符号。在对人物符号展开分析时,我们首先来看文学作品中通常包含哪些人物类型。

一 人物类型的划分

整个文学长河中记录的小说数不胜数,这些作品塑造了形形色色的人物,有些人物形象如昙花一现,有些却给不同时代的读者留下了深刻的印象。面对如此庞杂的小说人物,我们也可以尝试对人物的类型进行划分。菲利普·阿蒙和让·米利曾经尝试着对人物类型进行划分。

第六章 人物的符号学分析

菲利普·阿蒙借助符号的三分法划分了人物的类型。[①]阿蒙参照符号的三分法,将人物也相应地划分为三种类型:参照型人物、置换型人物和他语重复型人物。参照型人物的意义较为稳定,已经由某个文化群体确定下来,读者对于该文化群体的参与和了解程度决定了他对参照型人物的理解能否准确深刻。这类符号包括历史人物、神话人物、寓意人物和社会人物等。我们可以试举几例。大仲马笔下的黎世留被塑造成一个老谋深算、玩弄权术的人物。神话人物普罗米修斯从上帝那里盗取火种赠给人类,为人类带来光明,开启了人类文明的大门,是勇敢、博爱的化身。斯达尔夫人的《黛尔菲娜》[②]中的主人公黛尔菲娜寓指忠贞不渝的爱情,反映了人物对于旧势力的抗争和对女性解放与幸福生活的追求。《悲惨世界》中的冉阿让是受苦受难的底层人物的代表。不公正的刑罚令冉阿让由善变恶,充满仇恨,主教的感化又将他再次引向善良,受尽一生的磨难后离开了黑暗的人间。他是当时社会的牺牲品。

置换型人物标志着文本中出现的作者、读者或他们的复体,包括作为代言人出现的人物、介入叙事的叙述者、讲故事者等。[③]对于这类人物的判定存在一定的困难,作者可以运用特殊的写作技巧将这类人物的身份模糊化,由此对读者解读人物造成一定的障碍。如米歇尔·布托尔的《变》通篇采用第二人称,似乎在与读者进行对话,将读者纳入文本。也有的作家采用第二人称与第一人称交替叙述的方法。但仔细阅读就会发现,叙述者实际上是在

[①] 菲利普·阿蒙:《建立人物的符号学分析方法》,收录于王泰来等编译《叙事美学》,重庆:重庆出版社,1987年,第155—158页。

[②] 斯达尔夫人:《黛尔菲娜》,刘自强、严胜男译,广州:花城出版社,1998年。

[③] 参见第三章"叙述主体与话语理论"。

与自己对话,通过这种方式进行自我呈现。

他语重复型人物通过呼应文本的其他成分而形成网络,在一定程度上充当读者的记忆辅助符号,作品经由这种方式实现自我援引。这些人物在文本中的行动常常表现为交代隐情、预言、回忆、引用前人言论、确定计划等。艾什诺兹的小说《切罗基》①中有个女算命者,她在一开始就预言乔治将经历一次奇遇,完成一趟旅行。莫泊桑的小说《珠宝》②中,朗丹先生从一家珠宝店的老板处得知,那件所谓的假珠宝其实价值连城,他这才醒悟过来,原来他的妻子在生前并非爱买仿真的廉价首饰,那些珠宝都是货真价实的,全部是别人赠送的礼物,由此借珠宝店老板之口交代了隐情,揭开了事情的真相。

以上是三种粗略的人物类型,人物可以同时属于上述类型中的几种。菲利普·阿蒙的人物划分方法,从符号分类角度总结了一些人物类型,具有重大的理论价值,不过将符号的三分法运用于人物类型的划分,似乎并不能涵盖所有人物。有些现代小说中的主人公并不具备充实和固定的意义,人物的性格等模糊不清。而且一些现代作品需要读者的参与,人物的构建依靠读者的主观意识,其意义可以由读者来决定。这样一来,将这类人物划入参照型人物不免有些牵强,而这类人物的功能又不仅仅限于置换型和他语重复型人物的功能,从而出现了找不到归属的尴尬情况。因此,这种人物类型的划分或许存在不够完善的地方。

让·米利划分人物类型时依然将动物、物品等纳入了考虑范围,按照功能作用的不同,将人物划分为三种类型:集合了简化特

---

① 艾什诺兹:《高大的金发女郎:让·艾什诺兹作品选》,车槿山、赵家鹤、安少康译,长沙:湖南文艺出版社,1999年。
② 莫泊桑:《莫泊桑中短篇小说精选》,郝运、赵少侯译,贵阳:贵州人民出版社,2001年。

征的人物、拟人化物体和心理化人物。①

集合了简化特征的人物以《老实人》为代表。每个人物都只拥有名字和简单的修饰描述,并且这种描述具有世俗的约定性。如男爵的人物形象是通过其封地、城堡等来指明;男爵夫人通过其端庄尊贵来体现;作者还描写他们女儿的年轻、家庭教师的学识、老实人的天真。伏尔泰只需要用这些约定俗成的特征就足以歪曲、颠倒人物形象。这类形式简单化的人物,这些漫画式人物可以放置在不同的叙述情境中,并且他们都会做出同样的反应。另外,有些人物描写会借用动物的特征,可以定格在某个讽刺夸张的瞬间,也可以持续地用某种动物的日常行为来象征人物,这就使用了明喻和暗喻的手法。人物还可以通过话语束来描写,如《宿命论者雅克》中,主人与雅克之间首先是叙述者与读者的关系,接着是由雅克转述的陌生话语,然后仍是雅克的一段叙述,最后是两个主角之间的对话,这场对话又被叙述者的叙述和叙述者与读者之间的对话一再打断。所有这些关联构成了功能性人物:叙述者的果断坚定,读者的同意、惊愕或愤怒,雅克与主人间的社会对立。以及反向操作的话语对立。因为在言语中,是仆人掌握游戏,主人跟随在后。所有要素之间相互联系。

与将人物比喻为动物相似,作者通过明喻和暗喻,将所描述的物体拟人化,赋予它人类的动作、行为、言语和思想,这种人物称为拟人化物体。例如在普鲁斯特的笔下,贡布雷的教堂"在为市镇说话"。讽喻长期以来一直被当作修辞格来使用,它可以使抽象物拟人化,并且也可以用于人物的呈现,以活跃的方式展现人物的心理或道德方面。在圣西门的作品中,教士杜博瓦被展现

---

① Jean Milly, *Poétique des textes*. Paris: Editions Nathan, 1992, pp.162-165.

为一个战场，各种缺点在他身上发生激烈的冲突。

前两种情况中，人物都趋向于简化。当作者试图丰富人物，展现人的复杂性时，就出现了心理化人物。在《忏悔录》中，整整一部作品都只写作者自己。这是我们要寻找的真正的让-雅克，还是在作家卢梭的眼光中或是受他文体的影响发生改变的让-雅克？即便卢梭力求精确性，不遗漏任何细节，他也无法真正做到这样，因为遗忘、事件的久远和眼光的改变，主要是因为一个活生生的人和一个文本的性质不同。

受到上述几种人物类型划分的启发，我们尝试按照人物在小说文本中发挥功能的不同，将人物划分为三种类型：承担叙述功能、作为故事信息发送者的叙事人物；对推动情节发展起关键作用的核心人物；不影响情节的转折性变化、对第二类人物的言行举止或作者意图传达的主旨起辅助、衬托作用的辅助人物。

第一类人物作为故事信息的发送者，承担叙述功能，我们可以称之为"叙事人物"，包括处于故事以外的叙述者、代替叙述者出现的人物等。小说作品中都存在某个叙述者为我们讲述故事，只是现身的程度不一，很难做到完全缺席。这类人物类似于菲利普·阿蒙提出的置换型人物。

第二类人物对于推动故事情节的发展起关键作用，是小说的"核心人物"，即我们通常所说的"主要人物"。读者在阅读小说作品、进行故事构建的过程中，就可以辨别出这类人物。有些以人物命名的小说一目了然，读者通过小说的标题就可以了解作品的主要人物，如《贝姨》《三个火枪手》《基督山伯爵》《高龙巴》《羊脂球》《玛尔戈王后》《卡门》《包法利夫人》等。在一部小说中，主要人物可以是一个人物，也可以是多个人物。例如上面提到的《三个火枪手》的主人公就是三个人物，再如莫泊桑的小说《一家人》

《两个朋友》等。

第三类人物的行动不会引起情节的转折性变化,其功能主要在于辅助实现主要人物的行动,或者协助传达作者意欲透过文本传递的主观思想。这类人物我们称之为"辅助人物",即通常所说的"次要人物"。在小说作品中,大部分次要人物属于前一种功能,作者借助于这些次要人物,辅助完成主要人物行动的构建。不过,在一些小说文本中,也存在另一种次要人物,他们的行动与主要人物完全没有交集,对于故事情节的进展没有丝毫影响,作者只是借此传递某种主观想法。以小说《我走了》为例。第22章中,作者描写了人物本加特内尔驾车穿越的夏朗通街:"在人行道上,我们尤其可以发现一些出生于第三世界国家的移民和一些处于第三年龄段的侨民,慢悠悠,孤零零,茫然失措。"这些人物只是在作者的描写中一闪而过,完全没有对故事情节产生影响,他们的出现仅仅是为作者主观想法的传递服务。第三世界国家的移民和一些年长的侨民属于社会的边缘人物,他们孤独迷茫,其生存现状不受关注,作者借此表达了对社会现实的不满。

上述三种人物类型是我们按照人物在文本中发挥功能的不同作出的划分。不过,由于人物在文本中可以发挥多种功能,这三类人物并不是截然对立的,某个小说人物可以兼属两种以上人物类型。上文提到的代替叙述者出现的人物就属于这一情况,叙事人物可以与核心人物重合,也可以与辅助人物重合。对于第二类和第三类人物,我们则需要确定他们在文本中的主次地位。

二 人物关系与人物的文本表现

文学作品中的人物常常不止一个,而是在多个人物之间产生错综复杂的联系。这些形形色色的人物中,有的是故事的主要人物,情节均围绕该人物展开,有的仅仅在故事发展过程中一闪而过。如何确定人物在一部作品中的主次地位呢?

读者在阅读小说的过程中,可以根据一些具体的标准来确定人物的主次地位,区分主要人物和次要人物。故事情节围绕主要人物展开,作者通常花大量笔墨描写主要人物的外貌、行为、心理等,因此主要人物的形象具有较强的立体感。此外,主要人物与小说中的大多数人物产生交集,所发生的关系也比较频繁和复杂。而相比较而言,次要人物的形象则较为模糊,作者在进行描写时比较简洁,次要人物与其他人物之间的关联通常以主人公为中心展开。我们还可以借助贝尔纳·瓦莱特和菲利普·阿蒙的理论来进行人物的主次划分。

贝尔纳·瓦莱特从三个方面来区分主要人物和次要人物。[1]首先看作品中的出场。主人公通常第一个出场,女主人公第一个出场或第一个被描写。《局外人》[2]中首先出场的就是主人公默尔索。《80天环游地球》中第一个出场的就是菲律乌斯·弗戈。《贝姨》中第一个出场的是克勒维尔,第一个被细致描写的女性就是贝姨。然而,这一标准在普遍性上稍显欠缺,有不少作品与这一

---

[1] 贝尔纳·瓦莱特:《小说:文学分析的现代方法与技巧》,陈艳译,天津:天津人民出版社,2003年,第95—96页。

[2] 阿尔贝·加缪:《鼠疫 局外人》,郭宏安、顾方济、徐志仁译,南京:译林出版社,1999年。

区分标准并不相符。试举两例。《高龙巴》首先出场的是汤麦斯·奈维尔爵士和他的女儿丽第亚小姐,主人公高龙巴直到第五部分才正式出场。《高老头》中首先出场的是伏盖太太,而后写到寄宿的房客,十多页后才开始描写高老头。

其次看在角色体系中所处的地位。瓦莱特自己也对此质疑。在自传小说中,唯有主人公使用第一人称。不过在很多作品中,使用第一人称的人物可能是叙述自己的故事,也可能只是作为一个旁观者来叙述他人的故事。在这种情况下,主人公究竟是叙述的对象还是具有表达功能的叙述者,凭此很难判断。

最后在人物被确定为主要人物后,也有两种表现主人公的方式,看人物语体标志的数量和选择。可以从两个角度进行考察:符号的铺张和符号的节约。符号的铺张指作者采用夸张的手法,从多个角度分别观察人物,增强人物的立体感,即泽拉法所说的"圆形人物",与"扁平人物"相区别。用这种铺张符号的手法描写主人公较为常见。符号的节约是指作者在描写人物时尽可能少地使用符号,通过赋予人物多重意义来体现人物形象的厚度。萨冈就对这种方法青睐有加。她很少从体貌上来描写女主人公,而是为读者提供想象的空间,让读者在脑海中自己勾勒人物的形象。

这种区分主要、次要人物的方法,将不少例外情况排除在外,概括性方面较为欠缺。我们可以借用另外一种方法来区别作品中的主要、次要人物,为人物划分等级。[1]若要对作品中的人物进行细致分析,应当考虑组成人物的不同成分,包括其行为和状态。

---

[1] 菲利普·阿蒙:《建立人物的符号学分析方法》,收录于王泰来等编译《叙事美学》,1987年,第193—202页。

菲利普·阿蒙以六个参数为衡量标准,对作品人物进行区别和等级划分:

1. 品质的差别。这涉及修饰每个人物所用的品质数量及其表现方式。人物可能拥有独特的品质,是其他人物所不具备的。品质可以包括多种:形象——不形象;拥有名字——无名无姓;高贵——平庸等。在《我的叔叔于勒》①中,于勒有挥霍钱财等行为标记,他在去美洲做买卖后曾一度阔绰,而后又沦落为流浪汉。小说中没有对其他人的行为作过多的描述,小说中约瑟夫·达夫朗什的两个姐姐作为次要人物,连姓名都不曾提及。约瑟夫一家人去泽西岛旅行时,约瑟夫的父亲看到两位太太吃牡蛎,容貌俊俏、"精致的手帕"、"文雅"的吃法,这些都显示出她们作为上流社会人物的身份。而站在一旁的于勒与她们形成强烈的对比,他"衣衫褴褛""又老又脏""满脸都是皱纹",处处都流露出贫困艰难,完全是社会底层人物的气息。

2. 分布的差别。这是纯粹数量和技巧方面的强调手段:人物出现的次数是否频繁,出现时对其进行描述的时间是长是短,是否在情节发展的关键时刻出现。这点比较容易理解,主要人物的出场较为频繁,作者会用大量笔墨叙述人物的行动和状态,情节发展的关键时刻出现的常常是在作品中具有特殊作用的人物。

3. 独立性的差别。此处考虑的是人物的连接方式。次要人物常常伴随着其他一个或多个人物出现,而主人公可以独立出现,或与其他人物一同出现,并且与小说的其他大多数主要人物产生交集。次要人物仅仅参与对话,而主人公可以兼有独白和对话。

---

① 莫泊桑:《莫泊桑中短篇小说精选》,郝运、赵少侯译,贵阳:贵州人民出版社,2001年。

4. 功能性的差别。这要考虑整部作品和由当时的文化赋予价值的、人物承担的形成程式的功能性谓语。功能性差别往往表现在：消除冲突的媒介人物——非媒介人物；有行动的人物——有言论或有生命的人物（仅仅被引证和描写）；接收信息——未接收信息；等等。在通常情况下，我们可以参照这些功能性差别来区分人物的主次关系。

5. 约定性预先划定。即不同的体裁对人物的重要性和地位的规定。体裁预先划定了接收者的期待范围。例如侦探小说中的私家侦探往往就是小说的重要人物。

6. 明确的评论。叙述者可能在文本中直呼主人公为"英雄"，称背叛者为"叛徒"，评价人物行为的好坏等。文本中可以伴随一个评价系统，叙述者对文本中的信息进行评价或表明自己的态度。

作者在作品中确定人物的主次地位时，可以混合运用上述的多种参数。不过，值得一提的是，许多现代小说家对于人物概念提出批评，试图颠覆传统作品中的人物形象，简化甚至抹去这些人物标记。

作品的人物之间产生千丝万缕的联系，推动故事情节的发展。托多罗夫以《危险的关系》为例，分析了小说人物之间的关系。[1]托多罗夫从小说纷繁复杂的人物关系中，归纳出反映人物之间基本关系的三个谓语：愿望、交流和参与。"愿望"这一谓语几乎在所有人物身上都得到了证实。最普遍的愿望形式称为"爱情"，可以从多个人物身上看出。第二条轴线"交流"在"隐情"中

---

[1] Tzvetan Todorov, «Les Catégories du récit littéraire», dans Roland Barthes, A. J. Greimas, Claude Bremond et al., *L'Analyse structurale du récit. Communications*, 8, 1966. Paris: Editions du Seuil, 1981, pp.138 - 144.

实现,即密友之间的书信往来,表现为大量信息丰富的坦率的信件。第三种类型可以称之为"参与",通过"帮助"来得以实现,通常是"愿望"轴的从属轴。

按照此法,我们可以尝试将《包法利夫人》①中的人物关系归结为两种:追求和欺骗。追求在很多人物身上都有所体现。最主要的是艾玛对爱情的追求。艾玛是个乡村少女,从小却在修道院受大家闺秀的教育,一心向往贵族社会的"风雅"生活,满脑子都是对浪漫爱情的幻想。嫁给包法利医生后,她期待的爱情并没有到来。然而她仍旧幻想着爱情的来临,先后成为地主罗多夫、书记员莱昂的情人。另一种人物关系——欺骗——在一定程度上是追求的附属。正因为艾玛不断地追求浪漫爱情,才迫使她对夏尔一再地欺骗。罗多夫是个道德败坏的乡绅,一个风月老手,艾玛对他来说,只是又一个新的猎物,他自始至终都在欺骗艾玛的感情。勒合是个投机商人,唯利是图,他居心叵测,使用诡计欺骗艾玛,使她成为高利贷盘剥的对象,最后她债积如山,无法偿还。

托多罗夫用三个基本谓语指明了拉克洛小说的基本关系。所有其他的关系都可以借助于两个派生规则超越这三种基本关系,即对立规则和被动式规则。对立规则是指三个谓语都有各自的对立谓语。这些对立谓语出现的频率不及与其相关的积极谓语。例如,愿意交流是一种友好关系的符号。而爱的对立面是恨,确切地说是一种预备因素,这种关系常常不会具体阐明。侯爵夫人对待热尔库、瓦尔蒙对待沃朗日夫人、当斯尼对待瓦尔蒙的态度上都反映了这一点。在杜维尔夫人身上,这一谓语经受了个人转变:在她身上,对人言的畏惧内在化了,表现在她重视自我

---

① 福楼拜:《包法利夫人》,周克希译,上海:上海译文出版社,1988年。

道德上。她在临death前不后悔失去了爱情,却悔恨违背了良心准则,这归根结底等同于他人的言论。

被动式规则是指人物关系从主动态到被动态的过渡。瓦尔蒙喜爱杜维尔但同样被杜维尔喜爱;他憎恨沃朗日,也被当斯尼怨恨;他帮助当斯尼,同时又获得当斯尼的帮助去征服塞西尔。换句话说,每一行为都有主语和宾语,但与语言学上的主被动转换相反,此处不是将主语、宾语的位置互换,而仅仅是将动词改成被动式。

纵观《危险的关系》中的人物关系,可以发现,每一行动首先都似乎是爱慕、隐情等,但接着又揭示出另一种关系,即仇恨、反抗,以此类推。尽管指涉同一人物同一时刻,表象并不一定与关系的实质相符。因此托多罗夫假设小说存在两个层面的关系,即真相层面与表象层面。梅特伊和瓦尔蒙意识到存在这两个层面,并借助虚伪达到目的。梅特伊表面上是沃朗日夫人和塞西尔的密友,而实际上她是为了报复热尔库。瓦尔蒙以同样的方式对待当斯尼。我们可以将托多罗夫对于小说中两个层面的区分及分析,与格雷马斯关于真伪关系的符号矩阵结合起来进行考察,使得作品中出现的两个层面更为清晰明了。

上述基本谓语和派生规则所做的描述都是静止不动的。为了描绘人物关系的进展,托多罗夫引入了行动规则,并归纳了《危险的关系》中出现的几条人物行动规则:

规则1:A和B两个行动者,A爱B。A的行为是为了实现这一谓语的被动式的转变(即"A被B爱")。如爱着杜维尔的瓦尔蒙,用尽一切办法让杜维尔爱上他。

规则2:A和B两个行动者,A在"真相"的层面而非"表象"的层面爱B。当A意识到是"真相"的层面时,又逃避爱情。这一规则的一个例证是杜维尔夫人的行为,当意识到她爱上瓦尔蒙时,她决然离开城堡,自己成为情感实现的障碍。

规则3:A、B、C三个行动者,A和B都与C有某种关系。当A意识到B—C关系与A—C关系一样时,他就会以行动对抗B。当斯尼爱塞西尔,并认为瓦尔蒙是她的心腹。在他得知那实际上是爱情时,他开始敌视瓦尔蒙,要与其决斗。梅特伊知道并利用这一规则对瓦尔蒙采取行动:正是出于这一目的,她给他写了封信,向他指出贝勒罗施占有一些财产,而瓦尔蒙本以为自己是那些财产的唯一持有者,便立即采取了行动。

规则4:A和B两个行动者,B是A的密友。当A成为规则1产生句子的行动者时,他就更换密友。例如当塞西尔与瓦尔蒙的联系开始时,她就更换了密友(梅特伊夫人代替了索菲)。这一规则对瓦尔蒙和梅特伊有更多严格的限制,这两个人物只能彼此信任,因而密友的更换意味着同谋的终止。

在这四个行动规则中,规则1涉及愿望轴。规则2借助了真相层面和表象层面的区分。规则3是以"参与"指示的人物关系。规则4借指交流关系。在四条规则中,诸如"A的行为是为了实现这一谓语的被动式的转变"等表述,令托多罗夫遭受一些人的指责,认为他只是用看似深奥的表达方式述说了一些平庸之辞。但托多罗夫认为,文学史上有人提出有创见性的论断,但由于术语不够明确,致使研究陷入困境,这样的例子屡见不鲜。因此,托多罗夫努力运用合适的术语使自己的分析结果抽象化,从而建立自己的论断体系。不过，这些规则是从具体的例证中总结而得，具有特定的适用范畴，而不是处于所有文学作品之上的万能钥匙。我们可以借鉴这一分析方法，在具体的文本分析中，进一步归纳出人物相应的行动法则。

确定了人物在小说人物体系中所处的地位以及人物之间的关系之后，接下来我们就要考察人物形象如何在文本中通过各种符号加以呈现。读者在阅读过程中投身于故事情境，捕捉人物符号并且加以阐释，从而逐步完成人物符号的构建。人物形象在小说文本中通过多种符号表现出来，这些呈现人物的符号主要包括姓名、性别、称谓、外表、言辞、行为、心理等等。

人物姓名的确定可以包括多种特殊用意，常见的有三种。首先，姓名是透露人物身份信息的最简单、最直接的方式。例如《三个火枪手》[①]中的火枪队队长德·特雷维尔先生，他名字中的"德"（de）便说明了他的贵族身份。其次，人物的姓名中可以蕴含丰富的寓意，作者可以通过喻指人物的性格、命运，或者运用互文、影射等手法，让读者在看到人物的名字后，对人物有 个预先的印象。《贝姨》中的主人公贝姨名叫莉丝贝特·费希(Lisbeth Fischer)，巴尔扎克称之为贝姨(la cousine Bette)，与法语中的"野兽"一词同音，这一称呼也指出了她"野蛮人"的本性。《我走了》中的雷巴拉(Réparaz)是费雷画廊的常客。这个名字让人想到纠正(réparation)一词，喻指人物犹豫不决的性格。雷巴拉购买一件艺术品之前，需要花很多时间做决定。他要经过多番思考，询问妻子的意见，多次改变主意后，才能最终买下一件艺术品。作者还可以通过人物姓名预示其命运。《我走了》的一个人物名叫鲽鱼

---

① 大仲马：《三个火枪手》，郝运、王振孙译，上海：上海译文出版社，2001年。

(Le Flétan)是一个瘾君子,他的生活里除了毒品什么都没有了。鲽鱼被本加特内尔关在一辆带冷冻仓的小货车内,最后冻死了。这一人物的结局同冷库内的鲽鱼一样,作者由此预示了人物的下场。同样,作者也可以通过互文、影射等手法为人物注入丰富的寓意。在《贝姨》中,巴西人亨利·蒙泰斯男爵的全名是 Henri Montès de Montéjanos,这个名字使人联想到 Edmond Dantès de Monte-Cristo(《基督山伯爵》中的爱德蒙)。两个名字在发音上有近似之处。作者通过这一互文,预示了人物的行动:蒙泰斯和爱德蒙一样,都认为自己是伸张正义的审判者,他们所报复和惩罚的那些人是罪有应得。而于洛男爵的名字(Hector Hulot)影射19世纪法国文学的泰斗维克多·雨果(Victor Hugo)。二者同样发音近似。他们一生都在不断地追求女性。1845 年 7 月,雨果与画家比亚尔的妻子莱奥尼有染,被人当场抓获;小说中于洛在 6 月底与瓦莱莉幽会时被逮个正着。另外,于洛是阿特丽纳·费希(Adeline Fischer)的丈夫,而雨果是阿黛尔·富歇(Adèle Foucher)的丈夫,妻子的名字也发音相近。[1]最后,作者还可以通过姓名透露其对于该人物的主观情感。福楼拜十分偏爱《包法利夫人》中的艾玛这一人物,她的悲剧是当时的社会造成的。艾玛(Emma)这个名字意味着"快乐、文静、教养良好"[2],也是法语动词"爱"(aimer)的一般过去时 aima 谐音,反映了作者对这一人物本身的认可。福楼拜的短篇小说《一颗纯朴的心》的女主人公名叫费莉西泰(Félicité),在法语中表示"称颂、颂扬",而作者正是在

---

[1] 《贝姨》中姓名的联想和分析参见法文版的书后评论(BALZAC, *La Cousine Bette*. Paris: Librairie Générale Française, 1984)。
[2] 参考文国网的《法语名字解析》一文,http://fr.veduchina.com/html/article/200707/6329.shtml (2008 - 11 - 26)。

描写主人公的纯朴、勇敢、忠实等优秀品质时流露出由衷的赞赏。再如在萨巴杰埃的《大街》①中,人物符号的表现与指意都得到精心设计,其中主人公流浪儿这个人物符号尤为明显：

> 就能指角度来看,作者首先刻画了一个生活中的人,有衣食住行的状况,有喜怒哀乐的情感表露。他来自对现实生活中各种素材的选择、提炼、集中和概括。他源于生活,又高于生活,是一类人的代表。这意味着巴黎的大街小巷内还有千千万万个流浪儿。况且,作品中还列举了两个昔日的流浪儿作为佐证:拳击手狄克和怪老头"男爵"。创造这样一个代表性人物,目的是让能指更加鲜明,更加完整,以便更好地体现所指。雨果在《悲惨世界》中也说:"野孩说明巴黎,巴黎说明世界。"这里,能指的代表性再清楚不过了。
>
> 能指的第二个特点是它的时代性。流浪儿的名字叫乔治,但他还有一大串别名,如撒拉逊、恐怖分子乔,罗罗;另外还有小伙子、小东西、小鬼等称呼,这些名称多带有二十世纪的气息。名字的多样性既反映了写作的审美要求,同时也给读者认识人物、理解这个符号提供一些暗示。如撒拉逊可能是巴尔扎克短篇小说《萨拉金》的变音。那个男扮女装的戏子外表上与乔治相似,这对了解乔治的外貌有所帮助;恐怖分子乔则是乔治喜爱的一个别名,原因也许是他想证明自己是社会的叛逆者。
>
> 能指的第三个特点是它的系统性。乔治不是鲁滨逊,他生活在人群之中。所以,这个人物符号处在一个系统里面。

---

① 萨巴杰埃:《大街》,张新木译,《当代外国文学》,1992年第4期。

正如语言符号只有在它的系统中才能体现价值一样,人物符号也只能在人物系统中才能输出内在值。这些人有性格孤僻的"男爵"、聪颖美丽的洁妮、浑浑噩噩的狄克、自欺欺人的罗森萨尔、偷懒好吃的佩纳西大妈、好高骛远的比托尔、忍气吞声的杜立叶、戴绿帽的弗莱多等等。流浪儿周围的这些人,与其说衬托主人公,倒不如说限定主人公的价值,正如人物符号的所指,使读者更准确地把握作品的内涵(主题思想)。

从人物符号的所指角度来看,作者主要采用语义累加的方法,通过叙述语言和人物话语逐步构成人物的所指;另外,也不排除作者借助某些历史、文化、生活等方面的共识补充其所指。这个所指就是二十世纪五十年代流浪儿的命运,包括他的悲惨生活,他的善良品德,社会的丑恶面目以及作者的热切呼声。乔治这样的人物,符号学家们称之为标示性人物。"因为他的言行不完全说明自己,而是说明别人(包括作者或读者),具有外延性。"作为流浪儿的原型,萨巴杰埃一方面向人们展示流浪儿的悲惨命运,另一面则注入了自己的爱与恨、担忧与希望。

乔治是个既可怜又可爱的人物。他出身低微、生活艰难、从小缺乏教育,但心地善良,乐于助人。他声称卖报是帮大学生们做点儿事,赚不赚钱无所谓,这与罗森萨尔的唯利是图、损人利己的心态形成了鲜明的反照;乔治很有骨气,从不卑躬屈膝、向邪恶势力低头,人穷志不短。相比之下,流浪汉狄克则得过且过,是个十足的行尸走肉。所以,流浪儿是个外表普通、心灵美好的孩子,他的品行反衬出周围那些成年人的堕落和丑恶。由此及远,斑驳陆离、五光十色的巴黎大街乃至法国社会虽然表面繁荣,深层却充满着危机和邪恶，物质的丰富掩盖着精神的贫乏。

面对这样一个社会，作者借流浪儿之口喊出该结束这种社会的呼声，这无异于当年鲁迅先生"救救孩子"的呐喊。他警告那些做父母的人，不要太自私，要义不容辞地担负起抚养与教育子女的义务，不能将他们推出门外了事。若不是拉·玛丽的飞扬跋扈，乔治不会离家出走；父亲加斯塔尼如果懂得儿子的心情，给他一份真诚的爱，这个家也许会破镜重圆。遗憾的是他们缺乏相互沟通和理解，固执己见，最终酿成悲剧。作者还希望人们消除仇视心理，改变幸灾乐祸的态度，伸出手来帮助处于绝境中的人。如果人们对流浪儿不是漠不关心，而是用热情和真诚唤起他对生活的信心，结局也许是另外一种情形。作者还指出，如果容忍丑恶存在，任凭社会弊病的发展，其结果将是社会分崩离析，走向毁灭。这些都是作者对当代工业社会的忧患意识，是对建立一个真、善、美社会的向往，也就是流浪儿这个人物符号的所指。①

人物的性别在一定程度上也决定人物在小说中的命运。在传统小说中，由于时代和社会因素，女性人物常常会引出一桩悲剧，如《新爱洛依丝》中的爱洛依丝，《茶花女》②中的玛格丽特，《黛尔菲娜》中的黛尔菲娜等。称谓和外表可以显示人物的身份。"阁下""大人"等称谓都可以指出人物的高贵身份。通常华丽光鲜的外表也显示出人物的尊贵，而衣衫褴褛则透露出贫苦百姓的信息。言辞和行为的粗俗或讲究可以反映出人物的教育背景，文

---

① 张新木：《当代的伽弗洛什——评萨巴杰埃笔下的流浪儿形象》，《当代外国文学》，1992年第4期，第142页。

② 小仲马：《茶花女》，郑克鲁译，南京：译林出版社，2001年。

本中的心理描写可以展现人物的内心世界,使得人物形象更加有血有肉。人物的心理可以由叙述者直接描写,可以通过人物的内心独白展现。此外,人物的信息也可以由人物的眼光透露出来。叙述者有时会采用人物的眼光来观察世界,通过小说世界在人物眼中的折射,读者可以窥见人物的内心想法和观念。我们可以通过上述这些文本符号发现人物是如何在文本中得以表现的,进而完成人物形象的构建。

三 施动者模型

小说中的行动不仅仅是由人物来完成的。物体和一些抽象概念也能完成文本中的行动,如"电话铃声响了","团结就是力量"等。因此符号学家们在人物层次之上又提出了一个更为抽象的层次,用以考察文本中的所有行为。这个层次,经格雷马斯的高度抽象,提炼为六个动元,并且组成一个施动者模型[1]:

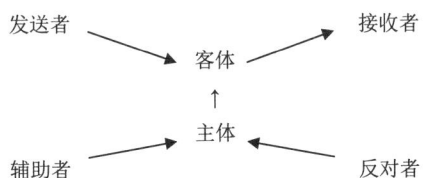

主体(sujet):苏里奥称之为"定向主题力量"。主体是愿望的承载者,在愿望的推动下完成一系列行动,寻找愿望所指的对象。

客体(objet):客体是主体欲求的对象,可以是人(如公主)、物(财富等)或是某个抽象概念(幸福、平静等)。

---

[1] A.J.格雷马斯:《结构语义学》,蒋梓骅译,天津:百花文艺出版社,2001年,第264页。

发送者(destinateur)：客体或信息的拥有者。

接收者(destinataire)：客体或信息的潜在获得者，在很多情况下与主体重合。

辅助者(adjuvant)：帮助主体获得客体或信息。

反对者(opposant)：为主体实现愿望的行动设置障碍，阻碍主体获得客体。反对者和辅助者可以是人、物或者品质(天真、贪婪等)。

这六个动元可以细分为三组：主体/客体，发送者/接收者，辅助者/反对者。

主体/客体构成了**愿望轴**。主体寻找客体，二者形成寻找的行动域。"该主轴是基本叙事陈述的基础：状态陈述中的状态主体与价值客体(O)之间或结合(∧)或分离(∨)。与(结合或分离的)状态陈述相对应的是结合或分离的行为陈述(转变行为)(FT)，确保状态陈述的转变。由此，主体动元可以分为状态主体(S1)和行为主体(或者说操作主体)(S2)，后者可以与前者是同一个行动人物(自反行动)，或者是另一个人物(传递行动)。"[1]因此：

——在状态陈述层面：

——在行为陈述层面：

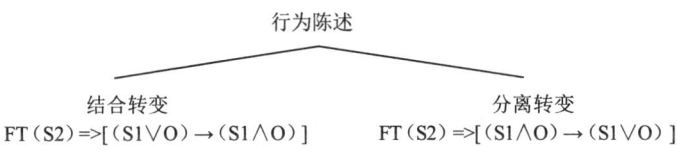

---

[1] J.-M. Adam, *Le Récit*. Paris：PUF, 1984, p.60.

基本叙事陈述是在动元与该动元的叙事过程之间建立联系的第一步。按照符号学理论，意义是一种差异效果。在一系列的状态与转变的承接中，这些差异得以实现，从而产生叙事。

发送者/接收者构成了**交流轴**，让主体采取行动寻找客体，通过主体和价值客体，将发送者和接收者连接起来。与主体/客体相比，发送者/接收者处于更高一个等级的位置上。不过在很多作品中，接收者常常就是主体[1]：

辅助者/反对者构成了权力轴，二者之间形成斗争域。辅助者支持主体，反对者阻碍其行动。他们在某些情况下介入故事，对故事的进展造成转折性的影响。针对该**权力轴**，我们可以尝试列出一个符号矩阵：

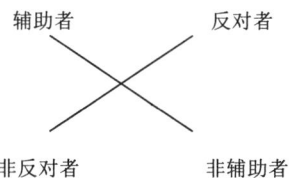

从该符号矩阵中我们可以看出，除了辅助者和反对者，故事中还可能存在非辅助者和非反对者。非辅助者和非反对者常常采取消极的态度，他们不为主体提供帮助或阻碍主体，但是也并非站在反对或支持主体的立场上。

通常在较为简单的故事情节中，施动者模型更为清晰。我们

---

[1] J.-M. Adam, *Le Récit*. Paris: PUF, 1984, p.61.

第六章 人物的符号学分析

可以运用施动者模型来具体分析一些文学作品。如在《80天环游地球》①中,我们可以发现:

主体:英国绅士菲律乌斯·弗戈
客体:80天环游地球以获得两万英镑
发送者:菲律乌斯·弗戈与俱乐部的其他朋友们
接收者:菲律乌斯·弗戈,与主体重合
辅助者:法国仆人帕斯帕尔图,毅力
反对者:警探菲科斯,路上层出不穷的意外事件

在这六个动元中,有些动元可以由多个人物来实现,也可以通过事物(意外事件)或抽象概念(毅力)加以实现。发送者(弗戈和俱乐部的朋友们)通过用80天环游地球来打赌,以两万英镑为赌注,推动主体弗戈采取行动,接收者亦即主体弗戈是该行动的受益者。由此,该小说的叙述程式就是一种结合转变:

转变行为(菲律乌斯·弗戈)
⇩
[(弗戈∨80天环游地球获得两万英镑)→(弗戈∧80天环游地球获得两万英镑)]

在《胡萝卜须》②中,施动者模型经过了简化:主体——父亲;客体——喇叭;发送者——父亲;接收者——胡萝卜须;辅助者——缺席;反对者——母亲。与《80天环游地球》相比,不同之处在于:与主体重合的是发送者而非接收者;辅助者缺席,只存在反对力量。我们看到,前一种模型是一种单纯的交流模型,主体

---

① 儒勒·凡尔纳:《80天环游地球》,李振波译,济南:明天出版社,2005年。
② 儒勒·列那尔:《胡萝卜须》,徐知免译,天津:百花文艺出版社,1986年。

为自己寻求客体。而后一种模型是所谓具有双宾语的动词的句法模型:父亲把喇叭给胡萝卜须。从这一角度看,叙事作品通常都属于这两种模型中的一种。

动元属于叙述句法的范畴,而表现在具体文本中的可识别的人物,我们称之为行动者。这就引出了叙述问题的复杂性。格雷马斯发现,动元与行动者之间的关系并不是类别与个案之间的蕴含关系,其关系具有双重性[1]:

如图所示,动元(A_1)在具体文本中可以表现为多个行动者(a_1,a_2,a_3);相反,一个行动者(a_1)也可以成为多个动元(A_1,A_2,A_3)的融合体。在上文《80天环游地球》的施动者模型中,动元"发送者"(A_1)在小说中表现为菲律乌斯·弗戈(a_1)与他在俱乐部的朋友们(a_2,a_3……)等多个行动者。同样,行动者菲律乌斯·弗戈(a_1)也融合了主体(A_1)、发送者(A_2)和接收者(A_3)三个动元。

在比行动者更为具体的层面,我们发现文学作品中存在一些固定的角色(rôle),这些角色类型与我们更为接近,如父亲、母亲、主人、仆人等。在小说中,一个行动者可以同时扮演多种角色,如老实人同时是私生子、情人、弟子、逃亡者等多种角色。相反,一个角色也可以由多个行动者来承担,如当老实人扮演逃亡者角色的时候,他并不是唯一的一个。

---

[1] 格雷马斯:《论意义:符号学论文集》(下),吴泓缈、冯学俊译,天津:百花文艺出版社,2005年,第47页。

第六章 人物的符号学分析

  作为小说故事情节的核心,人物的成分可以从叙述层面、语义层面等多个层面展开分析。同时,施动者模型、动元、行动者、角色等概念的引入,有助于我们对小说人物进行更加深入的了解和认识。将表层与深层的认识相结合,我们才能更好地把握小说中的人物成分。其实,人物是作品所表现的世界中的一个断片,专有名词、人称代词和名词项,只要它参照于某个似人的行动者,都可以构成"人物"。

第七章
文学描写分析

　　描写是文学作品的一个重要组成部分。然而长期以来,在学校的语文教育和传统的文学分析中,描写却被看成与叙事相对的一个另类文体,似乎没有一个比较清晰的文本地位,在文学理论面前还没能占据应有的一席之地。它是一个空白的领域,处于研究方法的零度状态。法国学者菲利普·阿蒙的《描写分析导论》[①](1981,1993年更名为《论描写》)与让-米歇尔·亚当的《描写文本》[②](1989年)的问世,开始改变人们的传统视角,从描写中看到一种"诗学类陈述的潜在的、无格律的、模糊的形态",从中发现了某种"文学性"。描写是一种日常语言行为,描写文本是小说艺术中的文本组成单位。描写与叙事共同构成文学作品的要素,叙事中穿插着描写,描写又辅助叙事。因此,必须给描写以应有的文本地位。

---

① Philippe Hamon, *Introduction à l'analyse du descriptif*. Paris: Hachette, 1981. Réédition: *Du Descriptif*, 1993.
② Jean-Michel Adam, *Le Texte descriptif*. Paris: Armand Colin, 1989. Réédition, 1993.

一 起源与探索

长期以来,描写一直是作家和修辞学家激烈批评的对象。马蒙泰尔在《百科全书》的"描写型"(Descriptif)这一词条中指出:"我们如今在诗学上所说的描写类型,并不为古人所知。在我看来,理性和审美观均未认可这一现代发明。"司汤达在《自我中心回忆录》中痛恨他所说的"物质描写"(description matérielle):"进行物质描写的烦扰阻碍我创作小说。"保尔·瓦莱里不断拒绝在他看来"好像是论公斤兜售的文学饲料"的这种文本形式(《笔记》)。安德烈·纪德认为"小说家过于精确地描写人物,会束缚想象,而非有利于想象"。多少年来,对于描写的指责声不绝于耳。针对这一现象,让-米歇尔·亚当概括了四点原因。

首先,描写是一个不甚精确的定义。描写可以使人充分了解某客体,获得对该客体的印象,但是,它并未包含或陈述事物的本质属性,无法使人深入了解该客体。描写并未回答"什么是"这个问题,只是回答了"是什么"。从这一角度来说,描写与定义是相对立的。亚当教授认为,对于一个特定主体而言,描写是一个取决于实际条件的赋义行为。这一操作本身丝毫没有欠缺,它只是表明了一切语言行动的固有限度。因此,倘若要谈论人类语言活动及其实际话语产物,应当摆脱对于描写的怀疑和否定。这种否定建立在形式系统的逻辑主义理想的基础上。

其次,描写无法确切地复制和再现现实事物。作家进行描写时与画家相似,是在进行模仿。然而,作家的技巧与画家相比也存在自身的劣势:画家可以同时呈现多个场景,而作家只能按先后次序展现客体。绘画和雕塑表现某个瞬间,描写将语言单位线性地连接起来,更适于再现动作的时间连续性。语言材料的性质本身使得描写不受欢迎,因为它延缓了时间。

再次,描写在结构上具有无序、任意的显著特征。对于传统的范式而言,唯有叙述拥有顺序,与之相比,描写总是被消极地提及。由此,修辞学不断提出对于描写进行排序的形式。亚历山大·维肖倾向于在描写植物时从根部开始,遵循植物生长的自然顺序。这一顺序和人物肖像以及动物描写恰好是相反的,后者通常遵循自上而下的顺序。

最后,描写具有老调重弹的倾向。描写已经成为一种套话,肖像和景物描写形成了一种固定的编码,不断被人重复使用,变得索然无味。这种拒绝描写的形式有其深层的动机:人们常常从消极的角度看待描写,因为描写是话语的一种装饰,不应当成为作品的基础。基于上述种种原因,描写长期以来不被接受。为了解决这一问题,亚当首先对于描写的修辞学起源进行了研究。

描写具有悠久的修辞学传统。想要理解关于描写的传统争论,我们必须参照亚里士多德在《修辞学》中阐述的口头表达理论。亚里士多德认为,逻各斯的首要功能在于呈现,诗学和修辞学话语、散文以及诗歌拥有一个共同的特点,即明晰(clarté)或者透明(transparence)。以呈现(montrer)甚至揭露(révéler)为目的,明晰借助于明显(évidence)或者说可见性(visibilité)而得以理论化。四个世纪过后,普卢塔克称赞修昔底德是传统历史编纂的完美典范,因为修昔底德通过明显这个迂回的办法,试图将听众/读者转变为观众,使他们仿佛身临其境地成为被讲述事件的见证人。

在后亚历山大修辞学中,明显这一概念主要建立在视觉的基础上,是一种将所说的内容置于感官之中的方式。西塞罗和昆蒂连认为,明证(evidentia)的功能在于令事件变得可以感知,并激发出最为强烈的情感。公元一世纪的亚历山大派演说家阿埃留斯·泰翁以及贺莫珍等人,开始通过图说①确立"描写"的概念,最初还只是涉及"详尽的陈述"。图说是将语言呈现出的客体置于视觉当中。因而图说的原义并非"描写的片段"。动词用图画说明(ekphraso)意味着"陈述","呈现细节"。虽说在二世纪,这个动词已经用来表示"描写",贺莫珍仍旧列举了一些关于人物、地点、时间、环境和行动的图说,认为图说是一种陈述,将话语的客体详细展现在人们眼前。Enargès 在字面上表示"可见",即出现在人们面前。因而明显或者生动都是让人们用感官去感知。这种古代的"描写"与简单的叙事相比,其不同之处在于,这种描写通过陈述行动的情况(是谁? 在哪里? 什么时候?),试图将听众和读者转变为观众。人物的图说针对行动者,包括身体描写和道德方面的描写,回答了"是谁?"这个问题。身体描写指运用拟人法(prosopographies),道德方面的描写是指人类品格和情欲的描述(éthopée)。地点的图说回答"在哪里?"(地形 topographies),时间的图说回答"什么时候?"(年代 chronographies)。由此,阿埃留斯·泰翁参照了《伊里亚特》中制造阿基里斯之盾的著名场景,成为描写这一悠久传统的创始人。此后,一代代的文体学家都参照这种描写生动的原型场景,在某种程度上,为描写的古代和现代概念之间架起了一座桥梁。

---

① 图说(ekphrasis),又译作"描绘""艺格敷词""述画诗",以修辞来创造视觉及感官效果。述画诗的主题通常是一件艺术品,诗人详述艺术品上所描绘的故事、细节,并发抒其感想。

描写的现代概念来自德奥弗拉斯特①的《性格》，这与十六世纪末第二诡辩学派②技巧的普及相对应。这部作品并非要阐明一个哲学学说，而是要描写人类的激情，展现一种性格。1512年，在巴黎出版的《论词语的丰富》中，伊拉斯谟谈到《性格》，认为"这更确切地说是一个语法学家的作品，而非哲学家的作品"，他明确地将德奥弗拉斯特置于论证型的修辞角度中。德奥弗拉斯特希腊语文本的编订者卡佐邦③的立场更为明确。他认为，这更像是文学作品，而非哲学作品。这一观点大大影响了这部作品的接受。虽说它和那些伦理哲学作品一样，希望能够改善德行，但"作者并没有以哲学家的方式来处理这个主题，而是用一种新的教诲方式"。而后，这一作品被各个学派竞相学习和效仿。正如菲利普·阿蒙所言，描写似乎与论证型和一些描绘片段的潜在独立化联系起来了。他认为，过去的描写主要属于论证型，这要求以称颂的形式，对某些人物、时间、地点等进行系统性的描写。描写从根源上来说类同于赞扬和感谢的行动。

在回顾了描写的修辞学起源后，让-米歇尔·亚当列举了历史上对于描写的几种类型划分。在《宫廷演说》中，佩尔蒂埃④（1641）提出了人类品格和情欲的描述（针对人物的道德品质）和拟人法（人物的外貌特征）。另外还有一种描写：性格（谄媚者、野

---

① 德奥弗拉斯特（Théophraste，约公元前371—公元前287），希腊哲学家，亚里士多德的弟子，著有《论感性》，是一部有关古希腊哲学和罗马哲学的重要文献。
② 第二诡辩学派是二世纪到四世纪间最具影响力的文学运动，对古文修辞学进行研究。这时期的研究已使修辞学沦落为矫揉造作的地步，不过它也刺激产生对古希腊文学经典作严肃性的批评研究。
③ 卡佐邦（Casaubon，1559—1614），法国著名古典学者、编纂者、神学家。
④ 热拉尔·佩尔蒂埃（Gérard Pelletier，1587—1648），法国语法学家。

心家、吝啬鬼等等)。除了这些关于**人物的描写**,路易·德·格勒纳德①还补充了关于**事物的描写**(1576),他在《教会修辞》中也强调生动的描绘(hypotypose)。伊拉斯谟将描写分为人物描写、事物描写、地点描写和时间描写。冯塔尼也划分了描写的不同种类:**地形、年代、拟人法,人类品格和情欲的描述,肖像**(portrait),**对比**(parallèle)。冯塔尼还补充道,当对客体进行生动的陈述,在风格上形成一幅图像时,就可以产生生动的描绘。1880年,艾弥尔·勒弗朗在《论文学理论与实践》中也谈论了描写的种类:地形和年代、拟人法、人类品格和情欲的描述、性格和对比(相似和相异)。最后勒弗朗谈到了生动的描绘和证明,很显然,证明与图画(tableau)相对应:"证明是陈述一个特殊事件,例如战斗、暴雨等,将其真实地表现出来,使我们犹如身临其境。"生动的描绘也与之相似:"绘画应当造成一种幻象,在刺激眼球的同时能够震撼心灵。"生动的描绘和证明与图画之间的唯一区别在于,前者在图像表现上更具局部性,后者位于叙述和描写的边界线上,更明显地侧重于文本。1912年,瓦尼埃引入的一些要素值得采纳。他认为,"图画以数量有限的一些特征为前提,而这些特征是围绕一个主要动机被巧妙地组织起来的",并以此区分了图画和普通的描写。他通过编录不同种类的图画,如水手的归来、幸福的家庭、向国旗致敬等,强调指出,作家以画家的方式,区分出远景和近景等,也就是说离观众或远或近的一组组人或物,人和物之间的相对位置不是随意安排的。而后,瓦尼埃又区分出叙事的图画,指出它并不总是包含一个行动。即便包含行动,这个行动也没有开始、过程和结尾,人们只是在某个特定时间看到这个行动,否则就变成叙

---

① 路易·德·格勒纳德(Louis de Grenade,1504—1588),西班牙神学家,作家。

述了。然而叙述由一个个文学图画组成，"就像一幅幅真正的图画组成电影画面"。在格勒纳德、韦伊和瓦尼埃的作品中，生动的描绘和图画重拾过去的重要地位，没有在其他众多种类中被淹没。而在冯塔尼和勒弗朗的作品中，情况则恰恰相反。另外，有些人并没有将生动的描绘和图画当作独立的类型，而是把它们视作描写和肖像的固有成分。

从阿尔巴拉开始，人们普遍对修辞种类进行了缩减，主要有两种趋势。一种趋势是地形和年代合并入描写中，拟人法以及人类品格和情欲的描述归入肖像，肖像也常常包含性格。另一种趋势是在描写和肖像中加入图画种类。然而，从1845年至今，种类的缩减不是线性的，应当注意其细微差别。勒弗朗（1880）将描写分成多个类型，然而在1821年之前，人们已经进行了一些缩减。自1749年起，吉贝尔在《修辞学或演说规则》中已经只谈论肖像和描写了。在1776年的《叙事随笔》中，贝拉迪埃·德·巴托神父也同样进行了种类的缩减。

安托万·阿尔巴拉最早向过度的修辞划分提出异议。他认为只需要记住狭义的描写和肖像，即具有特殊性质的缩减了的描写。从阿尔巴拉开始保留至今的这两类描写片段拥有修辞学和诗学上的起源和历史，对其进行一番考察有助于解释为何这两个种类比其他种类更经得起时间的考验。

让-米歇尔·亚当对于描写的修辞学起源和描写类型划分的考察研究，为文学作品中的描写研究提供了理论基础和支撑，使我们能够从源头上把握作品的描写成分。菲利普·阿蒙也针对与描写史相关的一些基础知识作了论述。[①]

[①] Philippe Hamon, *Du Descriptif*. Paris: Hachette, 1993, pp.9-36.

第七章 文学描写分析

阿蒙认为，描写仅仅被看作"扩张"（amplification）的一种方法。"扩张"这一概念比较宽泛，包括质的扩张和量的扩张，涵盖了创作文本的所有方法。在修辞话语中，"扩张"一词较为模糊，甚至最后会归结为所有修辞方法的整体。大多数研究最多也只是根据被描写的参照物的特征来区分描写的不同种类：年代、地形、拟人法、人类品格和情欲的描述、肖像、对比、图画等。直到中世纪，描写似乎主要属于论证类型，它常常以称颂的形式，对某些人物、地点等进行系统性的描写。从十六世纪开始，描写一词常用以指代那些为了旅行者、奔走各地的商人等描写某些重要城市的作品。在中世纪或文艺复兴时期，描写也时常具有色情性（描写女性身体）、喜剧性或者游戏性（谜语）。

描写并不是要描写一种现实，而是要检验自己的修辞本领，检验自己对于书本上的一些描写模式的理解和把握。描写是一种有目的性的、编码化的文本实践。十七、十八世纪关于文学的评论话语对描写抱有一种普遍的偏见。然而正是这一偏见本身束缚了修辞学家。除了旅行者的人种志话语，描写唯一可以自由呈现事件的场所就只有诉讼话语了。因此有不少研究都尽力将描写局限于这种话语类型、这一功能之内，或者将这种作为方法而非目的的独一无二的功能转移至诸如诗歌、戏剧等其他话语。另一方面，描写被看作对文学的否定，认为它应当属于游记叙事或者科学；或者被看作一种夸张的修辞格，应当防止过度的描写。

描写面临三重风险。首先，描写可能会将陌生的词汇引入文本，尤其是与被描写物体相关领域的专业术语，从而将"工作"的痕迹引入文学文本，并且造成阅读的障碍。其次，描写成为目的而非手段，这会破坏表现的有效性以及作品的整体一致性。最后，无法控制描写的自由也就无法控制读者的反应。读者可能会被赋予一种过度的自由,从而跳出文本,不再受控于阅读活动本身,交流则会出现问题。所有关于描写的传统规范话语都要调整其规则,以避免这三种风险。

关于描写型的理论讨论常常围绕"细节"这一概念而展开。细节使得阅读的进程中断。至于其意义以及在作品中的功能,则需要读者进行阐释。文体学家的研究并非从细节到细节,而是从个别到一般,从一般到个别。说到底,这也许不过是对于描写陈述的动态过程本身的构成进行理论上的合理化操作。然而传统的理论家似乎在描写中只看到从细节到细节的任意偏移,而这种偏移会损害作品的均质性。他们认为首先应当缩减或取消描写,其次应使描写均质化,使其融入一系列等值的细节中。由此便出现了使作品的所有成分均质化的系统工作。要使细节自然化,不但要将其纳入前瞻性和回溯性关联的历时系统中,还要将其纳入一个共时机制,即非时性的逻辑。

描写型从属于"人",这表现在三个方面。首先,描写应当反映某种"激情",反映艺术家的个性,艺术家的特殊意图应当能够打动读者。其次,应当借助参与情节的某个人物进行描写。描写先要使人物感兴趣,才能令读者感兴趣。最后,描写应当服务于某个情节人物,服务于"性格"的可读性,从而服务于作品人物系统的整体可读性。这里并非指任意一个人物,而是指主要人物。

此外,当描写不依赖于文本内部的其他层次或单位时,当描写近似于其他文本方法时,弊端就会出现。尤其是当描写近似于逻辑上、科学上或者哲学上的"定义"时,就会被看作一种"不完善的定义"。直到十八世纪末十九世纪初,描写似乎才开始获得一种"规范的"文学地位。

那么,描写发展到现在,经历了怎样的历史演变?描写史上出现过哪几个重要的发展阶段？亚当随后尝试从纵向上对描写的阶段性演变进行了宏观的概括。

二　演变与质疑

对于描写史的考察，让-米歇尔·亚当重点综合了两个重要阶段和三个辉煌时刻。第一个重要阶段是关于"安乐之所"(locus amoenus)的景物描写。安乐之所表明了演说艺术向诗学艺术的逐渐转变以及描写片段的独立化问题。自亚里士多德以来，地点论据旨在为行动发生地点的环境提供证据。随着论证演说的泛滥，行动发生的地点描述逐渐成为离题的内容。描写被纳入诗学艺术，逐渐摆脱了叙事的限制和证明的必要。

对于自然的描写经由安乐之所侵入文学，成为理想自然的符号，例如维吉尔作品中的乐土、贺拉斯关于春天或者乡村居民的极乐的颂歌、塔索《被解放的耶路撒冷》[①]中的巫女阿尔米达的宫殿等。从古代起，安乐之所就被具体地加以编码化。十二世纪，马蒂厄·德·旺多姆提到，大量细节的功能在于使文本具有生动的近乎超自然的可见性。李巴琉斯将安乐之所的六个原型成分编码化：泉水、植物、花园、微风、花卉和鸟类的鸣唱。亚当还加上了果实、森林、平原三个成分。人们可以按照五种感官、四个本原[②]、四个季节进行成分的分类，构成了十八世纪初的描写诗学。

针对亚当对于"安乐之所"的景物描写的梳理，我们可以试举

---

① 托尔夸多·塔索：《被解放的耶路撒冷》，杨顺祥译，广州：花城出版社，2005年。
② 西方古代哲学家认为土、水、风、火是组成宇宙一切体的四个本原。

一个实例来具体看看小说文本中是如何展现这片理想乐土的。在莫泊桑的小说《月光》中,马里尼昂长老是一个具有狂热信仰的神父,同时也憎恨女人,视她们为引人堕落的诱惑者。当他得知外甥女有了情人,并且晚上会在河边与情人幽会时,便满腔怒火,决定晚上亲自去探个究竟。他走出门去,惊讶地看见了一片从没见过的皎洁月光。接下来的文字中就交错着描写夜晚的景色和长老的思想波动。这里仅摘取描写夜景的文字,看看作者是如何运用"安乐之所"这一景物描写模式的:

> 排列成行的果树把刚换上绿装的细枝的阴影投落在小径上;爬在屋墙上的大忍冬藤,吐着香喷喷、甜津津的气息,使得温暖清明的夜里好像有一个芳香馥郁的灵魂在飘荡着。……青蛙一刻不停地把它们短促而响亮的鸣声投向空间;远处的夜莺把它们那种使人耽于幻梦而不促使人深思的婉转歌声,为配合接吻而发出的轻盈而颤抖的歌声混杂在月光的迷人的魅力之中。……那边,沿着那条曲折的小河,有一行蜿蜒不绝的杨柳。在河岸的周围和上空,悬着一片薄雾,一片白色的水汽,月光穿过它,使它变成银白色,闪闪地发光,那弯弯曲曲的河道整个儿像是包在一种轻飘的、透明的棉絮里。①

刚开始,夜色那崇高而宁静的美深深打动了马里尼昂长老,他的内心充满了喜悦和惊奇。然而慢慢地,他的脑中浮现了一连串的疑问。他曾经认为上帝创造黑夜是为了让人们休息,那为什

---

① 莫泊桑:《莫泊桑中短篇小说精选》,郝运、赵少侯译,贵阳:贵州人民出版社,2001年,第206—207页。

么它比白昼更加可爱？黑夜在月光下披着一层薄纱，鸣禽中最善鸣的鸟儿在高声歌唱。这满眼的诗情画意为谁而安排？这时，外甥女和情人从远处缓缓走来，这番景致顿时有了生气，这就给出了问题的答案。长老得出结论，"上帝造这些夜也许就是为了把人间的爱情掩护在理想的意境里"。最终，他没有向原先计划地那样走出来斥责外甥女，而是悄悄退到了一旁，几乎感到羞愧，仿佛闯进了"一座他无权进入的庙堂"。从这些描写夜景的文字可以看出，作者借用了"安乐之所"的理想模式，其中描写了果树、香甜的空气、青蛙的鸣声、夜莺的鸣唱、曲折的小河、蜿蜒不绝的杨柳等。这些成分勾勒出安宁和谐、赏心悦目的迷人夜景，令人感觉仿佛置身于世外桃源。曾对一切信仰都坚定不移的长老，面对这番景色，竟然在这么短的时间内就推翻了自己过去坚持的想法，认为男女之间的爱情是崇高圣洁的。前后如此强烈的反差更突出了这片理想乐土的巨大感染力量。这里套用了理想乐土的固定描写模式，不过并非像过去的描写那样只是纯粹的描写，而是对其进行了灵活的运用。这番夜景构成了推动整个故事情节发生戏剧性转折的重要推动力量，有其特殊的用意。

亚当对于这个理想之地的模式提出了第二种阅读的可能性：安乐之所成为一种理想的诗学话语的形象。佩林·加朗-阿兰通过两个例子指出了这一点，即维吉尔的《伊尼特》中对于阿波罗神庙正门的图说以及阿兰·德·里尔[①]的《完美的人》中"安乐之所"向修辞行动的不断转变。他认为，诗学话语常常被用来与景色相对照，然而在研究景色的编码化描写时，我们却忽视了对话语进行思考。显然，评论者们忽视了图说的元文本功能。

---

① 阿兰·德·里尔（Alain de Lille，1115—1202），法国作家、神学家。

在十八世纪的景物描写中，"安乐之所"被看作一种老生常谈，自然的主题使之面目一新。亚当举了三个例子。在卢梭的《忏悔录》中，他认为，一个美丽的地方要有湍流、峭壁、冷杉、漆黑的树林、层峦叠嶂、崎岖的道路，还有身旁令人胆战心惊的悬崖绝壁。可怕的地方(locus terribilis)这一论题近似于传统的恐怖之所(locus horridus)，与古代的乐土相反。而在《包法利夫人》中，莱昂讲述他的表兄曾去瑞士旅行，用短短几句话描绘了一片理想之地。福楼拜借此用讽刺的方式呈现了这一论题。梅里美在《卡门》①中尝试将这两种对立的模式综合起来加以使用。小说开头在叙述者与唐何塞相遇之前有一段景物描写。令人快乐和恐惧的处所结合在一起，呼应情节的进展：与另一匹马的主人的相遇。叙述者的马嘶叫后，另一匹马也跟着应和。这个人物(唐何塞)使叙述者的向导产生恐惧，而叙述者镇定自若，二者的反应和被描写地点的特征一样具有互补性。这三个例子都反映出景物描写中引入自然主题的这一新转型。

"安乐之所"这一论题并不局限于西方的文学作品。例如在《辛巴达船长》中就可以找到和该模式十分近似的一些描写，尽管这些描写十分简洁。它们尤其和《古兰经》的第55篇相符。该篇将乐土描写成"枝繁叶茂的两座花园，其间流淌着两股泉水，泉水中有两种果实"。多种文化中都存在"乐土"这一形象。对于理想之地的描绘都是运用夸张的手法展现神奇的大自然。

描写史上的第二个重要阶段是女性肖像描写。人物描写修辞学直接来自论证修辞学的一个方面：称颂的肖像艺术。马蒂厄·德·旺多姆和杰弗罗·德·文叟夫在中世纪对女性描写进

---

① 梅里美：《卡门》，余中先译，杭州：浙江文艺出版社，2001年。

行编码化，使之和"安乐之所"同样精确和客观。人类描写必须遵循的顺序是由头部到躯干到四肢，然后再到衣着。也就是说不仅要从上至下，而且要从面部到身体再到衣着。这种描写实践若要具有完备性，还需要选择必要的特性和比喻。花一样的女子似乎是"安乐之所"在人类身上的一种延续，她必然拥有一头金发、挺直的鼻梁、乌黑的眉毛、饱满的前额、圆腴红润的面颊、朱唇玉颈、纤细嫩白的双手、小巧圆润的胸脯。

然而，作家有时会更改这些要素的顺序，例如十二世纪末的克雷蒂安·德·特罗亚①。在《圣杯传奇》中，对于帕尔齐法尔爱慕的女性白花的肖像描写，就是以关于人物衣着的十行诗句开始。接下来的描写就比较符合规则，不过也没有依照典型模式完整的描写过程，而仅仅局限于人物的面部。此处的描写保留了典型女性描写中的一些一成不变的修饰，这足以指出白花那夸张得近乎虚幻的美貌，它本身就是神奇的大自然的象征。这里将重点放在面部，并以白色和朱红色这种一成不变的对照结束肖像描写，解释了下文帕尔齐法尔的精神恍惚：看到白雪上沾染了鹅的鲜血，他就联想到白花的面容。作者巧妙地避开了离题的暗礁，他同时遵循了理想的模式和叙事的动机。

从中世纪末开始，人们逐渐放弃了对个体肖像进行面面俱到的细节描写，描写肖像时有所取舍，选择被描写者特有的特征，或者是从描写者看来最具代表性的特征。现代小说中也存在向古代传统回归的情况。史诗中的主人公没有个性化的肖像，通常只有近乎抽象的形象。同样，我们对于现代小说中大部分主人公的

---

① 克雷蒂安·德·特罗亚(Chrétien de Troyes，约 1135—1183)，法国诗人，以五首描写亚瑟王的故事诗闻名。

外表也都几乎一无所知。亚当认为现代小说与史诗这种鲜用描写的传统之间重新建立了联系,这一分析切中肯綮。

亚当还提出了描写史上三个成就辉煌的重要时刻:描写型诗歌、自然主义小说和新小说。在描写型作品发展最为辉煌的时刻,批评描写的声音也最为强烈。在此,我们不具体展开描写型诗歌的论述,这不属于我们研究的范畴,而是着重介绍自然主义小说和新小说。

自然主义小说也遭到了尖锐的抨击。许多学者认为描写只能作为修饰,而不能成为作品的主体,因此他们对自然主义小说进行猛烈抨击,害怕看到小说继诗歌之后也屈服于描写的入侵。阿尔巴拉否定左拉的写作,指责长篇幅的描写和"七零八落的片段"。布吕纳蒂埃尔认为左拉只是像在画廊中一样悬挂出一幅幅图画。自然主义小说敲响了人文主义文体学理想的丧钟。为了抵御别人的抨击,左拉对他的研究作了如下总结:"我们热衷于描写,但几乎从来不会为了描写而描写;常常还有事物的交织和人的因素。[……]贬低我们的志向,将我们局限于一种描写的癖好,而不去探究色彩鲜艳的图画之外的含义,这有失公允。"①

为让读者了解左拉写作计划的复杂性及其描写策略的可能性范围,亚当教授举了一个例子,以反驳阿尔巴拉的批评。左拉在《巴黎的肚子》②中对于奶酪进行了难以置信的描写。在十页纸中,对于奶酪的列举式描写和三个人物的对话交织在一起。在一种交错的节奏中,三个女人的闲言碎语随着不断增加的臭气而逐渐升级,这种交错的节奏遵循严格的隐喻进展,生动展现了流言

---

① Jean-Michel Adam, *La Description*. Paris: PUF, 1993, pp.57-58.
② 埃米尔·左拉:《巴黎的肚子》,金铿然、骆雪涓译,北京:文化艺术出版社,1991年。

蜚语的场景。这里真正描写的并非奶酪。奶酪和谗言混合在一起,二者通过音乐的隐喻完成美学的交替。左拉不再将描写作为"片段"来处理,他知道如何巧妙地将叙述、话语和描写结合起来。

二十世纪六十年代初,阿兰·罗伯-格里耶捍卫新小说,或者至少是捍卫自己的作品,对抗他人的抨击。他受到的抨击类似于左拉遭到的批评。有人认为他的写作具有一种科学的、冷冰冰的客观性。罗伯-格里耶指出,新小说一方面只对人以及人在世界中的地位感兴趣,另一方面只追求一种彻底的主观性,常常是一个人物在进行描写。他比巴尔扎克更加强调主观性,认为唯独上帝才能声称是客观的,而在他的书中是一个人在看,在感觉,在想象,一个位于空间和时间中的人,受他的激情所限制。新小说的特征在于世界在被呈现的同时受到了质疑,这令传统阅读失望。"当描述结束时,人们发现,它并没有在它身后留下什么站得住脚的东西:它在一种创造与涂掉的双重运动中完成了自我。"[①]明确的标记、计算、测量、几何标志,将所有这些堆积起来是一种绝望的举动,他试图抓住的事物尽管具有物质性和客体的可靠性,却仍然是变幻不定的。

多亏了新小说,描写终于从叙事中解放出来,不过,这种关系最惊人的颠覆是在乔治·佩雷克的《生活使用说明》中。佩雷克编录了以"小说"为名的一部作品的 107 个故事,叙事出自描写,是描写产生并控制叙事。描写再也不是热奈特所说的"古老的叙述"(ancilla narrationis),那种受到束缚、不能被放任自由的必不可少的奴隶。

---

① 阿兰·罗伯-格里耶:《快照集 为了一种新小说》,余中先译,长沙:湖南美术出版社,2001 年,第 218 页。

皮埃尔·拉鲁斯在《19世纪万有大词典》的"描写"词条中阐明了描写的两种重要趋势：一种是语言的表现功能控制的趋势。按照当代几位学者的诗学观点，描写只是精确的图像、被描写物体的照片。另一种是美学的或者"装饰的"趋势。在这一点上，按照古人和现在大部分学者的观点，这是美化的自然。拉鲁斯对这两种趋势均不认同。他认为，文学描写不完全是美化的自然，它由一个特殊的个体从自身的观点和情感角度观察而得，基本上是精确的再现，不过根据诗人和他当时的情感，在细节上稍稍有些改变。这个以人类为中心的概念贯穿了多部作品：卢梭的《忏悔录》、塞南古的《奥培曼》、巴尔扎克的《幽谷百合》等。拉鲁斯端出表达功能，与主观化过程连接起来。这一主观化过程更新了三个概念，即古代的生动（enargeia）、拉丁人的明证和古典时期的生动的描绘。

描写在很大程度上属于美学性质，而不是装饰性质。然而，将论证等同于语言的诗学与美学功能的自我美化是错误的。关于阿兰·德·里尔和维吉尔的图说，佩林·加朗-阿兰已经指出，令人费解的描写、模拟空间的创造等是如何得以进行自我反射或自我表现的。这种自我反射或自我表现并没有因此成为描写操作的最终目标。起美化作用的自我表现描写并没有达到独立片段的理想形态。

所有这一切使得我们逐渐开始重视词语，这成为新小说的特征。除了皮埃尔·拉鲁斯考虑的几个种类，我们还可以加上一种生产性描写。在过去的文本中，有时采用这种描写进行美学化和自动表现。弗朗西斯·蓬热的《事物的立场》[①]中对于体操运动员

[①] Francis Ponge, *Le parti pris des choses*. Paris: Gallimard, 1942.

的肖像描写就属于这种描写。对描写进行溯源考证,并大致了解描写的发展历史,有助于我们在分析文学作品时更好地把握作品的描写成分。

三 操作与功能

作者在文学作品中可以让叙述者承担描写的责任。不过在有些情况下,叙述者突然介入展开描写,可能会打断人物行动的进行,让读者在阅读作品时感觉到一种生硬的文本断裂。这时,作者就可以将描写的责任转交给人物,让人物在观察、说话、行动的过程中自然地加入描写成分。在描写的过程中,其具体操作也遵循一定的逻辑。

亚当列出了描写的四种具体操作方法:锁定操作、体态化操作、建立关系操作和次主题化操作。锁定操作包括锁定、分配与重组三种变体。锁定是指一开始就说明描写的是谁或是什么。分配是指在描写序列的结尾,说明上文描写的是谁或是什么。重组是指在描写序列最后重新采用最初的标题主题(thème-titre),对之进行改动。下面试举三例具体说明这三种变体:

> 包法利夫人从来没有像这期间这样好看过。[……]眼皮像是特地为她的视线剪裁的,看上去又杳渺又妩媚,瞳仁沉在里头,不见踪影。气出急了,玲珑的鼻孔分开,丰盈的嘴唇翘起,同时薄薄一层黑毛,影影绰绰,盖住他的嘴唇。头发像是由一位专会诱人堕落的艺人挽成的一个肥肥的圆髻,随随便便,盘在后颈,又因为幽会,天天散开。她的声音如今越

发柔和动听,身材越发袅娜可爱,甚至她的袍褶和她弓起的脚面,也妙不可言,沁人心脾。查理又像在新婚期间一样,觉得她赏心悦目,难以抗拒。①(锁定)

一栋长长的红房子,有五扇镶着玻璃板的门,屋顶上爬满五叶地锦,位于小镇的边缘;宽阔的院子里有带棚的操场和洗衣房,院子的大门外是村庄;北边的小铁栅门外有一条道路,通向3公里外的火车站;南边屋子背后是田野、花园、牧草地,毗邻着郊区……这就是住宅的略图。②(分配)

教堂,他的教堂有两个棕色石头砌的、大小不等的方形钟楼,高耸在山冈顶上,四周围是沿着山坡盖的民房。在这个美丽的南方幽谷中,钟楼的古老的侧影巍然矗立,看上去不像教堂的钟楼,倒像是古代城堡的塔楼。③(重组)

体态化操作是指作者通过描写将某事物的不同体态呈现出来,读者可以通过这些体态来考量该事物。体态包括事物的某些主要特征(形状、颜色、大小等)以及事物的组成部分(尾巴、眼睛、耳朵等)。体态化操作将整体分割成部分,进行了片段化操作。

在《卡门》中,关于卡门的肖像和西班牙美人的典型,梅里美鉴别出了一种与体态描写相符合的文本模板。他说理想中的美女得"用十个形容词来才能形容她,而每个形容词要适合她身体

---

① 福楼拜:《包法利夫人》,李健吾译,北京:人民文学出版社,2003年,第166—167页。
② 亚兰·浮尼叶:《失落的庄园》,王若璧译,北京:九州图书出版社,1995年,第3页。
③ 莫泊桑:《莫泊桑中短篇小说精选》,郝运、赵少侯译,贵阳:贵州人民出版社,2001年,第495页。

的三个部分",他还进一步说"她必须有三黑:黑眼睛、黑眼睑和黑眉毛;三嫩:手指嫩,嘴唇嫩和头发嫩,如此等等",当他这样表达自己观点的时候,梅里美把一种数字模板("三十个'条件'")建筑在体态描写的基本组成部分之上:特点(十个形容词)和部分(每个形容词都应适用于美女身体的三个部位)。

描写追求的效果决定了描写者对于部分的挑选。亚当针对特点的选择提出了描写的评价指向的问题。所选的形容词可以相对中性,比如形容一个球是"圆的"或者"黄色的",这并不真正关涉描写者的看法。说一个人物"已婚"或"单身"亦是如此。相反,说这个人物"高大"或"矮小","漂亮"或"丑陋"等,这些都暗示着一种选择,一种价值尺度。这样的评价形容词包含着一种具有伦理或审美价值的评判,称为价值形容词。

在《都兰趣话》中,菲利普·德·马拉初次见到美人茵佩莉亚的时候,就为她的美貌倾倒:

> 她的长发披散在象牙一般光滑的肩头,洁白迷人的肌肤透过发卷闪烁发亮,她那双笑出眼泪的黑眼睛射出的光芒,胜过缀在她雪白前额上的红宝石。她笑得直不起腰,索性踢掉如神龛一般华丽的镀金尖头鞋,露出比天鹅嘴还小的纤足。①

作者用这段文字描写了茵佩莉亚的外貌:"象牙一般光滑"的肩头,"迷人""闪烁发亮"的肌肤,射出比红宝石还要耀眼的光芒的黑眼睛,"比天鹅嘴还小的纤足",这些特点均包含主观的审美判断,体现了描写者对于其美貌的积极评价指向,她的美貌确实名

---

① 巴尔扎克:《都兰趣话》,施康强译,呼和浩特:内蒙古人民出版社,1994年,第11页。

副其实。

第三种是建立关系操作。福柯在《词与物》中提到,在古典主义时期,对自然科学进行分类的抱负建立在我们已经探讨过的操作之上:用连续的语言便捷地命名世间物体(锁定操作),对组成物体自身的要素进行区分和归类(体态化操作)。证实这一点是非常重要的。但是我们也注意到,作家追求一种所有人都能接受、所有人都能复制的描写,其结果是求助于四种类型:组成部分的数量(数目)、组成部分的形状(外貌)、它们在空间中的相对分布(情景或布局)、每个部分的相对大小(比例)。正如福柯所言,数量和大小总是可以用表示数量的词语来表达,但是形状和比例应该用其他方法来进行描写:要么将其与某些几何形状相对照,要么使用某些最为明显的相似性。例如人体各个部分,它们可以作为尺寸,尤其是形状的原型:头发、指甲、拇指、手掌、眼睛、耳朵、肚脐等。这种运用类似点进行描写的方法是一种同化的方法,这种同化既可以是比较性的,也可以是隐喻性的。另外,还有一些其他形式的建立关系操作,如建立时间关系的做法与传统的年代相对应,建立空间关系的做法与地形相对应。后一种做法以借喻的方式使用某一特定空间的连续链。例如,在《快照集》中的"模特"一文开头,罗伯-格里耶就采用建立空间关系的操作逐步讲到咖啡壶:

> 这是一张四条腿的圆桌,铺了一块红灰相间格子的漆布,布的底色是一种中间色,一种发黄的白色,以前也许是象牙色的——或者就是白色的。正中央,一块方瓷代替了垫子,它的图案被放在上面的咖啡壶完全遮盖了,至少也被弄得面目难辨。
>
> 咖啡壶是褐色的陶釉。它的形状像一个圆球,上部是一

个圆柱形的过滤器,带一个蘑菇形的盖。壶嘴呈一种S形曲线,底部稍稍有些凸鼓。壶把可以说是一只耳朵的形状,或者不如说像一只耳朵的外缘;但那是一只做得很难看的耳朵,太圆了,又没有耳垂,这样倒有些像一只"瓦罐把手"的样子。壶嘴、壶把和蘑菇状的盖子都是奶油色的。其余一切部分都是清一色的浅褐,闪闪发亮。①

仔细阅读上面两段文字,我们可以发现,在第一段中,作者就是通过建立"圆桌——漆布——方瓷——咖啡壶"之间的空间关系而逐步引出咖啡壶的。在第二段文字中,作者在对咖啡壶进行描写时,采用了同化的方法。圆球形的咖啡壶、圆柱形的过滤器、呈S形曲线的壶嘴,这些都是将咖啡壶的整体或部件与几何形状进行对照。蘑菇形的盖子是选取了咖啡壶盖与蘑菇在形状上最为明显的相似性。作者还运用咖啡壶的部件与人体部分的类似之处进行描写:壶把呈耳朵的形状,确切地说是耳朵的外缘,不过是一个耳郭太圆、没有耳垂的耳朵。

我们可以再举一例。《法兰西遗嘱》中,叙述者"我"在外祖母家度假时,翻看了一本相册:

> 我在一个敞开的窗户下仔细翻看着那些照片,这种近乎虚幻的光线就照在相册上,这些也是我们相册中年代最久的照片,其中的画面已是无法回忆的1917年革命之前的镜头,重现了沙皇时代的景象。更有甚者,这些照片透过那个时代十分坚实的铁幕,时而把我带到一座哥特式大教堂前的广场

---

① 阿兰·罗伯-格里耶:《快照集 为了一种新小说》,余中先译,长沙:湖南美术出版社,2001年,第5页。

上,时而把我带到一座花园的林荫路上,那里的花草树木组成的各种似乎伸手可及的几何图案,使我瞠目结舌。①

这段描写运用了三种建立关系的操作。首先是将照片与年代之间建立时间关系:照片中反映的画面是1917年革命之前的沙皇时代的景象。随后,作者又将照片与地形之间建立了空间关系:这些照片有的拍下的是一座哥特式大教堂前的广场,有的拍下的是一座花园的林荫路。最后是同化操作,这一方法在这段文字中属于附属的操作描写,仅仅是在最后一笔带过:林荫路上的花草树木组成了各种各样的几何图案。作者运用建立关系操作对这些照片进行描写,使得读者与主人公一起,在翻看照片时深深沉浸在他们家族的古老历史中。

描写的最后一种操作方法是次主题化操作。这种操作是描写扩张产生的原因。通过体态化操作而选择的某个部分可以作为次主题,而它自身也被分成不同的体态而得到考量,这些体态是:可能具有的特点或者次要的部分。通过一种新的主题化操作(锁定是最基础的主题化操作),某个次要部分可以分为特点和部分而得到观察,而从理论上来讲,这种做法可以无穷无尽地继续下去。这种操作优先应用于体态化操作中的部分,以及建立关系操作中的借喻关系的建立。在比较性同化或隐喻性同化方面,主题化操作则非常罕见,或者仅仅用于对特点的描写("……您是我无与伦比、慷慨大方的雄狮"[隐喻性同化+特点主题化])。特点一般只能接受某种属于比较性延伸的操作(比如,"像……一样美"[特点+主题化-比较性同化]),总体而言,它们的功能在于结束延伸。同样,重组操作也是如此,它经常通过直接回到标题主

---

① 安德烈·马奇诺:《法兰西遗嘱》,王殿忠译,广州:花城出版社,1998年,第5页。

题的方式来结束序列。以尤瑟纳尔的《东方奇观》[1]为例。在其中的《王佛脱险记》中,通过主题化和建立关系的操作(比较性同化),有四个比喻和"林的妻子"这一标题主题的四个特点联结了起来:"林的妻子娇弱似芦苇、稚嫩如乳汁、甜得像口水、咸得似眼泪"。

在参照物方面,描写具有无限可能的开放性,但是从论证方向和描写序列在文本中的功能角度来看,这种开放性并不存在。建立在非常严格的等级化程序之上的描写可以被定义为一种序列化行为,这种行为由数量有限的操作进行支配,如下面的综合图表所示[2]:

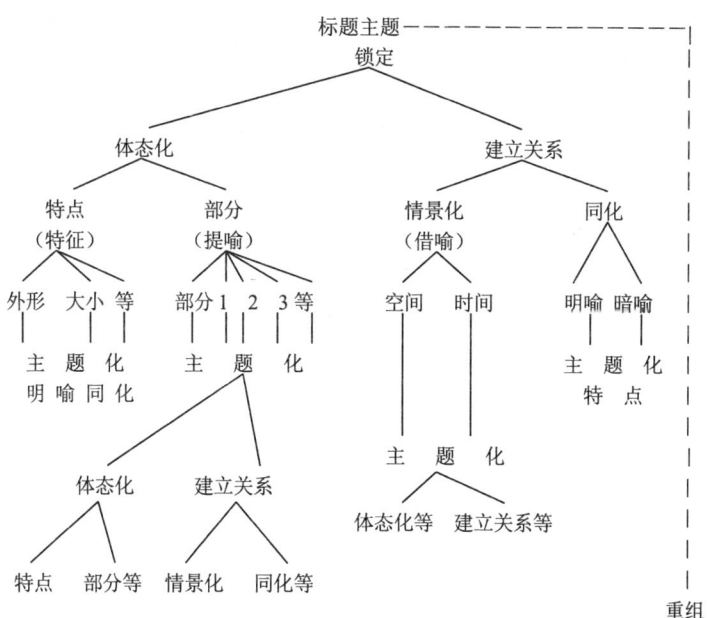

---

[1] 尤瑟纳尔:《东方奇观》,刘君强、老高放等译,桂林:漓江出版社,1986年。
[2] Jean-Michel Adam, *La Description*. Paris: PUF, 1993, p.115.

通过体态化操作，客体的不同方面（部分和/或特征）被引入话语之中。一方面，通过建立关系的操作，确认了客体在空间和时间上的位置；另一方面，通过明喻和暗喻组成的同化方法，在该客体和其他客体之间建立起关系。通过可有可无的主题化操作，无论哪一个部分都可以被放置于一个新的体态化和/或情景化的操作的开头，这种程序可以无穷无尽地继续下去。最后，不管话语的对象如何（是人还是物，是静止的还是运动的），都应该着重指出：同一个锁定操作指出了与在开头和/或结尾给出的标题主题相关的事物，从而确保了序列在语义上的统一性。

亚当绘制的综合图表简洁清晰地展现了描写在文本中的具体操作过程。他在另一部著作《描写型文本》[①]中归纳了文本中的描写体系，对于读者而言，该体系结构更加直观。亚当认为，描写是由名称（dénomination）和该名称的扩展（expansion）共同组成。名称是用名词或代词呈现某客体，它的位置灵活多变，可以放在该名称扩展的开头、中间或结尾。从宏观结构的角度看，描写体系中的名称就像一次谈话的主题（thème）或是一本书、一篇文章的标题（titre）。因此标题也可以称为标题主题，并将其看作建立宏观语义结构和序列结构的基础。标题主题这一说法我们在上面的描写操作分析中已经提及，此处补充说明一下其含义。

名称的定义扩展是指列举名称的特征。扩展又可以分为术语（nomenclature）和谓语（prédicat）。术语是指客体的各个组成部分或参与者的清单（N1, N2, N3……），与之相关的一系列谓语是对这些成分的断言（肯定或否定）或质疑（P1, P2, P3……）。从语法上看，谓语丰富多变，可以包括品质形容词、同位语、从句等。

---

① Jean-Michel Adam, *Le Texte descriptif*. Paris: Armand Colin, 2006, pp.108-112.

有些情况下，术语可以是单纯的列举，没有谓语，而在一连串的絮叨文字中，也可能只有谓语而没有术语。① 按照对于该描写体系的描述，我们可以列出该体系的图表：

标题主题 名称	定义扩展	
	术语	谓语
D	N1 N2 N3 …	P1 P2 P3 …

值得一提的是，在术语清单中，术语的列举不是无穷无尽、任意列举的，描写者需要按照他与潜在受众所共有的经验来对术语进行缩减和筛选。在某个既定的描写中，定义要素（术语和谓语）的出现顺序遵循特殊的进展。描写者选择合适的细节并在话语中将这些细节进行排序。

下面我们就尝试运用该描写体系具体分析《卡斯特罗修道院女院长》中的一段描写：

法乔拉森林，参天大树覆盖着往日的火山，这里是马可·西阿拉光辉业绩的最后一个舞台。每一个游客都会告诉你，这里是美不胜收的罗马郊野风景最优美的处所，那浓荫蔽日的景象似乎为悲剧而天造地设。它用苍翠的树木为阿尔巴诺山的顶峰作成美丽的王冠。

这风景如画的阿尔巴诺山，乃由罗马建成前若干世纪发生的某一次火山爆发而形成。远在史前时代，这座山便从昔

---

① Jean Milly, *Poétique des textes*. Paris: Editions Nathan, 1992, p.148.

日伸展在亚平宁山脉与大海之间的辽阔平原上拔地而起。高耸于法乔拉苍翠森林树木掩映之上的卡维山,是阿尔巴诺山的最高点。从特拉契纳和奥斯蒂亚也好,从罗马和蒂沃利也好,无论从哪里都能依稀望见卡维山。将近正午时分,从在游客中素享盛名的罗马城远眺视野尽头,便是这如今别墅遍布的阿尔巴诺山。卡维山顶,往日修有一座朱庇特神庙,拉丁人来到这里共同祭祀并进一步巩固一种类似宗教联盟组织的联系。如今这神庙已为一座黑衣僧修道院所代替。游客们在参天栗树的绿荫庇护下走上几个小时,便来到一块巨石前面,这是朱庇特神庙的遗迹。这浓荫,即使时至今日,对这种气候的国家来说,也很凉爽宜人。但是,走在遮天蔽日的浓荫之中,游客们却不免要心神不定地向森林深处张望,害怕会有强人出没……

朱庇特神庙遗迹的巨石,现在已成了黑衣僧修道院花园的围墙。要到这个地方去,直到现在,还可以取道昔日开国之初的几位罗马君主走过的"凯旋之路"。这条路由修凿得十分规整的石块铺成,在法乔拉森林深处,还可找到几段较长的残迹。

熄灭了的火山口,现已蓄满清澈的水,成了美丽的阿尔巴诺湖,周长五六里,深深镶嵌在火山熔岩之中。作为罗马之母并且早在罗马开国之初几位君主时代就被罗马政治所摧毁的阿尔巴,就坐落在火山口旁。不管怎么说吧,阿尔巴的遗址仍然存在。几个世纪以后,在距离阿尔巴四分之一里的地方,在临海的山坡上,现代世界的阿尔巴诺拔地而起。但是一堵岩壁将这座城市与湖泊分开,为城市遮住了湖泊,也为湖泊遮住了城市。人们从平原上远眺这座城市的时候,只见苍翠深邃的森林衬托着雪白的房屋,格外耀眼……

阿尔巴诺现在已有五六千人口……①

这一段文字详细描写了阿尔巴诺山。我们可以借助上文描写体系的图表具体分析这段描写的结构:

标题主题名称	定义扩展	
	术语	谓语
阿尔巴诺山	法乔拉森林	—参天大树 —马可·西阿拉光辉业绩的最后一个舞台 —美不胜收的罗马郊野风景最优美的处所 —浓荫蔽日 —树木苍翠 —阿尔巴诺山顶峰的美丽王冠
	卡维山	风景如画 —阿尔巴诺山的最高点 别墅遍布
	卡维山顶的朱庇特神庙	—往日存在 —拉丁人的祭祀、巩固一种宗教联盟组织 —如今为一座黑衣僧修道院所代替 —参天栗树 —凉爽宜人 —遮天蔽日
	绿荫	—朱庇特神庙的遗址 —现在为黑衣僧修道院花园的围墙
	巨石	—昔日开国之初的几位罗马君主走过 —由修凿得十分规整的石块铺成 —在法乔拉森林深处还有几段较长的残迹

---

① 斯丹达尔:《卡斯特罗修道院女院长》,袁树仁译,北京:人民文学出版社,1994年,第7—9页。

续 表

标题主题名称	定义扩展	
	术语	谓语
阿尔巴诺山	凯旋之路	—熄灭了的火山口,现已蓄满清澈的水 —美丽 —周长五六里 —深深镶嵌在火山熔岩之中
	阿尔巴诺湖	—罗马之母 —早在罗马开国之初几位君主时代就被罗马政治所摧毁 —坐落在火山口旁
	阿尔巴	—遗址仍然存在 —距离阿尔巴四分之一里 —在临海的山坡上 —现代城市 —一堵岩壁将其与湖泊分开 —雪白的房屋格外耀眼
	阿尔巴诺	—现在已有五六千人口

我们注意到,名称"阿尔巴诺山"单独出现了两次,均在第二段中,用谓语"风景如画"和"别墅遍布"修饰。扩展该标题主题的术语列举了阿尔巴诺山的组成部分,并且由这些组成部分可知,描写者对于阿尔巴诺山的描写是采取由远及近再到远这样一种远近景变换的聚焦镜头的前后推动:先描写法乔拉森林和卡维山这两个大的组成部分,而后再慢慢走近,具体描写朱庇特神庙、绿荫、巨石和"凯旋之路"这些细致的景观,描写细化到"修凿得十分规整的石块",然后又从远处总体描写阿尔巴诺湖、阿尔巴和阿尔巴诺。在远近的变换中,读者可以感觉到描写的动态。谓语在语法上采用了多种形式,如形容词("凉爽宜人")、同位语("作为罗马之母")、从句("昔日开国之初的几位罗马君主走过")等。从节奏角度看,对于各个术语的描写详略有致。从修辞角度看,描写

运用了一些比喻手法,如"马可·西阿拉光辉业绩的最后一个舞台""为阿尔巴诺山的顶峰作成美丽的王冠""风景如画""罗马之母"等。此外,谓语中还引入了许多历史因素。描写者通过对于术语和谓语的选取,可以让读者在想象中领略阿尔巴诺山的雄壮气势和宜人风景。同时,描写者还借此展现了阿尔巴诺山深厚的历史积淀,带领读者一同感受此地昔日的辉煌。

在考察了描写的具体操作和体系结构后,我们接下来就会考虑作者在文本中使用描写的用意何在。伊夫·勒特归纳出小说中描写的四种主要功能:模仿功能、资料功能、叙事功能和美学功能。[①] 下面我们逐个解释并举例具体说明这四种功能。

模仿功能是指描写对于现实的模仿。作者在描写中将故事背景锁定在特定的时空中,并介绍相关人物等,似乎这些要素都是真实存在的。这一功能的发挥在不同体裁的小说中会有一定的变化。在现实主义和自然主义小说中,这一功能尤为明显。发挥这一功能时,描写通常指明具体的空间标记和时间锁定,用大量细节描述某客体的结构和组成部分等。例如在《玛尔戈王后》开头的一段描写就具有模仿功能:

> 星期一,午夜。1572年8月18日。
> 令人不安的骚动声从圣日尔曼壕沟大街和阿斯特力斯大街传来,乱哄哄的、拥挤不堪的人群像是阴沉沉的大海,发出嘈杂的波涛声,拍打着卢浮宫宫墙、波旁宫的房基,在塞纳河畔回荡。[②]

[①] Yves Reyter, *Introduction à l'analyse du roman*. Paris: Dunod, 1996, pp.113 - 114.
[②] 大仲马:《玛尔戈王后》,郑剑、郑缨编译,上海:上海文化出版社,2000年,第1页。

描写的资料功能在19世纪逐渐发展起来。描写在叙事作品内部置入作者在资料阅读与调查过程中获得的知识。作者的这些必要的知识支撑可以来自他的笔记、卡片、百科全书、理论著作等等。作者将这些知识以描写的方式在文本中呈现出来,可以令资料性话语的插入变得自然化。不过,在有些情况下,例如在儒勒·凡尔纳的《海底两万里》[①]中,大量的资料性话语可能会让读者产生厌倦,觉得仿佛面对的是一本科技图书,大量的专业术语也会对阅读造成一定的困难。与之相比,同样具有百科全书性质的小说《布瓦尔和佩库歇》则在这方面做得较为成功。为了撰写这部未竟之作,福楼拜阅读了上千本书籍,做了大量的资料性笔记,在小说中融入了农业、园艺、果木、化学、解剖、生理、医学、天文、博物、地质、考古、历史、文学、戏剧、语言、美学、政治、体育、催眠术、通灵术、哲学、宗教、神学、骨相学、教育学等各种学科领域的知识。作者在小说中加入了幽默诙谐的讽刺因素,主人公在学习这些知识时做了许多荒唐可笑的实验。将这些笑料与资料性描写结合起来,就可以避免读者的枯燥与厌倦情绪。

叙事功能是指描写在故事的发展过程中扮演一定的角色。叙事功能覆盖的范围较为广泛,它提供环境指示,参与评价,在关键时刻延缓叙事节奏,为情节的发展设置标志。这些标志将文本的一个片段与另一个片段连接起来,我们唯有在事后才能理解这些标志。例如在侦探小说的案件调查中,作者常常会在描写中事先给出许多标志,这些标志在后来真相的逐渐明晰中才得以解释。描写的评价功能是叙事功能的一个附属功能,作者可以在描写中做出技术、社会、道德或美学方面的评价,这种评价可以是褒

[①] 儒尔·凡尔纳:《海底两万里》,沈国华、钱培鑫、曹德明译,南京:译林出版社,2003年。

义的,也可以是贬义的。至于描写提供环境指示、延缓叙事节奏的叙事功能,我们简单地举一个例子,这个例子在第三章中曾经引用过:《我走了》当中费雷与本加特内尔在圣塞瓦斯蒂安城的相遇。二人在桥上对峙,气氛紧张之时,插入了一段关于费雷身形的描写。这段描写既延缓了叙事节奏,让读者在紧张的时刻得到暂时喘息的机会,同时也给出了情节标志,使得下文费雷制服本加特内尔的结果在情理之中。

第四个是美学功能。任何描写都意味着作者在美学范畴内的立场。超现实主义小说拒绝陈词滥调和一些"明信片"式的描写。新小说中过度的描写与叙事呈现交战状态,解构了人物和情节。浪漫主义小说和现实主义小说热衷于运用暗喻、借喻、提喻等修辞手法。甚至对于被描写客体的选择也可以表明一个特定的时代,例如在《罗朗之歌》中对于剑的描写。美学功能可以提供一种文学、艺术或诗学价值,引起读者情感上的共鸣。在《玛尼爱拉》中有这样一段文字,描写从叙述者"我"的窗外掠过的一只蜻蜓:

> 蜻蜓浑身蓝里透灰,颤颤悠悠,晶莹剔透,一片迅疾的影子,美得令我难以置信。它在静谧中飞速掠过,恍若一幅尚未完成就已销毁的图画,恍若散落在沙滩上的足迹,一经海浪的触碰,便消失殆尽。这景致只维持了十秒钟,然后就不复存在了。[①]

这段描写给人以艺术上的美感,使用了比喻的修辞手法,并

---

① 菲力普·拉布罗:《玛尼爱拉》,刘红雨译,北京:中国文学出版社,2001年,第9页。

为读者开辟了广阔的想象空间,由此可见作者的浪漫主义立场。

伊夫·勒特归纳了上述四种描写的主要功能,并且指出,这些功能并不具有排他性,同一段描写可以同时具有多种功能。这种说法较为合理,我们可以为此找出一个例证。在《笑面人》中有一段对于雪暴的描写:

> 雪暴的特点是一片漆黑。下暴雨的时候,自然界陆地和海洋一般是黑乎乎的,天空颜色苍白,暴风雪期间这种现象正好颠了个个儿,天是黑色的,海上却一片白色。下面是泡沫,上面是黑暗。天边烟尘弥漫,云遮雾障,穹顶仿佛蒙上了黑纱。雪暴仿佛是在举办丧事的主教座堂里肆虐,只是在这主教座堂里没一丝光线。浪尖上没有圣-埃尔点火,没有火星,没有磷光,只有无边无际的黑暗。北极气旋不同于热带气旋,后者明火执仗,前者却偃灯熄火,世界仿佛整个儿被覆盖在地窖拱顶下。从这黑夜纷纷落下惨白的斑点,在天和海之间悠悠忽忽,这些斑点便是雪花,它们在空中飞舞、游移、飘荡。它们就像成了精的殓尸布的眼泪。它在疯狂的北风参与下播种眼泪。黑色被碾成了一片片白色,黑暗中发狂的人,坟墓里的喧闹,灵柩台下的狂风,这便是雪暴。①

这段描写介绍了暴雨和暴风雪期间天空和海洋的色差、北极气旋和热带气旋时天气的差异,这些都属于资料功能。其次,这段描写为下文单桅船在海上与风暴的搏击提供了环境标志,因而具有叙事功能。此外,描写中运用了多个比喻("穹顶仿佛蒙上了

---

① 雨果:《笑面人》,周国强译,北京:北京燕山出版社,2001年,第87页。

黑纱","雪暴仿佛是在举办丧事的主教座堂里肆虐","世界仿佛整个儿被覆盖在地窖拱顶下","这些斑点便是雪花","它们就像成了精的殓尸布的眼泪"等)和拟人手法("它在疯狂的北风参与下播种眼泪"),具有现实主义小说的美学功能。

对描写的修辞学探源及其历史演变的了解,为我们分析小说中的描写提供了理论背景;描写的具体操作和描写体系图式,在具体的文本层面上为我们提供了一些方法和工具;对描写功能的分析和总结从宏观角度考察了描写在小说文本中可能发挥的作用。"从古老的修辞学到现代新小说的叙事创新,人们都在努力探索描写的真谛,寻找描写与叙事的最佳结合点与平衡,以加强文学文本的美学效果。作为可读文本的'局部时刻'或'总体运动'(阿蒙),描写通过不同的操作方法,通过它所体现的文本功能,足以构成描写的"文学性",它也应该与叙事一样享有同等的文本地位。"[1]

---

[1] 张新木:《论文学描写的文本地位》,《国外文学》,2010年第4期,第26页。

第八章
文本的开放与互文

如果说小说的符号分析显示出一种内部的形式结构,那么小说中还有一种外部的互文结构。我们对叙事文本进行切分,分析其主要叙事要素,这种考察仅局限于小说文本之内。然而每个文本都处于特定的语境之中,以这个语境为基本参照。将小说和社会伦理道德连接起来,寻找叙述结构的出口,即面向现实生活的出口。"这样,'生活'变成了作品不可分割的一部分:它的存在是一个根本要素,我们必须了解这一点,以便更好地理解叙事作品的结构。只有到了这时社会方面的干预才有其理由,而且完全是必要的。作品可以到此为止,因为它已经在现实中建立了秩序。"[1]一部作品虽然自成体系,但绝不是完全封闭的体系,就连托多罗夫也认为作品有两个秩序:作品的叙述秩序和作品的社会语境秩序。小说文本必然对外部世界产生影响,同时也受到外部的影响,与其他的叙事作品发生联系,读者必须对它进行解码、理解和阐释。这种对文本外部因素的参照形成了文本的开放性,就叙

---

[1] Tzvetan Todorov, «Les Catégories du récit littéraire», dans Roland Barthes, A. J. Greimas, Claude Bremond et al., *L'Analyse structurale du récit. Communications*, 8, 1966. Paris: Editions du Seuil, 1981, p.156.

事角度而言,存在一个开放的符号场。本章中我们将从整体上把握小说文本,探讨文学符号的开放与互动问题。

一 文本的开放性

意大利学者艾柯在《开放的作品》中指出,"一部艺术作品一方面是一个物品,我们可以找到它的特殊形式,作者通过作用于消费者智力与敏感性的布局,故意创造出一个能被人欣赏和理解的完成形式。另一方面,通过对刺激分布点的反应,在试图发现和理解它们之间的关系时,每个消费者施加了个人的情感,特定的文化,不同的爱好,各自的倾向,还有一些偏见,这些都会将愉悦引向读者特定的前景中"[1]。作为文学作品的小说,在被读时同样面对这一状况。关于文本的开放性问题,可以从两个角度进行研究:小说本身的结构和小说与外界的关联。

从小说文本本身的结构来看,传统小说属于封闭型结构,意义的表达是基本固定的,读者通过阅读文本基本可以把握作者在小说中传达的内容。然而有一些现代作家倡导文本结构的开放性。米歇尔·阿里维对现代文本的结构开放性作了简要分析。[2] 他认为,这一开放性可以通过多种方式表现出来,例如在文本中拒绝使用句号和首字母大写等。许多现代小说有时会以一种近乎天真的挑衅方式来拒绝文本的封闭。以弗朗索瓦·威尔冈的

---

[1] Umberto Eco, *L'oeuvre ouverte*. Paris: Seuil, 1979, Traduit de l'italien par Chantal Roux de Bézieux. p.17.

[2] Michel Arrivé, *La Sémiotique littéraire*, dans J.-C. Coquet, *Sémiotique: L'Ecole de Paris*. Paris: Hachette, 1982, pp.134 - 136.

小说《小丑》为例。小说的"结尾"之前出现了一个"跛","结尾之后"又紧接着有第二个"跛",然后才是一个"句号"(一个明朗化的标点)。阿里维认为,谈论文本的开放或封闭,这种说法未免过于简单化了,因为文本是一个复杂的客体。当小说家拒绝大写字母或句号时,这意味着话语的开放。相反,文本结尾重述文本开头语词的这一方法标志着话语的封闭。然而,当文本结束时的情境恰恰与文本开头的情境相接时,在这种情况下,封闭的是故事。当然,封闭的故事可以由开放的话语来表现;同样,开放的故事也可以由封闭的话语来表现。阿里维坦言,这些特征并非总是易于辨认,尤其是在故事开放的情况下。我们在绪论中已经提到,依据这些特征,他设想建立一种文学文本的类型学,区分出四类文本:

1. 话语封闭,故事封闭:古典悲剧、传统形式的侦探小说等就属于这一类型。

2. 话语封闭,故事开放:这类文本没有结局,或是参照历史年代,或是不断回到同样的人物身上,形成小说的循环等。

3. 话语开放,故事开放:例如新小说。

4. 话语开放,故事封闭:这种情况最为罕见,因为故事的封闭常常作为话语封闭的符号。由此,在这类文本中,需要出现话语不封闭的明显标记。阿尔弗雷德·雅里的《梅萨利纳》就是一个很好的例子。由此,我们可以看出,在讨论开放性时,阿里维既考虑了话语的开放或封闭,也考虑了故事的开放或封闭。因此,除了第一和第三类文本,我们无法单纯地谈论文本的开放或者封闭。

从小说文本与外界的关联来看,小说都具有一定的开放性。这里所说的开放性与阿里维研究的开放性并不是同一层意思,与文本本身的结构无关。伊夫·勒特认为,文本可以与外部世界或者其他作品产生关联,读者对之进行解码并参与作品的理解和阐释。这些参照机制构成了文本的开放性。按照文本与外部世界和其他作品的关联,勒特从两个方面来研究文本的开放性:现实主义和跨文本性。[1]

现实主义是一个多义词语,既可以指十九世纪的一个文学流派,也可以指文本通过某些方法给读者以真实的印象,此处的现实主义指的是后者。不过,需要指出的是,现实主义和自然主义小说家已经将这些方法系统化和理论化,这些方法沿用至今,因为大部分文学作品仍然会给人一种幻觉,觉得作品中的故事是实实在在发生的。这是两种异质现实的相似效果:一种是文本的语言世界,一种是文本外部的语言或非语言世界(人、物、事件、言语等)。因此,这种模仿的幻象并非自然生成的,而是作者构建的结果。作者由四条轴线出发,进行幻象的构建:叙事的自然化、时空的嵌入、动机和相像、教学性考虑。

叙事不应当阻碍读者相信其真实性。相反,叙事应证实故事的真实性。为了达到这一目的,作者可以采取两条途径。第一,证实故事的来源:叙述者从一个值得信赖的人那里得知了这个故事,并且这个故事正是在那个人身上真实发生的。第二,对于故事的来源避而不谈,并且避免对于陈述行为的任何参照。由此,叙述变得透明化了,似乎故事就呈现在读者的眼前,不经过任何媒介的转换,故事就像一个真实的事件存在着。在第二种途径中,话语常常不包含任何距离标记,不带任何夸张或讽刺,不插入过于明显的叙述者评论,不以某种主观意识的产物出现。这是一

---

[1] Yves Reuter, *Introduction à l'analyse du roman*. Paris: Dunod, 1996, pp.132 - 141.

种可靠的话语,排斥任何过于惬意陶醉的主题(充满诗情画意的地方、触动心弦的情爱或家庭场景等),或者过于令人不适的主题(令人恐惧的处所、恐怖场景等)。这与长篇连载小说正好相反。长篇连载小说乐于选用这些主题,并用感性的叙事话语使得这些主题更加突出。现实主义的作品在开头就会下足功夫、字字斟酌,因为作者是选择证实故事的来源或者抹去叙事的痕迹,这从文本一开始就会表现出来。这里我们以两部小说的开头为例,具体看看达到叙事自然化的这两种途径。

>我的见解是,唯有悉心研究过人,才能塑造人物,正如只有认真地学习过一种语言,才会讲这种语言一样。
>由于我还没有达到笔下生花的年龄,我只好满足于平铺直叙。
>因此,我恳请读者相信这个故事的真实性,故事中的所有人物,除了女主人公,至今还活在人世。
>另外,我在这里搜集的大半材料,在巴黎有一些见证人,倘若我的证据不够的话,他们可以做证。出于特殊的机会,唯独我才能将这个故事实录下来,因为只有我了解得巨细无遗,不然的话,无法写出一部兴味盎然的完整故事。
>下面谈谈我是怎样了解这些详情的。……[①]

这段文字是小说《茶花女》的开头,采用了第一种叙事自然化的途径。叙述者强调了这个故事的真实性,指出故事中的所有人物仍然在世,可以作为他的证人。接下来就讲述了他搜集这些资

[①] 小仲马:《茶花女》,郑克鲁译,南京:译林出版社,2001年,第1页。

料的过程。由于篇幅过长,此处没有引用叙述者如何了解详情的那段文字,这段文字中点明了具体的时间、地点。一八四七年三月十二日,叙述者在拉菲路看到一位过世物主的家具和贵重古玩要进行拍卖的广告。拍卖于十六日从正午到下午五点在昂坦街九号举行。另外,十三日和十四日可以事先参观这套公寓和家具。于是,叙述者就去参观了那套公寓,并进而一步步了解了物主玛格丽特·戈蒂埃小姐的故事。如此详细的时间、地点,大量的见证人,大大增强了故事的真实性,使得读者相信这是一个真实发生的故事。而莫泊桑的小说《港口》的开头,作者采用了第二条途径。

  三桅横帆船护风圣母号一八八二年五月三日离开勒阿弗尔,开往中国海域,经过四年航行,终于在一八八六年八月八日回到了马赛港,它到了中国港口,卸下它载运的头一批货,立刻又接到了一批货物,运到布宜诺斯艾利斯,从那儿又装了商品运往巴西。
  另外的几次航程,外加海损啦,修理啦,几个月的无风期啦,把船刮出航线的大风啦,总之,海上的种种事故、危险和不幸使这条诺曼底三桅帆船远离祖国,直到现在才载着满舱的美国罐头食品,回到马赛。①

小说开头,叙述者并未像前一例中那样竭力证实故事的真实性,而是将自己隐匿起来,采用一种类似于纪实性的中性文字,明

---

① 莫泊桑:《莫泊桑中短篇精选》,郝运、赵少侯译,贵阳:贵州人民出版社,2001年,第483页。

确交代了这条三桅帆船航行的具体日期和行程,没有掺杂任何的主观情感。这样的文字也能够达到一种真实的效果。伊夫·勒特还指出,现代小说家逐渐将真实效果与一种同故事叙述联系起来。现实主义从(客观的)世界真实转向(主观的)观察世界的眼光的真实。

构建模仿幻象的第二条轴线是将故事嵌入特定的时空。任何现实小说都表现为一个"生活的片段",是从现实生活故事中抽取出的一段时间内发生的故事。为了达到这一点,小说应当让读者产生这样一种印象,即故事只是一个时间片段,它在作品的空间之外仍然有在它之前和之后的时间段。因此文本常常借助于过往(回忆、对于家族的简单注释、之前发生的事件等)或者可以预见的未来(预感、后续行动的介绍等)。这包含一些典型的人物和场景,其功能在于证实这些信息:医生、神甫、世交、儿时玩伴、家人或朋友之间相聚或分离的场景(婚宴、葬礼、关系不和睦等)。现实效果同样也依靠文本与文本之外世界的一些共同的时空标记:年代的划分、日期、时间、地点等。将真实历史事件中的参照性人物置于文本的虚构人物中间,使真实的历史与小说的故事交错起来,这样也能产生真实的效果。这一方法可以解释一些名称、地点或人物的复现,能够让人感觉到虚拟与真实之间的同一性。这种方法允许作品对历史上的某些"阴影区域"进行一定的变动,正如侦探小说中常常所做的那样。但是,该方法排除与我们的历史知识相悖的任何情节(例如一个人物不可能在1952年刺杀戴高乐将军)。

现实效果还依靠动机和相像。这需要排除离奇的情节、前后的不一致或者模糊性。由此,作者要重视人物的心理动机,以证实情节的进展。对于人物行动的前后承接而言,因果系统是最为

第八章　文本的开放与互文

基本的。动机扩展到人物的名字和地点的名称。人物名和地点名通过其国家或社会的内涵、通过适合其条件的平庸、通过对其来源的解释被赋予动机。这包含一些不断出现的场景（洗礼、介绍、对某地的参观等）和使得这一知识循环"自然化"的人物（文献学家、系谱专家、导游等）。

通过单纯的信息反复或以各种形式出现的信息重复，动机得以确定，模糊性得以消除。因此，人物的确定需要积累大量一致的要素，这些要素通过人物的个人或职业活动、生活和工作的地点等体现出来。因此，借喻的修辞方法受到青睐，并且在表现人物状态或转变的迁居场景中得以实现。

作者有时从人物最为平常的举动来展现人物（起床、睡觉、吃饭等），因此有些人指责这些文本庸俗乏味。其实，作者是要对人物进行"拆卸"，了解人物的"动力"和"机件"。因此，这必然会限制传统意义上的主人公的位置，将正面或负面的角色与品格分配到更多的行动者身上。此外，这也会限制表象与真相之间的畸变（不会发生情节剧中的那种突然出现的揭露或认清真相的情况）和人物反应的复杂性。在这种情况下，文本运用一种说明性的解释。

现实效果将缩减作品的不确定因素，如悬念、延迟、圈套、惊奇效果等。这些不确定因素会损害作品的动机和相像。现实效果关注的是行动连接的规定性和动机，而不是质疑或中断行动连接的因素。动机还可以来源于功能的"过剩"，即没有叙事效用的"细节"：这主要是想让读者觉得这是真实的，并非杜撰，事情本来就是这样。

构建模仿幻象的最后一条轴线是出于教学性的考虑。信息和知识证实并解释了虚构的世界；反之，现实的幻象保证了文本中所提供知识的恰当合理。这种对于信息的关注表现为融入作品中的插图、图表或图样以及参照等。文本所表现的内容借助于可见之物(眼光以及后来的相片主题非常重要)。一些人物被设置为信息的保证人。现实主义可以借助于专家(如医生、画家、技术人员等)在运用知识的场景中向非专业人士进行解释(正如作者向读者解释)。由此可以更好地理解描写或者解释性序列的重要作用,更好地理解援引的技术词汇和职业用语。

事实上,现实效果将文本作为历史、科学等知识的话语来加以呈现,并对真/假和可证实/不可证实进行评判。标题和副标题强调了这一愿望,如"历史""传闻"等。一些前言和后记也会透露这一愿望。最极端的例子就是资料性小说,作者在附录中明确引用信息来源(证据、文献资料等)。尽力接近现实的愿望,还有教学性考虑的期望常常会达到一种完整性,具体表现为一些完整的过程:从生到死、由失败到成功、社会地位由高至低等,似乎抓住了这些端点就能确保我们对所论述的主体拥有完整的认识。这种完整性还表现为烦琐的细节和对于细节的归类划分,唯恐有任何遗漏,这就产生了长篇幅的描写。左拉在《巴黎的肚子》①中有多处试图以这种方式来竭力展现现实。

菲利普·阿蒙也对能产生现实效果的要求进行了综合表述,包括语言次于现实,并在现实之外;传递风格、陈述行为等信息的举动应当尽力抹去;读者应当相信作者所传达的关于世界的信息是真实无误的;等等。

除却现实主义,文本的开放性还表现在文本与其他文本之间的关联上,即跨文本性。如今评论界对这个问题非常关注,

---

① 埃米尔·左拉:《巴黎的肚子》,金铿然、骆雪涓译,北京:文化艺术出版社,1991年。

认为任何文本都或隐或显地与其他文本存在联系。热奈特在《隐迹稿本》中把这一现象称作跨文本性（transtextualité）。热奈特认为，跨文本性主要表现为文本之间的五种关系类型：文本间性（intertextualité）、副文本性（paratextualité）、元文本性（métatextualité）、承文本性（hypertextualité）和广义文本性（architextualité）。

热奈特将文本间性定义为"两个或若干个文本之间的互现关系，从本相上最经常地表现为一文本在另一文本中的实际出现"①。文本间性也有另外一种译法：互文性。这个概念并非热奈特首先提出，而是经过了作家和研究者们很长时间的探索和研究，最终形成了"文本间性"的明确概念。②

对于文学文本之间相互关系的关注，在欧美已有悠久的传统。十八世纪初，英国作家亚历山大·蒲柏在维吉尔的作品中发现了荷马。艾略特凭借敏锐的文学眼光发现，诗歌作品都具有相互指涉性，诗人的主体性、特殊性只是对他人诗作的反映。到了二十世纪六十年代，克里斯蒂瓦在论文《巴赫金：词语、对话和小说》《封闭的文本》和《文本的结构化问题》中均使用了新创的"文本间性"一词，并指出，该理论直接源自巴赫金的对话主义思想。对话形式在柏拉图的对话录中就已经出现，后来作为一种思维方式运用于康德的二律背反和黑格尔的辩证法中。巴赫金将其作为一种语言哲学方法来考察文本和文化。对话主义指话语中存在两个或多个声音，它们相互作用，形成肯定和否定、判断和补充、问和答等多种言语关系。巴赫金还提出了小说的"复调"理

---

① 热拉尔·热奈特：《热奈特论文集》，史忠义译，天津：百花文艺出版社，2000年，第69页。
② "文本间性"概念的诞生参见王瑾：《互文性》，桂林：广西师范大学出版社，2005年，第3—48页。

论,认为复调小说中存在全面对话和多个声部。人物拥有与作者平等的地位,能够表达自己的主观思想,与作者进行平等的对话。在此基础上,巴赫金进一步提出了"文学的狂欢化"概念,用以指产生于文化危机时期的复调小说。这一概念暗示了在文学批评、社会学等不同领域间建立互文关系的可能性。巴赫金的对话主义的互文思想为文学研究开辟了全新的道路。克里斯蒂瓦丰富并发展了巴赫金的对话主义思想,提出了"文本间性"的概念,指每个文本都是对之前文本的吸收和转化,文本中的语义成分指向之前的其他文本,将现在的文本置于紧密相连的更大的社会文本中。克里斯蒂瓦还把文本分为现象文本(phénotexte)和生殖文本(génotexte)两类。现象文本在具体陈述的结构中自行呈现,而生殖文本是构成现象文本、产生意义的场所,二者共同构成意指过程,文本间性就产生于现象文本和生殖文本之间交流的"零度时刻"。而后,罗兰·巴特、布鲁姆、德里达等众多学者均对文本间性的概念进行了独创性的研究。

文本间性主要有三种表现形式。首先是引用,这是最为明显的形式,另一文本的文字在该文本中以引号内文字的形式出现;其次是剽窃,这是一种秘而不宣的形式;最后是寓意形式,这种形式不甚明显,该文本中的某种变化只有在影射到另一文本,与另一文本建立关系时,这种寓意才能够被理解。伊夫·勒特指出,蒙田、拉伯雷等十六世纪的作家,总的来说是古典作家都善于使用这些文本间性的形式。后来,文本间性仍然占有重要地位,不过渐渐地以在文学作品中一闪而过的形式变得委婉化了。他认为文本间性还有另外一种可能的形式,就是不断反复提及先前作品中的要素,如人物、行动等。从方法论的角度来看,在研究文本间性时,我们不应将重点放在确定作品中的模仿借用上,而是要研究另一文本是以何种方式融入该文本的,产生了哪些变化,具有怎样丰富多变的功能等。

文学作品的文本间性具有多种功能。[①] 首先,是传递功能。我们可以通过文本间性传递已知的表达方式和语言,被传递的文字通过在另一文本中出现的方式延续自己的生命。其次,是激发功能。指在复述先前作品的文字时赋予其不同的语义,转移这些表述的原有方向,激发新的意义。再次,作者需要凭借一些要素来构建故事的时空,这些要素依靠叙述性资料和典籍资料的剪辑。司汤达凭借对近代历史的了解,并且大量阅读关于文艺复兴史的资料,从而写就了《巴马修道院》[②]。作者在巴马修道院中融合了多个空间和时代。最后,小说中的人物名字也可以具有文本间性。作者可以采用先前作品中人们熟知的某个人物的名字,运用他为人熟知的个性特征;作者也可以围绕该人物,在自己的作品中赋予其新的特征。

跨文本性的第二种关系类型为副文本性,指的是文本与书籍内部、文本之外的内容之间的关系,包括标题、副标题、前言、后记、告读者、注释、引语、插图、护封以及前文本(草稿、大纲等)。这涵盖了书籍内部出现的文字、图像等所有与文本异质的成分,这些成分可以由作者或他人控制,在作者生前或死后出现。这些成分至关重要,它们在很大程度上决定了作品的选择以及读者的阅读和期待。大仲马在《三个火枪手》[③]的序中点明了他初次从中发现三个火枪手名字的作品《达尔大尼央先生回忆录》,并声称

[①] 参见蒂菲纳·萨莫瓦约:《互文性研究》,邵炜译,天津:天津人民出版社,2003年,第88—91页。
[②] 斯丹达尔:《巴马修道院》,罗芃译,南京:译林出版社,2005年。
[③] 大仲马:《三个火枪手》,郝运、王振孙译,上海:上海译文出版社,2001年。

《三个火枪手》一书是他发现的一个不为人知的手写本的前一部分,这部手写本的标题为《德·拉费尔伯爵先生回忆录——有关路易十三国王统治末期到路易十四国王统治初期的这段时间在法国发生的几件大事》,预先提供了小说中故事发生的时间和地点。《都兰趣话》①的末尾有他人加上的后记,评述了该书的写作方式(巴尔扎克用拉伯雷式的文风撰写了一部《十日谈》式的作品),文本的篇章构成,内容的覆盖范围(多涉人间风月、男女私情)和字里行间的含义传达(鞭辟入里的讽刺和对人类美好情感的颂扬)。《康素爱萝》②的结尾有一个附注,是与读者的对话。附注中预先指出,感兴趣的读者将在下一部小说中了解到康素爱萝长途跋涉的下文,以及阿尔贝伯爵死后发生的事情。

这些副文本的成分也能反映出文学史的演变,因为随着时代的变化,书籍本身的形式(封面、标题等)也会发生改变,从而使具体的阅读实践产生相应的变化。此外,对于前文本的研究拓展了一个新的研究领域,即文本发生学,通过草稿或准备性资料对作品进行诠释,通过探寻作家构思和创作作品的秘密来重构文本的生成过程。

作者在标题、题词或者告读者等中可以自行归纳出作品的意义。《卡门》的开头有一段题词,是帕拉迪乌斯在希腊诗文选第六卷中的一句话:

女人毒怨如胆汁,仅有两个惬意期:

---

① 巴尔扎克:《都兰趣话》,施康强译,呼和浩特:内蒙古人民出版社,1994年。
② 乔治·桑:《康素爱萝》,郑克鲁、金志平译,南京:译林出版社,1998年。

——在颠鸾倒凤时,再是香消玉殒日。①

这既暗示了女主人公的叛逆性格(敢作敢为、狂放不羁且以走私贩子兼强盗的身份出现),也预示了她的命运(她决不隐瞒自己的感情,当自己不再爱何塞时,在死亡的威胁面前毫不妥协,毅然走向了死亡)。

再举一例。《悲惨世界》这一标题就概括了小说的主要故事导向。小说的文本之前有一段作者序言:

> 只要由法律和习俗造成的社会惩罚依然存在,在文明鼎盛时期人为地制造地狱,在神赋的命运之上人为地妄加噩运;只要二十世纪的三大问题——男人因贫穷而沉沦,女人因饥饿而堕落,儿童因黑暗而愚蒙——得不到解决;只要在有些地区,社会窒息的现象依然存在,换句话说,从更广义的角度看,只要地球上还存在着愚昧和贫困,像本书这一类作品就不会是无益的。②

这段序言点出了该书的意义,即揭露人类的愚昧贫困状态,抨击社会的不公正现象,为社会提供一面镜子,用以更直接地暴露出存在的问题,以期改变这样的现状。

第三种关系类型是元文本性,指的是连接一个文本与它所谈论的另一个文本的评论关系。这一关系可以存在于一本小说中,

---

① 梅里美:《高龙巴:梅里美中短篇小说选》,傅雷、杨松荫译,北京:华文出版社,1998年,第162页。

② 雨果:《悲惨世界》,潘丽珍译,南京:译林出版社,2001年。

例如在作品中加入作者或他人对于该小说的评论；多少带有虚构成分的自传也属于这一类型，它将一些评论反应插入被叙述的故事中。索莱斯大量运用了这一关系，克里斯蒂瓦在《武士》中也运用了元文本性。弗朗索瓦-奥利维埃·卢梭的《世纪儿》①中就对乔治·桑和缪塞的作品进行了评论，另外也对大仲马和雨果等作家的作品进行了评价。

元文本性也可以像广告一样，以副文本性的形式出现。在一些小说的封底页上，我们会看到被引用的关于该小说的一些评论性文字。由此可以看出，跨文本的关系变得复杂化了，相互之间产生了多种关联。现代小说中还存在一种元文本性的情况，即通过纹心结构，叙述者自己评论或让他人评论他写作的这本小说。

承文本性表示连接一个文本 B（承文本）与先前的另一文本 A（蓝本）的非评论性攀附关系。在这个二级文本的广阔领域中，热奈特按照关系（模仿或改造）和体制（游戏体、讽刺或严肃体）进行了多种区分。其中最为著名的是戏仿。戏仿是通过模仿来表述文学史上已经存在的客体或表达方式，通常表现为对于文学体裁的模仿。戏仿方法夸张地运用既有的叙事规则，并以此颠覆传统作品。《我走了》②便借用了一些文学体裁，如探险小说、侦探小说、爱情小说等。艾什诺兹采用了这些体裁的小说的惯用叙述方式，如探险小说中的异国情调、侦探小说案件调查过程中的悬念设置、爱情小说中的感情游戏等。不过，作者并没有严格地遵循这些规则，而是进行了革命性的改造，没有详细描写探险中曲折的寻找过程，没有描写警察追捕嫌犯时的紧张氛围。这些过程都

---

① 弗朗索瓦-奥利维埃·卢梭：《世纪儿》，刘和平译，桂林：广西师范大学出版社，2001年。
② 让·艾什诺兹：《我走了》，余中先译，长沙：湖南文艺出版社，2000年。

没有细节性的分析描写。爱情小说中也没有常见的海誓山盟。艾什诺兹突破了传统写作手法的约束,借用这些体裁的形式,并按照自己的意愿填充内容,这些戏仿构成了其小说的独特之处。

当然,承文本性这一关系可以是或隐或显的,倘若有些读者不了解蓝本或未能在承文本与蓝本之间建立联系,则会忽略这一关系。《我走了》中则模仿阿尔弗雷德·雅里的《愚比王》①、贝克特的《莫菲》中的一句话,以及《情感教育》中的一段话,并进行了相应的改写。这是向文学大师们致敬的一种形式。读者需要进行仔细地阅读和思考才能发现这一关系。当然,承文本性可以产生多种偏移,一个蓝本可以进行多种变形,产生多个相应的承文本。

最后一种跨文本的关系类型是广义文本性,这是最为抽象的一种暗含关系,有时会由简单的副文本标记提示(如散文、小说等字眼出现在标题中或者封面上)。广义文本性属于类属关系,这可以决定对于该文本的构建、读者的阅读期待和阅读方式。不过,类属的概念并不是绝对的,并且有时难以判断,通常不是作者可以明确规定的,而是由读者和评论家来断定。并且随着时代的变迁和读者群的变换,这一判断也会存在一定的差异。巴尔扎克将自己的作品群命名为《人间喜剧》,然而这一类属的划定并非作者可以确定的,仍要由读者经过阅读之后才能判断。

伊夫·勒特在热奈特主要关于文学文本的跨文本性研究的基础之上进行了跨文本性的推广,将小说与其他诸如日常、政治和科学等社会话语联系起来,并对三类现象予以关注。首先,现实主义也参照了已经被看见、了解或说过的事物。它建立在一种认知作用的基础上,在很多情况下需要通过一些老套的话语和固

---

① 阿尔弗雷德·雅里:《愚比王》,周铭译,北京:中国戏剧出版社,2006年。

定的表达等来体现。读者辨认出的并非现实,而是一种谈论现实的方式,一种指示现实的话语。这些要素的确定以及它们的数量和使用情况也是文本分析的一个重要组成部分。十九世纪以来,这些老套的话语和僵化的表达成为一些作家的困扰,有的作家试图从中摆脱出来。福楼拜的《布瓦尔和佩库歇》[①]以及《庸见词典》就对这些陈词滥调进行了嘲讽。现实主义常常被揭示出是一种观察现实的约定俗成的眼光,因此人们不断地想要改变表现现实的方式。

其次,小说可以捍卫或阐明文学、政治或者科学方面的某个观点。在这种情况下,跨文本性就受限于小说文本。不过,在分析文本时需谨慎,因为写作本身有时会让小说走形,引入作家始料未及的矛盾,并由此产生作家预期之外的对于文本的其他接受方式。夏多布里昂的小说《勒内》[②]就属于这一情况。因此,评论时应当仔细对照作家的计划和文本被实现或接受的实际情况。

最后,在大多数情况下,小说会混合众多话语,如社会话语和文学话语、异质话语和矛盾话语等等。巴赫金正是按照这一标准,通过分析拉伯雷和陀思妥耶夫斯基的作品,确定了对话小说。这与符合社会统一编码的单一话语的独白小说相对立。话语和文本之间不断地产生对话,这些不同的声音借助特定的叙述方式和人物在文本中组织起来,产生特殊的意义效果。现实主义和跨文本性从两个不同的角度共同构成了文本面向外界的开放性。这些开放性是读者在阅读小说时需要予以关注的。从读者的立场来看,对于小说的阅读还存在一个构建工作。

[①] 福楼拜:《布瓦尔和佩库歇》,刘方译,《福楼拜小说全集》(下),北京:人民文学出版社,2002年。

[②] 夏多布里昂:《阿达拉 勒内》,时雨译,北京:外国文学出版社,1983年。

二 构建性阅读

根据上文分析可知,对于文本中涉及开放性的内容,即作者为增强现实效果向小说虚拟世界引入历史上的真实人物或事件,或作者借助与其他文本的跨文本性关联试图传达特定的意义,读者需要凭借自身的历史、政治等知识框架、文学素养、细致的阅读以及丰富的联想,才能准确地揣摩出作者的意图,正确地构建开放部分的内容。

二十世纪后期的文学批评者们将目光转向了读者,倡导读者的阅读自由,其中最具代表性的人物当数罗兰·巴特。巴特提出了"可读性文本"和"可写性文本"两种文本类型。在可读性文本中,能指和所指是预设的,读者可以在不断的阅读中解读和把握有限的意义。这是一种封闭的、整体呈现的文本。对可读性文本的解读是解释性的,不具备创新性。可读性文本无法被重写和再创造,只可被阅读,不能被写作。古典作品属于可读性文本。而可写性文本是一种可供读者参与重新书写的文本,可以被重写、再创造。它消解了文本内部的有限性制约,为读者以自己的方式解读文本留下了广阔的意义空间。读者不再是被动的文本的消费者,而变身成为文本的创造者,参与重写作者提供的文本样本,创造出文本的全新意义,最终完成文本。可写性文本可以被无限重读和重写。大多数现代主义和后现代主义作品都属于可写性文本。[1]

---

[1] 参见项晓敏:《零度写作与人的自由——罗兰·巴尔特美学思想研究》,上海:复旦大学出版社,2003年,第215—216页。

在《罗兰·巴特自述》中,巴特又尝试提出了第三种文本实体:可接受的文本。"可接受的可以是不能卒读的,作为棘手的文本,它缠住你,它在任何可能的理解之外继续生产,而且其功能——显然是由续写者来承担——就在于否认作品的商业性束缚;这种文本,由于是被一种不可公开的想法所引导,便求助于下面的答案:我不能阅读,也不能写作您生产的东西,但是我接受它,就像是接受一种火、一种毒品、一种神秘的解体。"①

然而,罗兰·巴特进行了颠覆性的阅读实践,在《S/Z》中以某种方式重写了巴尔扎克的短篇小说《萨拉辛》,对所谓的"可读性文本"进行了近乎毁灭性的分析。巴特认为能指与所指之间并不存在固定的关系,试图瓦解对于古典作品的标准化阅读方式。巴特在书中将《萨拉辛》的前半部分分为两个阅读单位,后半部分分为三个阅读单位,将小说拆成561个阅读片段,用五种符码分析文本,即阐释符码、意素符码、象征符码、行动符码和文化符码:

> "阐释符码的清单旨在区别一些不同的(形式)词语,某个谜随着这些词语而集中、形成和表达,然后拖延卖关,最后揭开谜底;至于意素符码,我们不会把它们提到某种高度——即不尝试也不刻意将其与人物(某地某物)关联,也不让其自行组织成某个主题场域;要让意素符码处于不稳定和分散中,使其成为灰尘的微粒,熠熠闪烁的粒子。我们还要谨慎地构建象征符码;这个场域是多价和可逆的专门场所。其主要任务就是要展示,我们正在通过多个同等的入口走向

---

① 罗兰·巴特:《罗兰·巴特自述》,怀宇译,天津:百花文艺出版社,2002年,第92页。

这个场域,这就使得象征符码的深度和秘密都难以确定。行为符码(行动符码)将组织成多种的序列,符码清单会列出它们的轨迹;因为行动的序列从来就是阅读的人为动作:任何阅读文本的人都会收集某些信息,并且采用普通行动的名称(散步、谋杀、约会),正是这个名称形成了序列。一个序列要能成立,也只有在可以命名它的时刻,随着命名的节奏而进展,命名将自行寻找,自行证明;行动序列的基础更取决于经验而不取决于逻辑,要硬性地让其进入某种合法的关系秩序,那是徒劳;它的逻辑无非就是**已经做**(déjà-fait)或**已经读**(déjà-lu);于是就有了序列的多样性(有时是普通的,有时是小说的)和词语的多样性(很多词语或很少词语);这里,我们不再去尝试建构这些序列:对这些序列的(外部和内部)清点就足以展示其结构的多重意义,这就是意义交织。最后是文化符码,它们是对某一学科或某一智慧的引用;清点这些符码仅限于指出某类被引用的知识(物理、生理、医学、心理、文学、历史等等),从不尝试去构建——或重建——它们所连接的文化。"①

从本质上来说,巴特的分析把"可读性文本"转变为了"可写性文本"。他把文本从其背景、语境等种种外部束缚中解放了出来。然而英国学者特伦斯·霍克斯对此质疑。他认为,"巴特使用这种方法的那种大无畏精神却引起了一些疑虑。巴特的这套戏法中最不能令人容忍的一着,在某种意义上说,在于他把文化代码简单地看作五种代码之一,因而把其他代码(要不然会很容易被

---

① Roland Barthes, *S/Z*. Paris: Editions du Seuil, 1970, pp. 26-27.

降为仅是一个总的文化代码的某些方面)提高到随心所欲的力量这种地位,在小说似乎要讲的内容之外,发出使人分心的破坏性的信号"①。

然而,巴特所提倡的"可写性文本",在他看来为读者提供了全新的阅读方式。读者不必受作者的制约,可以自己的方式去阅读,从而摆脱了作者的权威,获得阅读的自由。读者面对的文本是一个特殊的语言系统,具有多重意义。这使读者具有一种参与创作的欲望和愉悦。"当阅读不再需要围绕作者进行、不再追寻作者的创作意愿、不再试图寻找其中的隐秘象征内蕴或人生终极意义时,当读者可以自由地从文本的多种意义中选择时,读者真正成了作品的主人,也成了自己的主人,在阅读的独立和自由中获得了人的存在和独立的自由。"②

值得思考的是,读者是否真正获得了普遍意义上的自由呢?用巴特的观点来说,古典作品是"可读性文本",大多数现代主义和后现代主义作品是"可写性文本"。然而,"可读"或是"可写"的文本是针对不同的读者群体而言的。对于文学批评家这样的专业读者而言,一切文本都可以是可写性文本,正如《S/Z》中的阅读实践。然而这只是在有限的读者群体内能够进行的精英式阅读。而对于普通读者而言,他们不会去进行这样的创造性阅读。在他们看来,所有文本都是可读性文本。与现代主义和后现代主义的晦涩作品相比,传统小说更加受到普通大众的青睐。在阅读这样的作品时,读者可以根据小说中提供的各种信息,自己在脑

---

① 特伦斯·霍克斯:《结构主义和符号学》,瞿铁鹏译,上海:上海译文出版社,1997年,第122页。
② 项晓敏:《零度写作与人的自由——罗兰·巴尔特美学思想研究》,上海:复旦大学出版社,2003年,第214页。

海中构建故事情节。托多罗夫也对读者的阅读进行了研究，提出了一套构建性阅读的规则。①我们认为，托多罗夫的理论与巴特的研究相比，具有更普遍的适用性，能够广泛地用于传统小说的具体阅读和分析实践。

托多罗夫选取邦雅曼·贡斯当的小说《阿道尔夫》②作为分析对象，从参照性话语、叙事过滤器和意指作用与象征化三个方面来具体阅读小说，进行文本的构建。

小说需要通过参照性语句提供的信息进行构建。以《阿道尔夫》中的两句话为例。"我觉得她比我强得多，我鄙视自己，认为我配不上她。当一个人爱着别人却不被人爱时，这种不幸是多么可怕。然而当他不再爱恋什么人，却仍被对方爱得发狂时，这又是何等的不幸。"这两句中的第一句是参照性的：它提到一个事件（阿道尔夫的情感）；第二句不是参照性的：这是一句格言。语法标志指出了二者的差异：格言中的动词使用现在时和第三人称，并且不包含头语重复。一个语句可以是参照性的或非参照性的，不存在中间阶段。不过并非构成语句的所有词语都一致；作者在词汇中做出的不同选择会带来截然不同的结果。这里需要注意两组对立：可以感觉到的与无法感觉到的对立以及特殊与普遍的对立。例如，阿道尔夫是这样提起他的过去的："风气散漫"，这一说法提到了能够感觉到的事件，不过是在一个非常普遍的层面上；我们可以想出几百页来准确描述同一事实。然而在另一句话中："我觉得我的父亲并不是一位批评家，而是一位冷峻、挑剔的旁观者，起初他总是带着轻蔑的微笑，不一会儿便急不可待地将

---

① Tzvetan Todorov, *Poétique de la prose*. Paris：Editions du Seuil, 1978, pp.175 - 188.
② 贡斯当：《阿道尔夫》，王聿蔚译，上海：上海译文出版社,1985年。

谈话草草收场",可以感觉到的事件与无法感觉到的事件并置在一起:微笑和沉默是可以观察到的事实;轻蔑和急不可待是对于无法直接触及的情感的揣测。我们通常都能在同一小说文本中找出言语的各种语调。在构建性阅读过程中,我们不考虑非参照性的语句。

其次谈到了叙事过滤器的问题。我们无须借助上下文就可以辨认话语的性质,它们是语句本身所固有的。不过,我们阅读的是整个文本,而非一些语句。因而我们按照想象中的世界来比较这些语句,它们帮助我们构建想象中的世界。我们会发现,这些语句在许多方面有差别,或者还可以根据多个参数发现这些语句间存在差别。在叙事分析中主要研究三个参数:时间、视角和语式。我们也可以从阅读方面对其展开研究。

在语式方面,若要消除叙事话语及其展现的世界之间的一切差异,直叙体是唯一的方法。然而非口头的事件和颠倒次序的话语不是这种情况。《阿道尔夫》中有一句话说:"服侍这个外国人的是个那不勒斯仆人,但他们连主人叫什么名字也不知道。旅店主跟这个仆人聊过。店主告诉我,这个外国人旅行并非出于猎奇,因为他既不游览名胜古迹,也不考察人事。"[1]尽管叙述者不可能使用与"告诉我"这种形式的语句相一致的意大利语句子,我们仍旧可以想象出叙述者与店主之间的谈话。同样,我们还会想到店主与仆人之间的谈话,对于这一谈话的构建更加难以确定。因此,如果想要构建这一谈话的详情细节,我们拥有更大的自由度。此外,仆人和阿道尔夫之间的交谈以及其他共同活动是完全不明确的,我们只能获得一个总体印象。同样,我们也可以认

---

[1] 贡斯当:《阿道尔夫》,黄天源译,桂林:漓江出版社,1985年,"出版商卷首语"。

为，叙述者的言语属于直叙体，尽管它属于更高一个层次，尤其是当叙述者在文本中出现的时候（例如《阿道尔夫》这一情况）。我们在前面将格言排除在构建性阅读之外，此处重新将它纳入考察范围，但是不再作为陈述，而是作为陈述行为。叙述者阿道尔夫说出有关被爱的不幸这样一句格言，向我们提供了他的性格的有关信息，进而让我们了解了他所参与的那个想象中的世界。

在时间层面上，故事的时间与话语的时间之间存在不一致的错时现象，从而读者在无意识地进行一项排序工作。同样，有些语句会提及多个事件，这些事件相互区别又有可以比较之处（反复叙述）。在构建过程中，我们重建这多个事件。

我们看待故事时采取的视角对于构建工作具有决定性的影响。当视角令我们更加看重文本时，我们会考虑到叙述的事件和观察者对于这一事件的态度。或者还可以区别一个语句给我们提供的客体的信息和有关主体的信息。因此，《阿道尔夫》的出版商可以只考虑第二种，对于我们先前阅读的故事作了如下评价："我憎恶那种虚荣心十足的人，他诉说自己所造成的损害时关心的也是他自己，他自我描绘一番，有意博取同情；他傲然在废墟中间游荡，不受伤害；他作自我分析而并不悔悟。"因而出版商构建的是叙述的主体（叙述者阿道尔夫），而非客体（人物阿道尔夫和爱蕾诺尔）。

关于文本重复的程度，我们可以作出如下推断：故事中的每个事件至少被叙述两次。在大多数情况下，由我们刚刚列举的过滤器调整这些反复：一段谈话可以再现一次，另一次只是简单地提及；一个事件可以从多个角度进行观察；可以在将来、现在和过去展现这一事件。此外，所有这些参数都可以相互组合。

在构建过程中,反复发挥了很大的作用,因为我们要从多个叙述出发来构建一个事件。反复的叙述之间的关系在同一和矛盾之间变动。这些反复的功能也是多种多样:它们用于确定事实(在警方调查中)或者消解事实。因此在《阿道尔夫》中,同一人物在十分接近的几个时刻也可能会对同一事实产生相互矛盾的看法,这让我们认识到,心理状态并不独自存在,而是常常相对于对话者而言。因而贡斯当自己提出了这一世界的法则:"我们忽略的事物必然不同于困扰我们的事物。"

因此,在阅读文本时,为了能够构建想象中的世界,我们根据以下问题过滤接收到的信息:这一世界的描述在什么范围内是忠实的(语式)?事件的进展遵循哪种秩序(时间)?应当在什么范围内考虑叙述的反射镜所带来的变形(视角)?在接下来的阅读中,我们需要关注意指作用和象征化。

我们通过内省来了解阅读过程中的产物。并且,如果我们试图确认某种印象,则需要依靠其他人阅读后得出的叙述。不过,针对同一文本的两种叙述永远不会完全一致。这是因为,这些叙述描绘的并非小说本身的世界,而是在每个人心中加工之后的世界。我们可以用这样一个示意图表示该过程的各个阶段:

1. 作者的叙述　　　　　4. 读者的叙述
   ↓　　　　　　　　　　↑
2. 作者展现的想象世界　→　3. 读者构建的想象世界

第二和第三阶段之间存在差异。对于《阿道尔夫》的所有读者而言,爱蕾诺尔首先与德·P.伯爵一同生活,而后离开了伯爵,与阿道尔夫共同生活,后来他们分离,爱蕾诺尔在巴黎与阿道尔夫重逢等。相反,对于阿道尔夫是否意志薄弱,或者仅仅是很真诚,我们无法像前面那样确信。造成这种二重性的原因在于,文本按照两种语式展现事实,托多罗夫称之为意指作用和象征化。文本的语词意味着爱蕾诺尔的巴黎之行。想象世界的其他事实象征了爱蕾诺尔(可能具有)的弱点,而这些事实又由语词来表示。例如,阿道尔夫在话语中不知道为爱蕾诺尔辩护,这一事实是有意指作用的。相反,这一事实又象征了阿道尔夫无力去爱。我们只需要懂得文本写作的语言就足以理解有意指作用的事实。而象征化的事实需要经过读者自己的主观阐释。因此,第二与第三阶段之间的关系是一种象征化的关系(而第一到第二阶段,或者第三到第四阶段的关系则属于意指作用)。另外,它所涉及的并不仅仅是一种关系,而是一个异质的整体。首先,我们进行压缩:4(几乎)总是比1简短,因而同理,3比2贫乏。其次,我们会产生误解。无论在哪种情况中,对于第二阶段到第三阶段之间的过渡的研究会将我们引向投射心理学:进行的加工向我们提供了阅读主体的有关信息。但是也有其他一些加工让我们了解了阅读过程本身。

象征化和阐释包含了事实的决定论。在小说文本中,象征化总是取决于是否暗中接纳或者明确接纳了因果关系原则。诚然,决定论是普遍的,不过它在不同情况中所采取的形式必然不是普遍一致的。最简单的形式是构建同一性质的另一个事实。这一形式在作为阅读标准的文化中并不普遍。一个读者会觉得,如果让杀了皮埃尔(小说中存在的事实),那是因为皮埃尔与让的妻子有染(小说中没有的事实)。这种推理在司法调查中非常典型,但没有真正应用到小说中。我们默认,作者没有弄虚作假,他向我们传达（告知）了所有确切的事件，用以理解故事（《阿尔芒丝》[①]的情况比较特殊）。结局也同样如此：有许多书是其他书的延伸，描写了第一个文本所表现的想象世界的结局，不过通常我们并不将第二本书的内容视作第一本书的世界所固有的。在此，阅读的实践与日常生活的实践相分离。

在阅读与构建的过程中，通常按照另一种因果关系来进行，需要在与事件不同质的材料中寻找事件的原因和结果。似乎有两种情况最为常见：事件被理解为性格特征或者无人称法则的结果（和/或原因）。《阿道尔夫》文本本身包含拥有不同解释的众多例子。阿道尔夫这样描写他的父亲："在我一生中最初的十八年间，我根本记不起我与他是否有过一小时的交谈……我那时还不懂得什么叫作腼腆羞怯……"第一句话意指一个事实（没有长时间的交谈）。第二句话使我们将这一事实看作性格特征，即羞怯的象征：父亲这样行事，是因为他的羞怯。性格特征是行动的缘起。针对第二种情况举例："于是我告诉自己，千万不要操之过急，我所考虑的事情一定会使爱蕾诺尔感到过于突然，所以最好还是等一等再说。为了生活得心安理得，我们几乎总要把自己的无能或弱点掩饰起来，从而装扮成颇有心计或是很有办法的模样；这样便可以使我们身上的一部分，也就是旁观的那一部分得到满足。"这里，第一句话描述事件，第二句给出原因，这是人类行为的普遍法则，而非个人的性格特征。还要补充一点，第二种类型的因果关系在《阿道尔夫》中占据主要地位，这部小说阐明了心理法则，而不是个人的心理。

在构建了组成故事的事件后，我们对之重新加以阐释，以构

[①] 司汤达：《阿尔芒丝》，李玉民译，上海：上海译文出版社，2003年。

建人物的性格和文本内的价值体系。这种重新阐释受到两类限制的约束。第一类包含于文本本身：作者只需要在某段时间内教会我们如何阐释他展示的事件就足够了。第二类限制来自文化背景：如果我们读到某人将妻子碎尸，我们不需要在文本中寻找迹象就可以做出结论，这个人生性残忍。文化限制只不过是一个社会所公认的东西，会随着时间的流逝发生改变，这就可以解释为什么对过去一些文本的阐释会存在差异。例如婚外情已不再被视作灵魂堕落的证据，所以有时候我们难以理解针对过去众多小说女主人公的种种谴责。

　　托多罗夫提出，小说文本把构建作为主题。当然，读者的构建可能正确，也可能错误。传递信息的缺陷会导致构建过程发生错误。构建通常要经历不知、想象、幻象三个阶段，最终达到真相阶段。不过，幻象阶段似乎不能说是构建所有小说都必会经历的一个阶段。这套阅读构建理论进入阅读行为的深层，对于阅读过程中进行的文本构建加以概括和抽象化，提取出构建文本的一些参数和步骤，是文学研究领域内不多见的阅读研究的成果，丰富并充实了文学研究范畴，同时对于文学分析具有不可忽视的启发作用。

结　语

　　法国符号学研究在二十世纪下半叶取得了丰硕的成果，符号学作为一门新兴的学科正在逐步建立，并且日趋完善，各类部门符号学也相继建立。文学作为符号学理论的重要应用领域，吸引了众多研究者的目光。许多符号学研究者投入了文学领域，创立了一系列的符号学理论和研究方法，为文学作品的研究，尤其是小说的研究开拓了一片新天地。

　　皮埃尔·吉罗对于符号分类进行了整体性的研究。罗兰·巴特、热奈特、托多罗夫、伊夫·勒特、让·米利、让-伊夫·塔迪埃等人从叙述主体、叙述话语、叙述维度、叙述层次等不同方面入手，研究文学作品的叙述层面。布雷蒙、格雷马斯等学者从逻辑、语义层面对文学作品进行分析。菲利普·阿蒙建立了人物符号学的分析模式。米歇尔·阿里维、罗兰·巴特、克里斯蒂瓦、热奈特、德里达等人研究了文本的开放性。托多罗夫和解构主义者们分别以传统和创新的方式研究读者对于文学作品的阅读问题。众多学者们通过丰富的研究实践，提出了各种具有高度学术价值的理论。这些理论相互关联、相互借鉴、相互影响，与其他文学研究方法融合成一个多元化的文学研究整体。符号学研究推动了文学研究领域内的突破性进展,开创了二十世纪文学研究的新局面。

本书仅仅对法国符号学应用于文学领域的研究成果作了不甚完善的概括和介绍,并以法国小说为分析对象,具体实践了这些理论和分析方法,发掘其中合理的成分,指出存在的某些不足之处。此举的目的正是在于吸收并完善既有的理论体系,推动今后文学领域内符号学研究的持续发展。

如今,随着格雷马斯、罗兰·巴特等著名符号学家的相继谢世,法国的文学符号学研究失去了若干理论大师和参照标杆,似乎没有了昔日的辉煌,进入一个相对低谷的时期。不过,仍然有一批学者继续着符号学领域内的研究,并且取得了不错的成绩。近十年来,法国的文学符号学研究可以归纳为三个走向。首先是针对文本的符号学研究,例如巴黎十大的德里斯·阿布拉里(Driss Ablali)于 2003 年出版的著作《文本符号学:从间断到连续》(*La Sémiotique du Texte : Du Discontinu au continu*)。其次是诗学的走向,从诗学的角度研究文本,例如巴黎三大的名誉教授让·米利于 1992 年发表的著作《文本的诗学》[①],巴黎四大教授、普鲁斯特专家让-伊夫·塔迪埃在 1994 年出版的《诗学叙事》[②]。最后是叙事学的趋势,如热奈特仍旧继续叙事学的研究,1999 年和 2002 年分别发表了《辞格四》和《辞格五》。

除了热奈特,其他曾经为符号学研究奠定理论基础的学者们依然在进行理论建树。不过与热奈特仍旧专注于叙事研究不同,他们开始将目光转向其他领域,关注社会、政治、文化、哲学等人

---

① Jean Milly, *Poétique des textes*. Paris: Editions Nathan, 1992.
② Jean-Yves Tadié, *Le Récit poétique*. Paris: Gallimard, 1994.

类生活的多个方面。托多罗夫近年来有大量著作发表,体现了其旺盛的学术生命力。其中,2004 年发表了《记忆的滥用》(*Les Abus de la Mémoire*),2008 年出版了最新著作《蛮族的恐惧:文明的冲击之外》(*La Peur des Barbares : Au-delà du Choc des Civilisations*)。克里斯蒂瓦近期的著作也涉及其他领域,如 2001 年发表的《微型政治》(*Micropolitique*),2003 年发表的《致共和国总统的信:关于处于不利境况的公民》(*Lettre au Président de la République sur les Citoyens en Situation de Handicap*),以及 2005 年发表的《仇恨与宽恕:精神分析的权力与限制(三)》(*La Haine et le Pardon : Pouvoirs et Limites de la Psychanalyse Ⅲ*)。这也反映出符号学对于其他领域的观照,体现了符号学的开放性及其普遍意义上的方法论价值。

此外,世界各国越来越多的学者投入了符号学这一新兴学科,为符号学的发展注入了新的生机。他们具有迥异的文化背景和不同的思维方式,他们的加入无疑为处于低谷期的符号学研究带来了一支巨大的生力军。各种思维撞击产生的火花必将创造 21 世纪符号学发展的再度辉煌。运用符号学方法进行的这些中国文学研究的实践,大多偏向于叙事研究,尤以叙述时间、叙述视角等为主,且所用理论较为陈旧,没有涵盖符号学研究的最新理论成果。这就要求国内外语专业的符号学研究者紧跟国际学术研究的步伐,及时地对国外最新的研究成果进行译介,使得国内的文学研究者们能够掌握国际符号学研究动态,不断更新既有的理论资源。

法国符号学理论和研究方法对于中国小说的分析研究,也许有一定的局限性,但是了解和掌握这些研究成果,无疑具有一定的启发,从而推动国内符号学理论的形成。反之,也可以带动国际符号学研究的长足发展,形成双向的推动力量。这是我们为符号学发展前景构想的理想蓝图,而本书的撰写则是我们为实现这一理想蓝图而作的微薄贡献。

参考书目

一、法文书目

[1] ABASTADOC. Mythes et rituels de l'écriture. Bruxelles: Edition Complexe, 1979.

[2] ADAM J-M. Le Récit. Paris: PUF, 1984.

——La Description. Paris: PUF, 1993.

[3] ADAM J-M, PETITJEAN A. Le Texte descriptif. Paris: Armand Colin, 2006.

[4] ADAM J-M. Le Texte narratif. Paris: Armand Colin, 1999.

[5] BAKHTINE M. Esthétique de la création verbale. Paris: Gallimard, 1984.

[6] BENOISTL. Signes, symboles et mythes. Paris: PUF, 1985.

[7] BEIGBEDERO. La symbolique. Paris: PUF, 1981.

[8] BENVENISTE E. Problèmes de linguistique générale 1 et 2. Paris: Gallimard, 1974.

[9] BARTHESR. Mythologies. Paris: Seuil, 1957.

——Eléments de sémiologie. Communications, 4, 1964.

——Le degré zéro de l'écriture. Paris: Seuil, 1972.

———Poétique du récit. Paris: Seuil, 1977.

———S/Z. Paris: Seuil, 1970.

———L'Empire des singes. Paris: Flammarion, 1970.

———Le plaisir du texte. Paris: Seuil, 1973.

———Leçon. Paris: Seuil, 1978.

———Littérature et réalité. Paris: Seuil, 1978.

———L'aventure sémiologique. Paris: Seuil, 1985.

———L'obvie et l'obtus. Paris: Seuil, 1982.

[10] BARTHESR. Introduction à l'analyse structurale du récit, Communications, 8. L'Analyse structurale du récit. Paris: Seuil, 1981.

[11] BERGEZ D. Introduction aux méthodes critiques pour l'analyse littéraire. Paris: Bordas, 1990.

[12] BOILEAU-NARCEJAC, Le roman policier, Paris: PUF, 1975.

[13] BOURDIEU P. Les Règles de l'art. Genèse et structure du champ littéraire. Paris: Seuil, 1992.

[14] BREMOND C. Logique du récit. Paris: Seuil, 1973.

[15] BRUNEL P. La critique littéraire. Paris: PUF, 1977.

[16] CHARAUDEAUP. Langage et discours. elements de semiolinguistique (Théorie et pratique). Paris: Hachette, 1980.

[17] CHARLES M. Introduction à l'étude des textes. Paris: Seuil, 1995.

[18] CHARTIER P. Introduction aux grandes théories du roman. Paris: Bordas, 1990.

[19] CHISS J-L. Linguistique française, Initiation à la problématiqte structurale, Tomes 1 et 2. Paris: Hachette, 1977, 1978.

[20] COQUET J-C. Sémiotique: L'Ecole de Paris. Paris: Hachette, 1982.

[21] COURTES J. Introduction à la sémiotique narrative et discursive. Paris: Hachette, 1976.

[22] DELEUZE G. Proust et les singes. Paris: PUF, 1964.

[23] DELFAU G, ROCHE A. Histoire-Littérature. Paris: Seuil, 1977.

[24] DESSONS G. Introduction à la poétique, Approches des théories de la littérature. Paris: Armand Colin, 2005.

——Introduction à l'analyse du poème. Paris: Nanthan Université, 2000.

[25] BUBOIS J. L'Institution de la littérature. Bruxelles: Nathan-Labor, 1978.

[26] DALLENBACH L. Le Récit spéculaire. Essai sur la mise en abyme. Paris: Seuil, 1977.

[27] DUCROT O, TODOROV T. Dictionnaire encyclopédique des sciences du langage. Paris: Seuil, 1972.

[28] DUPONT F. L'invention de la littérature. De l'ivresse grecque au livre latin. Paris: La Découverte, 1994.

[29] ECO U. Le Signe, Histoire et analyse d'un concept. Paris: Edition Labor, 1980.

——L'œuvre ouverte. Paris: Seuil, 1965.

[30] EVRARD F, TENET E. Roland Barthes. Paris: Bertrand-Lacoste, 1994.

[31] FILLOUX J-C. L'inconscient: Paris: PUF, 1984.

[32] GATTEGNO J. La science-fiction. Paris: PUF, 1978.

[33] GENETTE G. Figures Ⅰ. Paris: Seuil, 1966.

——Figures Ⅱ. Paris: Seuil, 1969.

——Figures Ⅲ. Paris: Seuil, 1972.

——Nouveau discours du récit. Paris: Seuil, 1983.

[34] GOLDMANN L. Pour une sociologie du roman. Paris: Gallimard, 1964.

[35] GREIMAS A-J. Sémantique structurale. Paris: Seuil, 1966.

——Du sens. Paris: Seuil, 1970.

——Essais de sémiotique poétique. Paris: Librairie Larousse, 1972.

——Maupassant, la sémiotique du texte. Exercices pratiques. Paris: Seuil, 1976.

[36] GREIMAS A-J, COURTES J. Sémiotique, dictionnaire raisonné de la théorie du langage. Paris: Hachette, 1979.

[37] GUIRAUD P. La Sémiologie. Paris: PUF, 1971.

[38] HAMONP. Du Descriptif. Paris: Hachette, 1993.

———L'Ironie littéraire, Essais sur les formes de l'écriture oblique. Paris: Hachette, 1996.

———Pour un statut sémiologique du personnage, Poétique du récit. Paris: Seuil, 1977.

———Texte et idéologie. Paris: PUF, 1984.

[39] HELBO A. Sémiologie des messages sociaux. Paris: Edilig, 1983.

[40] JAKOBSON R. Huit questions de poétique. Paris: Seuil, 1977.

[41] JOUVE V. La littérature selon Barthes. Paris: Editions de Minuit, 1986.

———L'effet personnage dans le roman. Paris: PUF, 1992.

[42] KLINKENBERG J-M. Précis de sémiologie générale. Paris: De Boeck, 1996.

[43] KRISTEVA J. Pouvoirs de l'horreur. Paris: Seuil, 1980.

———Le langage, cet inconnu. Paris: Seuil, 1981.

[44] LAFONT R. Introduction à l'analyse textuelle. Paris: Larousse Université, 1976.

[45] LEJEUNE Ph. Le Pacte autobiographique. Paris: Seuil, 1975.

[46] LINTVELT J. Essai de typologie narrative. Paris: Corti, 1981.

[47] MACHEREY P. A quoi pense la littérature? Paris: PUF, Pratiques théoriques, 1990.

[48] MAINGUENEAU D. Initiation aux méthodes de l'analyse du discours. Paris: Hachette, 1976.

———Nouvelles tendances en analyse du discours. Paris: Hachette, 1987.

———Eléments de linguistique pour le texte littéraire. Paris: Dunod, 1993.

[49] MARTINET A. Eléments de linguistique générale. Paris: Armand Colin, 1978.

[50] MARTINET J. Clés pour la sémiologie. Paris: Seghers, 1973.

[51] METZ C. La signification au cinéma, tomes I et II. Paris: Klincksieck, 1968, 1972.

――Essais sémiotiques. Paris: Klincksieck, 1977.

[52] MILLY J. Poétique des textes. Paris: Editions Nathan, 1992, 1998.

[53] MOLINIÉ G. La Stylistique. Paris: PUF, 1973.

[54] MOUNIN G. Introduction à la sémiologie. Paris: Minuit, 1970.

[55] PICARD M. Lire le temps. Paris: Minuit, 1989.

[56] POUILLON J. Temps et roman. Paris: Gallimard, 1946.

[57] PRINCE G. Introduction à l'étude du narrataire, Poétique, 14, 1973.

[58] PROPP V. Morphologie du conte. Paris: Seuil, 1970.

[59] PROUST M. Contre Sainte-Beuve. Paris: Gallimard, 1987, 2008.

[60] RANCIERE J. Politique de la littétarue. Paris: Galilée, 2007.

[61] REBOUL O. La Rhétorique. Paris: PUF, 1986.

[62] REUTER Y. Introduction à l'analyse du roman. Paris: Dunod, 1996.

[63] RICARDOU J. Nouveaux problème du roman. Paris: Seuil, 1978.

[64] RICOEUR P. Temps et récit, Tome I, L'intrigue et le récit historique. Paris: Seuil, 1983.

――Temps et récit, Tome II, La configuration dans le récit de fiction. Paris: Seuil, 1984.

[65] SARTRE J-P. Qu'est-ce que la littérature ? Paris: Gallimard, 1947.

[66] SOLLERS P. Théorie d'ensemble. Paris: Seuil, 1968.

[67] RYNGART J-P. Introduction à l'analyse du théâtre. Paris: Armand Colin, 2000.

[68] SUHAMY H. Les figures de style. Paris: PUF, 1983.

[69] TADIE J-Y. Proust et le roman. Gallimard, 1986.

――Le Récit poétique. Paris: Gallimard, 1994.

[70] TODOROV T. Poétique. Paris: Seuil, 1968.

――Poétique 2: Qu'est-ce que le structuralisme. Paris: Seuil, 1968.

――Poétique de la prose. Paris: Seuil, 1971, 1978.

――Les Catégories du récit littéraire, L'Analyse structurale du récit. Communications, 8, 1966.

——Sémantique de la prose. Paris：Seuil，1979.

——Les genres du discours. Paris：Seuil，1978.

[71] VIALA A. Naissance de l'écriture. Paris：Minuit，1985.

[72] VUILLAUMEM. Grammaire temporelle des récits. Paris：Minuit，1990.

[73] WARDI C. Le Génocide dans la fiction romanesque. Paris：PUF，1986.

[74] ZÉRAFFA M. Roman et société. Paris：PUF，1971.

二、中文书目

[1] 安娜·埃诺. 符号学简史. 怀宇，译. 天津：百花文艺出版社，2005.

[2] 米克·巴尔. 叙述学：叙事理论导论. 谭君强，译. 北京：中国社会科学出版社，2003.

[3] 罗兰·巴特. 符号学原理. 李幼蒸，译. 北京：三联书店，1988.

——神话：大众文化诠释. 许蔷蔷，许绮玲，译. 上海：上海人民出版社，1999.

——S/Z. 屠友祥，译. 上海：上海人民出版社，2000.

——罗兰·巴特自述. 怀宇，译. 天津：百花文艺出版社，2002.

——符号帝国. 孙乃修，译. 北京：商务印书馆，1996.

[4] 恩斯特·卡西勒. 人论. 甘阳，译. 上海：上海译文出版社，1985.

[5] 董小英. 叙述学. 北京：社会科学文献出版社，2001.

[6] 达维德·方丹. 诗学：文学形式通论. 陈静，译. 天津：天津人民出版社，2003.

[7] 弗兰克·埃夫拉尔. 杂闻与文学. 谈佳，译. 天津：天津人民出版社，2003.

[8] 方仁杰. 法语实用文体与练习. 北京：外语教学与研究出版社，2002.

[9] 格非. 小说叙事研究. 北京：清华大学出版社，2002.

[10] 格雷马斯. 结构语义学. 蒋梓骅，译. 天津：百花文艺出版社，2001.

——论意义：符号学论文集(上下). 吴泓缈，冯学俊，译. 天津：百花文艺出版社，2005.

[11] 加斯东·巴什拉. 水与梦：论物质的想象. 顾嘉琛，译. 长沙：岳麓书

社,2005.

[12] 高概. 话语符号学. 王东亮编,译. 北京:北京大学出版社,1997.
[13] 皮埃尔·吉罗. 符号学概论. 怀宇,译. 成都,四川人民出版社,1988.
[14] 特伦斯·霍克斯. 结构主义和符号学. 瞿铁鹏,译. 上海译文出版社,1997.
[15] 保尔·利科. 虚构叙事中时间的塑形:时间与叙事(第2卷). 王文融,译. 北京:北京三联书店,2003.
[16] 李幼蒸. 理论符号学导论. 北京:社会科学出版社,1999.
[17] 李建军. 小说修辞研究. 北京:中国人民大学出版社,2003.
[18] 梁工. 圣经叙事艺术研究. 北京:商务印书馆,2006.
[19] 安德烈·马丁内. 普通语言学纲要. 罗慎仪,张祖建,罗竟,译. 国际文化出版公司,1988.
[20] 热拉尔·热奈特. 叙事话语 新叙事话语. 王文融,译. 北京:中国社会科学出版社,1990.
——热奈特论文集. 史忠义,译. 天津:百花文艺出版社,2001.
[21] 乔治-埃利亚·萨尔法蒂. 话语分析基础知识. 曲辰,译. 天津:天津人民出版社,2006.
[22] 蒂菲纳·萨莫瓦约. 互文性研究. 邵炜,译. 天津:天津人民出版社,2003.
[23] 苏珊·S.兰瑟. 虚构的权威. 黄必康,译. 北京:北京大学出版社,2002,2005.
[24] 申丹. 叙述学与小说文体学研究(第2版). 北京:北京大学出版社,2001.
[25] 申丹,韩加明,王丽亚. 英美小说叙事理论研究. 北京:北京大学出版社,2005.
[26] 申丹. 叙事、文体与潜文本. 北京:北京大学出版社,2009.
[27] 史忠义. 20世纪法国小说诗学. 北京:社会科学文献出版社,2000.
[28] 费尔迪南·德·索绪尔. 普通语言学教程. 高名凯,译. 北京:商务印书馆,2004.
[29] 托多罗夫. 巴赫金、对话理论及其他. 蒋子华,张萍,译. 天津:百花文艺出版社,2001.
[30] 贝尔纳·瓦莱特. 小说:文学分析的现代方法与技巧. 陈艳,译. 天津:天津

人民出版社,2003.

[31] 王逢振,李景端,严永兴,等主编. 新编二十世纪外国文学大词典. 南京:译林出版社,1998.

[32] 王瑾. 互文性. 桂林:广西师范大学出版社,2005.

[33] 王泰来等编译. 叙事美学. 重庆:重庆出版社,1987.

[34] 王文融. 法语文体学教程. 北京:北京大学出版社,1997.

[35] 王阳. 小说艺术形式分析:叙事学研究. 北京:华夏出版社,2002.

[36] 项晓敏. 零度写作与人的自由:罗朗·巴尔特美学思想研究. 上海:复旦大学出版社,2003.

[37] 易思羽. 中国符号. 南京:江苏人民出版社,2005.

[38] 张寅德编选. 叙述学研究. 北京:中国社会科学出版社,1989.

[39] 张杰,康澄. 结构文艺符号学. 北京:外语教学与研究出版社,2004.

[40] 张新木. 普鲁斯特的美学. 南京:南京大学出版社,2015年6月.

[41] 赵毅衡. 文学符号学. 北京:中国文联出版公司,1990.

——当说者被说的时候:比较叙述学导论. 北京:中国人民大学出版社,1998.

[42] 赵毅衡编选. 符号学文学论文集. 天津:百花文艺出版社,2004.

[43] 郑克鲁. 法国文学史教程. 北京:北京大学出版社,2008.

[44] 朱玲. 文学符号的审美文化阐释. 合肥:安徽大学出版社,2002.

[45] 朱立元总主编. 二十世纪西方美学经典文本. 上海:复旦大学出版社,2000.

三、期刊文章

[1] 戴秋霞,张新木. 论《我走了》中循环式主题结构. 当代外国文学,2009(1).

[2] 樊咏梅,张新木. 西蒙《弗兰德公路》中的女性形象. 当代外国文学,2016(1).

[3] 甘露,张新木. 20世纪法国文学中的俄罗斯人形象. 俄罗斯文艺,2021(2).

[4] 桂青云,张新木. 被直观呈现的世界:罗伯-格里耶反传统创作探析. 江西社会科学,2021(7).

[5] 桂青云,张新木. 文学符号与结构的"延"与"变". 江西财经大学学报,2021(6).

[6] 桂青云,张新木.《在迷宫里》的图像叙事迷宫. 当代外国文学,2022(1).

[7] 黄晓敏. 漫谈法国叙述符号学. 外国文学. 1995(3).

[8] 李万文. 法国符号学研究的回顾与展望. 江苏外语教学研究. 2007(1).

[9] 刘小妍. 格雷马斯的叙事语法简介及应用. 法国研究. 2003(1).

[10] 陆洵,张新木. 论吉奥诺作品中的空间构建. 当代外国文学,2014(4).

[11] 罗婷. 符号学. 外国文学. 2004(2).

[12] 谭君强. 叙事作品中的叙述者干预与意识形态. 江西社会科学. 2005(3).

[13] 王敏. 叙述的声音、眼光和视角. 喀什师范学院学报. 2005,26(4).

[14] 王阳.《嫉妒》:叙述者分析. 国外文学. 1996(4).

[15] 吴博,张新木. 本质孤独与文学存在. 南京社会科学,2018(4).

[16] 吴博,张新木. 布朗肖的"象"与碎片书写. 当代外国文学,2019(2).

[17] 张新木. 布雷蒙的叙事逻辑理论. 西北工业大学学报,2020(1).

[18] 张新木. 当代的伽弗罗什:评萨巴杰埃笔下的流浪儿形象. 当代外国文学,1992(4).

[19] 张新木. 法国当代文学中的空间符号. 当代外国文学,1997(4).

[20] 张新木. 加缪《婚礼集》中的符号隐喻. 当代外国文学,2020(4).

[21] 张新木. 论马尔罗《王家大道》中的叙述体. 当代外国文学,2006(4).

[22] 张新木. 论索绪尔对符号学发展的贡献. 俄罗斯文艺,2013(4).

[23] 张新木. 论《田园交响乐》的叙事结构. 外国文学评论,1998(2).

[24] 张新木. 论文学符号之分类. 苏州大学学报,2012(3).

[25] 张新木. 论文学描写的文本地位. 国外文学,2010(4).

[26] 张新木. 论《追忆似水年华》的叙述程式. 国外文学,1998(1).

[27] 张新木. 论《追忆似水年华》中符号的创造. 外国文学评论,1997(2).

[28] 张新木. 普鲁斯特的美学空间. 安徽师范大学学报,2012(5)

[29] 张新木. 用符号重现时光的典范:试释《追忆似水年华》的符号体系. 当代外国文学,1996(4).

后　记

　　《小说符号学分析》为笔者近40年来符号研究的总结性成果。二十世纪八十年代初,国内学者开始关注符号学这一新兴学科。从符号学学科的一般介绍,到普通符号学研究领域的探讨,直至涉及各部门符号学,尤其是文学符号学的研究,进而形成一种文学艺术研究的方法论。中国语言与符号学研究会的成立及其学术活动,标志着中国符号学研究进入了一个新的发展阶段,极大地推动了该学科的长足进展。诚然,在符号学进入中国的最初阶段,我国参考和译介的主要是英美学者的研究成果,而作为符号学研究的重要基地之一的法国,由于种种原因,在我国受关注的程度受到一定的局限。因此,笔者从符号学最初进入中国时,就特别关注法国符号学及法语符号学的研究,长期跟踪并掌握法国学术界在这一领域的进展和动态。从对普通符号学的了解到对文学符号的深入研究,基本见证了法国符号学发展的历程,并在介绍法国符号学方面做了一定的工作。

　　进入二十一世纪后,我国的符号学研究又有了新的契机。国内学术界已经举办过多次符号学专题研讨会,许多高校开设了符号学课程,在研究生培养层次设置了符号学方向或课程,符号学研究的专著和论文也逐渐增多。2004年,笔者有幸获得江苏省哲学社会科学研究"十五"规划基金的资助,确定了"符号学与文学"的研究课题。该课题首先从普通符号学的研究,然后进入文学符号学的研究,进而重点介绍和研究法国符号学,尤其集中在文学符号的研究上。我们试图对文学符号作一个分类,提出陈述符号、形象符号和叙事符号的初步分类法;然后对小说符号的分析层次作了相应的探索,希望更科学地认识文学符号的性质与功能;最后重点研究小说的叙事符号,使我们的研究进入文学符号研究和文学批评理论研究的国际前沿。

在课题研究中,我们作了两个方面的努力:一是普通理论与分析实践相结合,二是理论研究与教学实践相结合。作为文学符号理论,尤其是法国学者的符号理论,一般都具有相当的理论高度,理解起来比较困难,对其价值的认识也有相当的难度。因此,我们在了解法国学者理论的基础上,试图将其理论应用于具体的文本分析,一方面是为了更好地了解其理论的实际价值,另一方面是从实践角度深化对理论的理解。本书由八个章节组成,即文学符号的分类、小说符号分析的层次、叙述主体与话语理论、叙事文本的时空维度、叙述结构理论与分析、人物的符号学分析、文学描写分析、文本的开放与互文等。每章会综述主要理论,梳理出法国符号学理论在考察文学作品时的主要规律和特色。在此基础上,选择法国当代具有特色的小说作为分析对象,以印证这些理论观点的科学性和实用性,同时发现其不足的方面,提出我们的分析建议。

本研究在理论借鉴和研究思路方面,得到学者和同行的大力支持:在普通符号学方面,我们主要得到李幼蒸、赵毅衡等学术前辈的启迪;在文学符号学方面,得到史忠义、王东亮、吴泓缈、张杰、张寅德、张智庭(怀宇)等同行的大力支持；在叙事理论方面，得到梁工、申丹、谭君强、王泰来等专家的启发。在法国，得到朱莉娅·克里斯蒂瓦、菲利普·阿蒙等符号学理论大师的指点。在此对他们的支持和贡献表示诚挚的谢意。

最后要感谢南京大学出版社和南京大学金陵学院外国语学院的大力支持，让这本学术性著作得以与广大读者见面。希望这本《小说符号学分析》能给国内的符号学爱好者、叙事学研究者带来一些新的视角，也欢迎各位专家与学者对本书的不足给予指正。

张新木

2022 年 8 月于南京蓝旗街